Peter Lorre

Der Verlorene

Roman

Mit einem einleitenden Essay
von Hellmuth Karasek

und Beiträgen von Friedemann Beyer,
Harald Eggebrecht, Fritz Göttler,
Felix Hofmann, Claudia Kaiser,
Olaf Möller, Hans Schmid, Monika Spindler,
Friedhelm Werremeier und Stephen D. Youngkin

sowie Fotos aus der Filmkopie
von Gerhard Ullmann

Herausgegeben
von Michael Farin und Hans Schmid

belleville

Verlag und Herausgeber danken
dem Deutschen Filminstitut und
dem Filmmuseum in Frankfurt/Main,
dem Filmfundus Robert Fischer, München,
und Gerhard Ullmann sowie Franz Meidinger
(Archiv der Süddeutschen Zeitung)

Das Essay von Stephen D. Youngkin wurde aus dem
Amerikanischen übersetzt von
Felix Hofmann und Ingrid Mylo

Hormayrstr. 15 · 80997 München
Herstellung: Roland Hepp
Lithos: Repro Bayer, München
Druck und Bindung: EBS, Verona
ISBN 3-923646-40-2

Hellmuth Karasek

Ein von Blut gezeichnetes Gesicht

Peter Lorre und sein Film *Der Verlorene*

1957 drehte Robert Siodmak, der dafür aus Hollywood nach Deutschland zurückkehrte, den Film *Nachts, wenn der Teufel kam.* Der Film handelt von einem geistesschwachen Massenmörder (oder soll man besser sagen: Serienmörder?), dessen Fall die Nazis, selber Massenmörder unvorstellbaren Ausmaßes, zu verheimlichen suchten, indem sie die Aufklärung des Falles durch einen Kriminalkommissar verhinderten und den Mörder heimlich umbrachten. Es durfte einen solchen Verbrecher im Deutschland Hitlers nicht geben. Vordergründig, weil es im »Dritten Reich« mit seiner straffen Polizei nicht zu Serienmorden kommen durfte, im tieferen Sinne jedoch deshalb, weil die Nazis die geheime Beziehung zu ihren Verbrechen fürchteten.

Mario Adorf, der mit diesem Film in der Rolle des Triebtäters seinen Durchbruch schaffte, zeigt das vor allem in einer Szenenfolge, deren grausige Pointe im endgültigen Film herausgeschnitten war. Da hat sich der Mörder in die Einsamkeit und das Vertrauen einer alten jüdischen Frau eingeschlichen, so sehr, daß sie ihm erzählt, wann sie allein sei, wann er sie also ungestört besuchen könne. Aber als er kommt, sie zu ermorden, erfährt er, daß sie nicht mehr da sei: die Nazis haben sie abgeholt und nach Auschwitz transportiert. Der Staat als Mörder ist einem Triebtäter zuvorgekommen.

Adorf spielt die Rolle des dumpfen, fast debilen Mörders in der Tradition des deutschen Theaters, des Bruno etwa aus Gerhart Hauptmanns *Ratten*. Er spielt sie auch in der Tradition des deutschen Films, in der Tradition von *M*, also auf den Spuren Peter Lorres, dessen dunkle schwere Augen, dessen weiches melancholisches Gesicht das Filmgesicht eines gejagten Mörders wurde: ein Opfer der Großstadt, aus der er sich seine Opfer greift, der Serientäter als Chiffre für die Schizophrenie einer anonymen Massengesellschaft.

1951 drehte Peter Lorre, der dafür aus Hollywood nach Deutschland zurückgekehrt war, den Film *Der Verlorene*. Er schrieb das Buch und besetzte sich mit der Hauptrolle. Seinen Widersacher und Gegenspieler besetzte er mit Karl John. Die Dialoge zwischen den beiden sind auch eine Auseinandersetzung zwischen einem schnoddrigen und zackigen Berliner und einem weichen melancholischen Wiener. (Schon um die modulationssanfte Stimme Lorres zu hören, den gebrochenen Wiener Tonfall einer großen Resignation, lohnt das Ansehen des Films.) Der Film handelt, ähnlich wie *Nachts, wenn der Teufel kam*, von einem Triebtäter, dessen Tat(en) von den Nazis aus politischem Kalkül verheimlicht werden.

Lorre spielt einen Arzt, der kriegswichtige Forschungen mit Impfseren betreibt. Seine Braut und Sekretärin hat die Ergebnisse seiner Forschungen an die Engländer verraten. John, von der Gestapo in das Team des Serumforschers geschleust, hat ihr das Geheimnis entrissen, während er sie zu seiner Geliebten machte. Lorre alias Dr. Rothe bringt seine Braut um, indem er sie erwürgt. Es ist weder Eifersucht noch Rache für den Verrat: der Arzt erkennt bei der Tat, daß ein Triebtäter in ihm wach geworden ist. Später sieht er im Spiegel sein von Blut gezeichnetes Gesicht, eine Prostituierte erkennt in seinen traurig verzerrten Zügen schreiend den »Totmacher«. Und, während eines Flugalarms, bringt er eine üppige Frau um, die den Kettenraucher um Feuer bittet. In der Hamburger S-Bahn.

Die Nazis, die den Arzt wegen seiner kriegswichtigen Forschung nicht entbehren können, modeln den Mord an seiner Braut zu einem Selbstmord um. Lorres Film, in Rückblenden, Monologen und Zwiegesprächen zwischen Lorre und John erzählt, zeigt ein seltsam nazi-freies Nazideutschland, ohne Parteiabzeichen, ohne Uniformen. Eine Gestapo, die eine Geheimnisverräterin nicht etwa verhaftet und umbringt, sondern abwartet, ob sie nicht eventuell von ihrem Verlobten ermordet wird, um dann seinen Mord zu vertuschen.

Zeitgleich mit dem Film erschien in der *Münchner Illustrierten* die Roman-Version des *Verlorenen*. Den Rückblenden des Films entsprechen hier die Recherchen des Chefreporters E.J. der Nachrichtenagentur DANA, den die schlichte Meldung vom Selbstmord eines Dr. Rothe seltsam stark bewegt hatte – obwohl Selbstmorde in den Nachkriegsjahren mit ihrem Elend gewiß keine Seltenheit waren. In Vernehmungen von Zeugen, im Aufspüren von Dokumenten wird die Mörder-Existenz und Opferrolle des Selbstmörders rekonstruiert.

Die innere Wahrheit des Films (der des späteren Siodmak-Films verwandt) und auch des Romans zeigt den geheimen Zusammenhang zwischen der staatlichen Mordlust und dem geheimen Mordtrieb, den der Verbrecherstaat »weckt«. Als äußere Wahrheit ist dies, anders als bei Siodmak, nur in einer abstrusen Drehbuchkonstruktion eingefangen – so sehr alles stimmt, als Innensicht stimmt, so wenig macht es äußerlich filmisch einen Sinn: Lorre hat die mörderische Struktur der Naziwelt genau erfaßt, obwohl er von ihr, wie der Film zeigt, so gut wie nichts gewußt hat.

Die Rückblenden werden in einem Lager für »Displaced Persons« erzählt, »DPs«, das waren die in Lagern nomadisierenden Entwurzelten des Krieges, hungernde, zerlumpte Menschenscharen, die alles verloren hatten – auch ihre Identität. So treffen sich die beiden Widersacher wieder, mit falscher Identität, mit falschen Namen ausgestattet: Lorre alias Dr. Rothe hat, um seiner Vergangenheit zu entgehen, nach einer Bombennacht seinen Namen mit einem Totenkreuz an die Trümmerfassade seines Laboratoriums geschrieben.

Der Film zeigt atmosphärisch überzeugend und von der Filmlogik her abstrus, wie die Vergangenheit die Verlorenen einholt. Der Arzt erschießt den Gestapomann, der ihm einst die Braut geraubt und ihn so zum Mörder gemacht hat. Dann wirft er sich vor den Zug. Anders, so suggeriert der Film eindringlich, ist Vergangenheit nicht zu bewältigen. Das wollte man, damals, so in Deutschland nicht sehen. Der Film war, was sein Publikum anlangt, ein Fiasko. Lorre konnte in Deutschland, das er enttäuscht wieder verließ, nicht Fuß fassen. Sein Film – und sein hier erstmals in Buchform erscheinender Roman – sind jetzt wiederzuentdecken. Es ist kein großer Film, dazu ist er zu verworren und widersprüchlich, aber es ist ein wichtiges Zeugnis über eine Zeit, in der das Verbrechen das Verbrechen gebar und zu vertuschen suchte.

Dies ist der Beginn des Romanes, der spannender ist als der „Dritte Mann". Peter Lorre, der große Menschendarsteller, schrieb ihn — dem Leben nacherzählt — für die „MÜNCHNER JLLUSTRIERTE". Gleichzeitig mit der Veröffentlichung läuft der sensationellste deutsche Nachkriegsfilm an — „Der Verlorene", in dem Peter Lorre selbst den Dr. Rothe spielt. Wer ist der Arzt und Frauenmörder Dr. Rothe? Polizeiakten gaben die Antwort. Dieser Roman erzählt die Geschichte.

Vermischtes vom Tage

...eten in München eine Tauschzentrale für landwirtschaftliche Maschinen. – Im Auffanglager E. D. warf sich der 43jährige Arzt Dr. Carl N. vor einen Zug. Sein Heilgehilfe, der frühere Chemiker Hannes N. aus Kattowitz, wurde mit einem Bauchschuß lebensgefährlich verletzt aufgefunden. Die Kriminalpolizei teilt mit, daß es sich auch hier wieder um Flüchtlinge mit falschen Ausweispapieren handelt. – Der Leiter der britischen Pfadfinderbewegung will seinen deutschen Freun...

Nur wenige Blätter veröffentlichten die Nachricht. Wen interessierte schon in diesen erregten Tagen des Massenelends der Flüchtlingsheere aus allen Teilen des noch brennenden, blutenden Europas, ob die Ausweise der zerfetzt entkommenen, verhungerten, meist kranken, siechen Obdachlosen echt oder nicht echt waren. Und so grausam es uns heute bereits klingen mag, es erregte nicht einmal das von Elend, Zerstörung und Tod zerwühlte Herz, wenn man vernahm, daß wieder einmal einem der Gequälten die Nerven versagten und er in vermeintlicher Hoffnungslosigkeit seinem Dasein ein Ende setzte.

Mein Freund E. J. war damals Chefreporter in der ***DANA****, der Mutter der heutigen westdeutschen Nachrichtenagentur dpa. Ihn bewegte die Meldung. Mehr und länger, als er es als Journalist vertreten konnte. Er fand, daß diese so wenig beachtete Nachricht auf eine Gefahr für das zukünftige Leben deutete. Wie würde man je all diese auf unbekannte und unkontrollierbare Weise eingeschleusten Menschen identifizieren, wie, zumindest bei einigen, mit Sicherheit feststellen können, ob sie wirklich jene Personen sind, auf deren Namen ihre Pässe oder andere Legitimationen ausgestellt waren? Wie würde man sich, schon im Interesse der Millionen einwandfreien Bürger, vor Schwindlern, Verbrechern und Hochstaplern schützen? Wer waren jene Leute wirklich, für die man sich einsetzte? Von denen viele bereits einflußreiche Rollen im öffentlichen Leben zu spielen begonnen? Was war, so fragte er sich immer wieder, an jenem Novembertage im Lager E. D. geschehen? Warum hatte sich ein Arzt ohne erkennbares Motiv unter die Räder einer Lokomotive geworfen? Weshalb hatte sich ein Heilgehilfe erschossen? Warum hatten sie ihren Namen gewechselt? Mein Freund, der Reporter, forschte weiter nach. Die neuerrichtete deutsche Kriminalpolizei hatte pflichtgemäß den alliierten Behörden die amtliche Meldung übermittelt. Das Papier wurde, wie er erfuhr, in den Aktenhaufen „Unerledigt" eingereiht.*

Hier endeten seine Recherchen. Jedenfalls die offiziösen. Er mußte sich anderen Aufgaben zuwenden, behielt aber den Fall weiter im Auge. Gelegentlich reiste er in das Lager und versuchte mit den wenigen Insassen, die noch aus jenen Anfangstagen geblieben waren, in ein Gespräch über den Arzt Dr. Carl Neumeister zu kommen. Da und dort vernahm er merkwürdige, nur allzuoft widersprechende Gerüchte über die Hintergründe der Tragödie. Neuigkeit reihte er an Neuigkeit — mit dem Sportsgeist und der Leidenschaft eines Briefmarkensammlers, der in zäher Gier einen wertvollen Satz zusammenzuholen suchte. Einer der Lagerbewohner besaß sogar ein Photo. Es war ein Pressebild. Aus einem Prozeß, in dem Dr. Neumeister als medizinischer Sachverständiger aufgetreten war. Er überließ es dem Reporter. Wo immer der Journalist auf seinen Reportagefahrten auftauchte, zeigte er dieses Bild herum und fragte: „Haben Sie den Mann schon irgendwo einmal gesehen?" Mein Freund, der Reporter, wollte wegen Aussichtslosigkeit aufgeben, als in Stockholm während einer Recherche über die geheime Widerstandstätigkeit gewisser Canaris-Leute ein Patentberater mit dubioser Praxis, ein gewisser Herrmann, beim Anblick des Photos ausrief: „Das ist niemals ein Dr. Neumeister. Dieser Mann ist der Wissenschaftler Dr. Carl Rothe. Ich kenn' ihn genauer, als er ahnt."

Aber nun bin ich schon mitten in meiner Erzählung. Ich möchte lieber die Geschichte in der Reihenfolge berichten dürfen, in der dem Reporter die Aufklärung glückte.

Erste Nachforschung:

Einer hat Herzkrämpfe und einen Brief im Jackett

Was war das? Mitten in der Nacht? Ein Gepolter. Wo? Draußen auf der Treppe. Wer war das? Woher soll ich's hier im Bett wissen? Mal nachsehen.

So versammelte sich das ganze Haus. Nach all den Nachtalarmen war man ja auf jähes Erwachen, aufs Aufspringen, auf den Lauf zum Luftschutzbunker im Notgewand trainiert. Da stand man nun. Die Burkerts und Gregors aus dem Parterre. Die Heilwegs aus dem Ersten. Und Hausmeister Hollermann und alle, all die andern. Und jeder fragte im düsteren Schein des verdunkelten Treppenflurs: „Was war das?"

Herr Hausmeister Hollermann entdeckte im Scheine seiner Dienstlampe die Ursache: zwischen erstem und zweitem Stockwerk lag Herr Herrmann. Das Gesicht voll Blut. Röchelnd. Herr Hollermann beugte sich über ihn. Pfui, wie er nach Fusel roch! Es war die erste menschliche Regung, die Hausmeister Hollermann bei seinem Mieter feststellen konnte. Schau mal an, der Herr Herrmann säuft.

Die Leute umstanden den stöhnenden Mann. Ungeniert, in Hemden und Schlafröcken, wie nach dem Alarm. Viele Hände packten zu und legten den schweren Körper auf den Treppenabsatz. Eine Frau wischte ihm mit dem Taschentuch das Blut von der Stirn. Herr Hollermann, in seinem Element, forderte die Hausgemeinschaft auf, wieder schlafen zu gehen. Er beugte sich über seinen „Schützling", um ihm den Kragen und den oberen Hemdenknopf zu öffnen. Dabei erspähten die neugierigen, jawohl, die sehr neu-

„WARUM BENAHM ICH MICH SO EGOISTISCH? Beim nächstenmal sahen wir ‚Das Dreimäderlhaus'. Inge zerfloß. Schubert brachte sie mir näher. Es wurde wieder eine schöne Zeit. Inge bekam mir so gut. Selbst trübe Dinge sahen freundlicher aus. Ich kaufte ihr eine Kette. Da weinte sie . . ."

Peter Lorre

Der Verlorene

ROMAN

gierigen Augen des Herrn Hollermann ein Kuvert in der inneren Jackettasche des Herrn Herrmann. Mit flinkem Griff zog Herr Hollermann das Papier an sich, richtete rasch den Schein seiner Lampe auf die Anschrift und las: „Vertraulich." Im Nu ließ er das Papier in seiner Hosentasche verschwinden.

Frau Herrmann war hinter ihm. Ratlos trippelte sie auf und ab. Bei allen Mietern hatte sie sich entschuldigt. Nun bat sie auch noch den Herrn Hausmeister Hollermann um Verzeihung. „Nein, wie schrecklich. Der Skandal. Ach, mein Mann blutet ja!"

Zum ersten Male schlug Herr Herrmann die Augen auf. Er sprach mit großer Qual: „Schick' Inge zum Arzt!"

„Du weißt doch, Inge ist heute nacht bei ihrer Freundin."

„Dann ruf du doch den Dr. Rothe an."

„Wen? Rothe? Wieso den? Der ist doch gar kein richtiger Arzt. Der hat doch keine richtige Praxis mehr."

„Ich habe aber Vertrauen zu ihm. Ruf ihn an, bitte."

Die Ohrmuscheln des Herrn Hollermann, von Natur aus und durch chronische Berufsneugier schon weit über das zulässige Normalmaß geschossen, schienen sich noch intensiver zu spitzen. Rothe? Wer war denn Rothe? Vielleicht eine Spur, um das Geheimnis dieses höchst verdächtigen Nachbarn zu lüften?

„Pst, pst, bitte sei nicht so laut. Wir können doch unmöglich ausgerechnet Dr. Rothe rufen. Ganz unmöglich."

„Bitte, Herr Hollermann, so helfen Sie mir doch. Gehen Sie in mein Zimmer ... oh, oh, das Herz ... zum Telephon."

„Du selbst hast ja dem Dr. Rothe das Haus verboten."

„Aber Sie hören doch, Frau Herrmann. Ihr Gatte will diesen Doktor. Wir haben keine Zeit zum Streiten." Schon war Herr Hollermann auf der Treppe. Frau Herrmann eilte ihm nach: „Nicht, Herr Hollermann, mein Mann weiß nicht mehr, was er redet. Der Dr. Rothe ist todböse mit uns."

„Ein Arzt ist mit niemandem böse, der Schmerzen hat. Beruhigen Sie sich, Herr Herrmann, ich telephoniere."

„Ach, der Skandal! Nicht den Dr. Rothe. Nicht. Verstehen Sie doch. Inge ist doch verlobt. Mit einem Vermißten."

Herr Hausmeister Hollermann verstand. Er wollte aber noch mehr verstehen.

„Und dieser Doktor ist hinter unserm Ingelein hergewesen. Das geht ja gar nicht. Schon wegen Inges Bräutigam nicht."

Herr Hollermann wollte alles ganz genau verstehen. Deshalb schob er Frau Herrmann zur Seite. Gar nicht, wie es sich für einen Hausmeister geziemt. Er nahm sich gerade noch die Zeit, ihr zu sagen: „Ihre Tochter ist ja gar nicht zu Haus. Lassen Sie mich mal telephonieren. Wir können doch den armen Mann hier nicht so liegenlassen."

So geschah es, daß Dr. Carl Rothe in jener Nacht das Haus betrat, das Haus wiederbetrat, aus dem er vor einem Jahr ausgewiesen worden war, ausgewiesen von dem gleichen Herrn Herrmann, der jetzt in vermeintlicher Todesangst nach ihm, und ausgerechnet nur nach ihm, verlangte.

•

Es mag ja vorkommen, daß ein Haus nachts durch solch ein Gepolter aus Träumen geschreckt wird. Na, wenn schon! Kein Grund, sich darüber groß aufzuregen. Am Morgen ist alles längst vergessen. In diesem Falle aber lag schon mehr Grund zur Aufregung vor. Bedeutend mehr. Besonders für Herrn Hausmeister Hollermann.

Wenn ich nicht weiß, wovon Leute leben, so weiß ich gerade, wovon sie leben. Das waren Hollermanns höchsteigene Worte. Unter „Leuten" meinte er stets die Herrmanns aus der dritten Etage. Das war recht deutlich, obwohl niemand wußte, was er eigentlich mit dieser Verdächtigung sagen wollte. Aber recht hatte er. Darüber war sich das ganze Haus klar. Überall stellte man die gleiche Frage. Wovon, zum Teufel, lebten denn eigentlich diese Herrmanns? Nicht etwa, daß das Haus die unentwegten Andeutungen des Herrn Hollermann schätzte. Man war gewöhnt, daß er viel redete, wenn der Tag lang war. Er horchte viel, und er redete viel. Aber er hatte, wie er in allen Gesprächen wiederholt einfügte, Wälzer über das Leben bedeutender Revolutionäre und Anarchisten studiert. Er kannte Emile Grosz' Werk „Über die Entstehung des Bolschewismus", wie er schwor, auswendig. Und aus diesem Buch zitierte er: „Die gefährlichsten Feinde der Freiheit sind die Geräuschlosen." Und die Herrmanns waren tatsächlich geräuschlos. Sie waren diebisch still. So sehr sich auch Herr Hollermann herumplagen mochte, an Türen und Wänden zu horchen, er, das personifizierte „Ohrloch", hatte bisher nichts erspäht, was ihm eine Handhabe zu dem oft schon angedrohten „Donnerschlag" hätte bieten können. Wobei er eine unmißverständliche Sägebewegung an seinem dürren Furunkelhals ausführte.

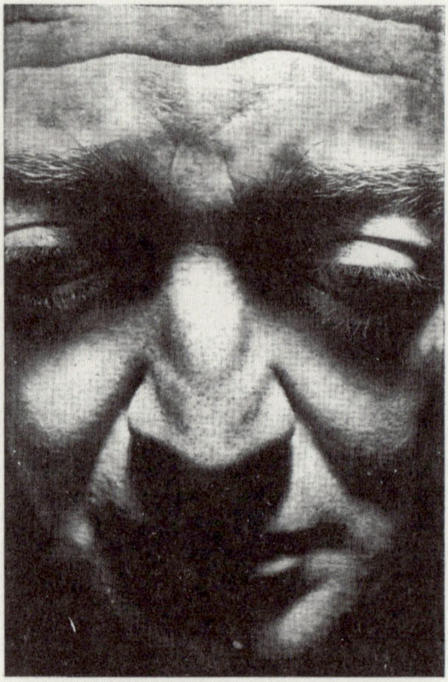

PETER LORRE, AUTOR UND FILMSTAR

Ja, langer Hausmeister Hollermann, niemand vermochte deine Frage zu beantworten, wovon die Herrmanns eigentlich lebten. Obwohl doch sonst jeder Mann und jede Frau vom Kellerbunker bis zum Boden über Finanzen, beziehungsweise Nichtfinanzen, über Liebe, beziehungsweise Nichtliebe, und die anderen Probleme jeder Mietpartei bis zum unwichtigsten Angehörigen intimst Bescheid wußte. Gegen Mieze — man nannte Frau Herrmann hinter ihrem Rücken so, weil sie so leise war wie ihre über alles geliebte Katze — gegen Mieze lag nichts vor. Das Haus hatte sie gern, denn sie war gleichmäßig freundlich, hilfsbereit und, wie gesagt, still, so still. Sie wirkte in ihren müden Bewegungen wie eine Sechzigjährige, aber sie war höchstens fünfundvierzig. Frau Herrmann war groß, ein wenig aus der Taille geraten. Ihr zartes Madonnengesicht wurde von großen, braunen, stets melancholisch traurigen Augen beherrscht. Sie verrieten einen langwierigen Leidensweg mit der Endstation Resignation.

Herrmanns waren knapp vor Kriegsbeginn ins Haus gezogen. Sie hatten mit einer Lehrersfamilie aus Liegnitz in Schlesien getauscht. Eines Morgens war Frau Herrmann erschienen. Allein. Das heißt, mit ihrer Mieze. Der erste Weg führte sie — man beobachtete es aus zehn Fenstern mit erregter Spannung — zu Dammckes, wo sie um einen Viertelliter Milch für Mieze lange Zeit Schlange stand. Frau Herrmann machte Großreine. Von fünf Uhr früh bis um Mitternacht. Mit den Knien auf dem Boden und auf einer schwankenden alten Leiter. Nach einer Woche fuhr ein vollbepackter Möbelwagen aus Liegnitz vor.

(Fortsetzung auf Seite 24)

Vermischtes vom Tage

in München eine Tauschzentrale
für landwirtschaftliche Maschinen. – Im Auf=
fanglager E. D. warf sich der 43jährige Arzt
Dr. Carl N. vor einen Zug. Sein Heilgehilfe,
der frühere Chemiker Hannes N. aus Katto-
witz, wurde mit einem Bauchschuß lebensge=
fährlich verletzt aufgefunden. Die Kriminal=
polizei teilt mit, daß es sich auch hier wieder
um Flüchtlinge mit falschen Ausweispapieren
handelt. – Der Leiter der britischen Pfad=
finderbewegung will seinen deutschen

Nur wenige Blätter veröffentlichten die Nachricht. Wen interessierte schon in diesen erregten Tagen des Massenelends der Flüchtlingsheere aus allen Teilen des noch brennenden, blutenden Europas, ob die Ausweise der zerfetzt entkommenen, verhungerten, meist kranken, siechen Obdachlosen echt oder nicht echt waren. Und so grausam es uns heute bereits klingen mag, es erregte nicht einmal das von Elend, Zerstörung und Tod zerwühlte Herz, wenn man vernahm, daß wieder einmal einem der Gequälten die Nerven versagten und er in vermeintlicher Hoffnungslosigkeit seinem Dasein ein Ende setzte.

Mein Freund E. J. war damals Chefreporter in der DANA, der Mutter der heutigen westdeutschen Nachrichtenagentur dpa. Ihn bewegte die Meldung. Mehr und länger, als er es als Journalist vertreten konnte. Er fand, daß diese so wenig beachtete Nachricht auf eine Gefahr für das zukünftige Leben deutete. Wie würde man je all diese auf unbekannte und unkontrollierbare Weise eingeschleusten Menschen identifizieren, wie, zumindest bei einigen, mit Sicherheit feststellen können, ob sie wirklich jene Personen sind, auf deren Namen ihre Pässe oder andere Legitimationen ausgestellt waren? Wie würde man sich, schon im Interesse der Millionen einwandfreien Bürger, vor Schwindlern, Verbrechern und Hochstaplern schützen? Wer waren jene Leute wirklich, für die man sich einsetzte? Von denen viele bereits einflußreiche Rollen im öffentlichen Leben zu spielen begannen?

Was war, so fragte er sich immer wieder, an jenem Novembertage im Lager E. D. geschehen? Warum hatte sich ein Arzt ohne erkennbares Motiv unter die Räder einer Lokomotive geworfen? Weshalb hatte sich ein Heilgehilfe erschossen? Warum hatten sie ihren Namen gewechselt? Mein Freund, der Reporter, forschte weiter nach. Die neuerrichtete deutsche Kriminalpolizei hatte pflichtgemäß den alliierten Behörden die amtliche Meldung übermittelt. Das Papier wurde, wie er erfuhr, in den Aktenhaufen »Unerledigt« eingereiht.

Hier endeten seine Recherchen. Jedenfalls die offiziösen. Er mußte sich anderen Aufgaben zuwenden, behielt aber den Fall weiter im Auge. Gelegentlich reiste er in das Lager und versuchte, mit den wenigen Insassen, die noch aus jenen Anfangstagen geblieben waren, in ein

Gespräch über den Arzt Dr. Karl Neumeister zu kommen. Da und dort vernahm er merkwürdige, sich nur allzuoft widersprechende Gerüchte über die Hintergründe der Tragödie. Neuigkeit reihte er an Neuigkeit – mit dem Sportsgeist und der Leidenschaft eines Briefmarkensammlers, der in zäher Gier einen wertvollen Satz zusammenzuholen suchte. Einer der Lagerbewohner besaß sogar ein Photo. Es war ein Pressebild. Aus einem Prozeß, in dem Dr. Neumeister als medizinischer Sachverständiger aufgetreten war. Er überließ es dem Reporter. Wo immer der Journalist auf seinen Reportagefahrten auftauchte, zeigte er dieses Bild herum und fragte: »Haben Sie den Mann schon irgendwo einmal gesehen?«

Mein Freund, der Reporter, wollte wegen Aussichtslosigkeit schon aufgeben, als in Stockholm während einer Recherche über die geheime Widerstandstätigkeit gewisser Canaris-Leute ein Patentberater mit dubioser Praxis, ein gewisser Herrmann, beim Anblick des Photos ausrief: »Das ist niemals ein Dr. Neumeister. Dieser Mann ist der Wissenschaftler Dr. Karl Rothe. Ich kenn' ihn genauer, als er ahnt.«

Aber nun bin ich schon mitten in meiner Erzählung. Ich möchte lieber die Geschichte in der Reihenfolge berichten dürfen, in der dem Reporter die Aufklärung glückte.

ERSTE NACHFORSCHUNG

Einer hat Herzkrämpfe und einen Brief im Jackett

Was war das? Mitten in der Nacht? Ein Gepolter. Wo? Draußen auf der Treppe. Wer war das? Woher soll ich's hier im Bett wissen? Mal nachsehen.

So versammelte sich das ganze Haus. Nach all den Nachtalarmen war man ja auf jähes Erwachen, aufs Aufspringen, auf den Lauf zum Luftschutzbunker im Notgewand trainiert. Da stand man nun. Die Burkerts und Gregors aus dem Parterre. Die Hellwegs aus dem Ersten. Und Hausmeister Hollermann und alle, all die andern. Und jeder fragte im düsteren Schein des verdunkelten Treppenflurs: »Was war das?«

Herr Hausmeister Hollermann entdeckte im Scheine seiner Dienstlampe die Ursache: zwischen erstem und zweitem Stockwerk lag Herr Herrmann. Das Gesicht voll Blut. Röchelnd. Herr Hollermann beugte sich über ihn. Pfui, wie er nach Fusel roch! Es war die erste menschliche Regung, die Hausmeister Hollermann bei seinem Mieter feststellen konnte. Schau mal an, der Herr Herrmann säuft.

Die Leute umstanden den stöhnenden Mann. Ungeniert, in Hemden und Schlafröcken, wie nach dem Alarm. Viele Hände packten zu und legten den schweren Körper auf den Treppenabsatz. Eine Frau wischte ihm mit dem Taschentuch das Blut von der Stirn. Herr Hollermann, in seinem Element, forderte die Hausgemeinschaft auf, wieder schlafen zu gehen. Er beugte sich über seinen »Schützling«, um ihm den Kragen und den oberen Hemdenknopf zu öffnen. Dabei erspähten die neugierigen, jawohl, die sehr neugierigen Augen des Herrn Hollermann ein Kuvert in der inneren Jackettasche des Herrn Herrmann. Mit flinkem Griff zog Herr Hollermann das Papier an sich, richtete rasch den Schein seiner Lampe auf die Anschrift und las: »Vertraulich.« Im Nu ließ er das Papier in seiner Hosentasche verschwinden.

Frau Herrmann war hinter ihm. Ratlos trippelte sie auf und ab. Bei allen Mietern hatte sie sich entschuldigt. Nun bat sie auch noch den Herrn Hausmeister Hollermann um Verzeihung. »Nein, wie schrecklich. Der Skandal. Ach, mein Mann blutet ja!«

Zum ersten Male schlug Herr Herrmann die Augen auf. Er sprach mit großer Qual: »Schick' Inge zum Arzt!«

»Du weißt doch, Inge ist heute nacht bei ihrer Freundin.«

»Dann ruf du doch den Dr. Rothe an.«

»Wen? Rothe? Wieso den? Der ist doch gar kein richtiger Arzt. Der hat doch keine richtige Praxis mehr.«

»Ich habe aber Vertrauen zu ihm. Ruf ihn an, bitte.«

Die Ohrmuscheln des Herrn Hollermann, von Natur aus und durch chronische Berufsneugier schon weit über das zulässige Normalmaß geschossen, schienen sich noch intensiver zu spitzen. Rothe? Wer war denn Rothe? Vielleicht eine Spur, um das Geheimnis dieses höchst verdächtigen Nachbarn zu lüften?

»Pst, pst, bitte sei nicht so laut. Wir können doch unmöglich ausgerechnet Dr. Rothe rufen. Ganz unmöglich.«

»Bitte, Herr Hollermann, so helfen Sie mir doch. Gehen Sie in mein Zimmer ... oh, oh, das Herz ... zum Telefon.«

»Du selbst hast ja dem Dr. Rothe das Haus verboten.«

»Aber Sie hören doch, Frau Herrmann, Ihr Gatte will diesen Doktor. Wir haben keine Zeit zum Streiten.« Schon war Herr Hollermann auf der Treppe. Frau Herrmann eilte ihm nach: »Nicht, Herr Hollermann, mein Mann weiß nicht mehr, was er redet. Der Dr. Rothe ist todböse mit uns.«

»Ein Arzt ist mit niemandem böse, der Schmerzen hat. Beruhigen Sie sich, Herr Herrmann, ich telefoniere.«

»Ach, der Skandal! Nicht den Dr. Rothe. Nicht. Verstehen Sie doch. Inge ist doch verlobt. Mit einem Vermißten.«

Herr Hausmeister Hollermann verstand. Er wollte aber noch mehr verstehen.

»Und dieser Doktor ist hinter unserm Ingelein hergewesen. Das geht ja gar nicht. Schon wegen Inges Bräutigam nicht.«

Herr Hollermann wollte alles ganz genau verstehen. Deshalb schob er Frau Herrmann zur Seite. Gar nicht, wie es sich für einen Hausmeister geziemt. Er nahm sich gerade noch die Zeit, ihr zu sagen: »Ihre Tochter ist ja gar nicht zu Haus. Lassen Sie mich mal telefonieren. Wir können doch den armen Mann hier nicht so liegenlassen.«

So geschah es, daß Dr. Karl Rothe in jener Nacht das Haus betrat, das Haus wiederbetrat, aus dem er vor einem Jahr ausgewiesen worden war, ausgewiesen von dem gleichen Herrn Herrmann, der jetzt in vermeintlicher Todesangst nach ihm, und ausgerechnet nur nach ihm, verlangte.

***

Es mag ja vorkommen, daß ein Haus nachts durch solch ein Gepolter aus Träumen geschreckt wird. Na, wenn schon! Kein Grund, sich darüber groß aufzuregen. Am Morgen ist alles längst vergessen. In diesem Falle aber lag schon mehr Grund zur Aufregung vor. Bedeutend mehr. Besonders für Herrn Hausmeister Hollermann.

Wenn ich nicht weiß, wovon Leute leben, so weiß ich gerade, wovon sie leben. Das waren Hollermanns höchsteigene Worte. Unter »Leuten« meinte er stets die Herrmanns aus der dritten Etage. Das war recht deutlich, obwohl niemand wußte, was er eigentlich mit dieser Verdächtigung sagen wollte. Aber recht hatte er. Darüber war sich das ganze Haus klar. Überall stellte man die gleiche Frage. Wovon, zum Teufel, lebten denn eigentlich diese Herrmanns? Nicht etwa, daß das Haus die unentwegten Andeutungen des Herrn Hollermann schätzte. Man war gewöhnt, daß er viel redete, wenn der Tag lang war. Er horchte viel, und er redete viel. Aber er hatte, wie er in allen Gesprächen wiederholt einfügte, Wälzer über das Leben bedeutender Revolutionäre und Anarchisten studiert. Er kannte Emile Grosz' Werk *Über die Entstehung des Bolschewismus*, wie er schwor, auswendig. Und aus diesem Buch zitierte er: »Die gefährlichsten Feinde der Freiheit sind die Geräuschlosen.« Und die Herrmanns waren tatsächlich geräuschlos. Sie waren diebisch still. So sehr sich auch Herr Hollermann herumplagen mochte, an Türen und Wänden zu horchen, er, das personifizierte »Ohrloch«, hatte bisher nichts erspäht, was ihm eine Handhabe zu dem oft schon angedrohten »Donnerschlag« hätte bieten können. Wobei er eine unmißverständliche Sägebewegung an seinem dürren Furunkelhals ausführte.

Ja, langer Hausmeister Hollermann, niemand vermochte deine Frage zu beantworten, wovon die Herrmanns eigentlich lebten. Obwohl doch sonst jeder Mann und jede Frau vom Kellerbunker bis zum Boden über Finanzen, beziehungsweise Nichtfinanzen, über Liebe, beziehungsweise Nichtliebe, und die anderen Probleme jeder Mietpartei bis zum unwichtigsten Angehörigen intimst Bescheid wußte.

Gegen Mieze – man nannte Frau Herrmann hinter ihrem Rücken so, weil sie so leise war wie ihre über alles geliebte Katze – gegen Mieze lag nichts vor. Das Haus hatte sie gern, denn sie war gleichmäßig freundlich, hilfsbereit und, wie gesagt, still, so still. Sie wirkte in ihren müden Bewegungen wie eine Sechzigjährige, aber sie war höchstens fünfundvierzig. Frau Herrmann war groß, ein wenig aus der Taille geraten. Ihr zartes Madonnengesicht wurde von großen, braunen, stets melancholisch traurigen Augen beherrscht. Sie verrieten einen langwierigen Leidensweg mit der Endstation Resignation.

Herrmanns waren knapp vor Kriegsbeginn ins Haus gezogen. Sie hatten mit einer Lehrersfamilie aus Liegnitz in Schlesien getauscht. Eines Morgens war Frau Herrmann erschienen. Allein. Das heißt, mit ihrer Mieze. Der erste Weg führte sie – man beobachtete es aus zehn Fenstern mit erregter Spannung – zu Dammckes, wo sie um einen Viertelliter Milch für Mieze lange Zeit Schlange stand. Frau Herrmann machte Großreine. Von fünf Uhr früh bis um Mitternacht. Mit den Knien auf dem Boden und auf einer schwankenden alten Leiter. Nach einer Woche fuhr ein vollbepackter Möbelwagen aus Liegnitz vor.

Und bald darauf erschien »sie«. Inge. Ihr Ingelein.

Ingelein war so um achtzehn. Schlank, hochgeschossen. Aus kindlicher Scheu linkisch. Dunkelbraun. Still wie die Mutter. Sie trug simple, daheim geschneiderte Fähnchen. An ihrem hübschen Jungmädchengesicht erkannte man, wie reizend einmal die Mutter ausgesehen haben mußte. Neben Inge wurde Frau Herrmann noch älter. Die Nachbarn stellten es sofort fest. Nein, man mochte Ingelein nicht. Und als gar der Monteur Friedrichsen, ein später Junggeselle mit einem florierenden Schlosserladen, das sehnsüchtige Ziel für zwei Schwiegermütteraspirantinnen im Hause, offen für Inge einzutreten wagte, verwandelte sich die Ablehnung, geschickt geschürt, in Haß. Inge war untendurch. Am bösesten eiferte Frau Hollermann, denn ihr Wolfgängle begann plötzlich seine Feindseligkeit gegen die Herrmanns aufzugeben.

Als dritter und als letzter der Familie kreuzte eines Abends Herr Herrmann auf. Er war ein Fünfziger. Ein sehr gut erhaltener Fünfziger. Herr Herrmann war ein Stolzer. Einer, der sich offenbar für mehr hielt. Er nickte zum Gruße – dann ging er weiter. Niemand wußte, wo er arbeitete, was er tat. Er bezeichnete sich in der polizeilichen Anmeldung als »Dipl.-Ing.«.

Herr Herrmann trug immer einen grauen, dunkelgestreiften Anzug mit einem blauen Oberhemd und einer blauen Fliege. Er lachte nie. Er lächelte nie. Er redete nie ein Wort. Und wer ihn von den Nachbarn auf der Treppe in ein Gespräch verwickelte, erhielt Nichtssagendes zur Antwort. War er ein Rentner? Oder Invalide? Man wußte nichts. Gar nichts.

Oft verschwand Herr Herrmann. Und blieb verschwunden. Für lange Zeit. Dann war er wieder da. Auf ein paar Wochen. Nie hatte er Besuch. Und wenn er fortging, verließ er das Haus allein. Niemals mit der Frau. Höchstens mit der Tochter. Ingelein schien ihn zu verehren. Er war wohl ihre Idealgestalt. Inge war, das sah man, guter Laune, wenn er da war. Ihre Züge verhärteten sich, sobald der Vater wieder verschwand. Man munkelte sehr bald, Herr Herrmann sei ein Filou. Er hatte, so behauptete sich das Gerücht im Hause, seine Frau als halbes Kind kennengelernt, als sie auf einem verschuldeten ostpreußischen Gut ihre Mutter pflegte, und geheiratet, als sie nach dem Tode der alten Dame den zusammengeschrumpften Familienbesitz geerbt hatte. Der junge Ehemann hatte, so wollten die Schandmäuler durch Berichte einer angeblich entfernten Cousine wissen, die paar Tausender in einem halben Jahr verjuxt und nach Inges Geburt nur noch um des Kindes willen die Gemeinschaft aufrechterhalten. Es gab hierfür zwar keine Bestätigung, aber jeder traute es ihm zu.

Und nun hatte sich in jener Juninacht von 1942 die erste, gewissermaßen durch Ohren- und Augenzeugenberichte erhärtete Tatsache zugetragen. Herr Hausmeister Hollermann wartete gespannt, bis sich jener Dr. Rothe einfand. Er kam auffallend schnell. Es war ein Herr, an dem es außer seiner besonders eleganten Kleidung und der immer im linken Mundwinkel baumelnden Kettenzigarette nichts Auffallendes zu beschreiben gab. Er war normal groß, normal breit, hatte normal braunes Haar. Alles an ihm war durchschnittlich. Nur der Eindruck, den seine Persönlichkeit hinterließ, war keineswegs durchschnittlich, keineswegs, stellte Herr Hollermann fest. War er fünfundzwanzig? Fünfundreißig? Fünfundvierzig? Der Hausmeister schätzte vergeblich.

»Danke Ihnen, Doktor, daß Sie gekommen sind«, flüsterte Herr Herrmann. Das Sprechen schien ihm noch schwerer als bisher zu fallen.

ZWEITE NACHFORSCHUNG

Einer kuriert das Herz eines Betrunkenen und auch sein eigenes

Ein Reporter braucht bekanntlich drei Dinge. Erstens: Glück. Zweitens: Glück. Drittens: Glück. Mein Freund, der Reporter E. J., hatte Glück. Sehr viel sogar. Er machte einen ungeheuerlichen Fund. Allerdings erst viel später. Er entdeckte Dr. Rothes Tagebuch. (Wie er es fand, das erzähle ich später.) Es war kein Buch. Es waren lose Blätter. Mit Grünschrift beschmiert. Zwischendurch mit blauer Tinte. Auch mit roter. Manches mit Schreibmaschine. Dazwischen Ausschnitte aus Zeitungen. Und auch Aktennotizen und gerichtliche Gutachten. Sie lagen ziemlich durcheinander in einem schwarzen Lederkoffer.

Hier sind Stellen, die sich auf jene Nacht und die darauffolgende Zeit beziehen:

23. Juli 1942

...ausgerechnet nur nach mir verlangte er. Als ich Inges Mutter am Telefon hörte, erschrak ich. War etwas mit ihr passiert? Nein, mit dem Alten war was los. Dem Himmel sei Dank. Hol' ihn der Teufel! Um zwei Uhr nachts jammert er nach mir? Ich komme. Ich kam. Blöder Hammel.

Betrunken. Herz wie ein Elefant. Meins ist kränker. Durch ihn. Nur durch ihn.

Abscheulich. Alles schoß wieder in mir hoch. Wie ich im Wohnzimmer saß. Mit der schweigsamen Frau Herrmann Kaffee trank. Während er nebenan den Rausch ausschlief. Sie weinte: »Was werden die Leute sagen?« Unsinn. Jeder trinkt mal übern Durst. »Fällt jeder die Treppen runter?« wollte sie wissen. Jawohl, logisch, ein richtiger Mensch fällt die Treppen runter. Man kann nicht immer nur Pst! Pst! machen.

Ja, bitte, noch einen Kaffee. Warum ging ich eigentlich nicht? Es war drei Uhr. In fünf Stunden begann mein Dienst. Sauberer Mediziner. Schluckt Koffein, das er anderen verbietet. Frau Herrmann war eingenickt. Sie tat mir leid. Welch trostloses Dasein. Von Pst! zu Pst! Warum verschwand ich nicht. Da stand der Sessel. Auf dem hatte ich gesessen. Vor einem Jahr. Herr Herrmann hatte dort drüben gestanden. Hatte gesagt: »Nein!« Weil noch einer dagewesen war. Auf ihn sollte Inge warten. Obwohl er nicht hier war. Und auch nicht da. Ein Schatten der Vergangenheit. Ein Nichts. Was konnte ich dafür? Hatte ich den Krieg begonnen? Ich liebte Inge. Und der, der vor mir gestanden war, der fremde Herr da, mit Inges Nase, mit Inges Stirn und Mund, der hatte entschieden: »Nein!« Und die Frau hatte gefleht: »Pst! Pst!« Mehr war ihr nicht eingefallen.

Was hätte ich damals Herrn Herrmann erwidern sollen? Mit einem Nebenbuhler konnte ich kämpfen. Mit dem Säbel. Mit der Waffe. Und wenn's nicht anders gehen sollte, mit der Faust. Aber was hatte ich mit einem Vermißten zu tun? Damals war Inge erschienen. Verweint. Kalt. Geräuschlos. Nichts hatte sie dem Vater erwidert. Da war ich gegangen. Und nun saß ich wieder hier und trank Kaffee. Wo war eigentlich Inge? Bei einer Freundin? Möglich. Aber da stand sie. Als Photo. Auf einer Postkarte. War sie eigentlich schön? Ich weiß nicht. Mir gefiel sie. Wie sie sich anschmiegte. Sie war so leise. Wie ihre Mutter. Nein, die war aus Angst so still. Inge war es aus Innigkeit. In sich gekehrt. Quatsch! Nichts war sie. Hinterlistig war sie. Feige war sie. Erbärmlich war sie. Warum hatte sie nicht aufgetrumpft? Hatte dem Vater nicht klargemacht, daß er kein Recht hätte, sich in ihre Angelegenheiten zu mischen? Warum löschte sie diesen Bräutigam, den sie kaum gekannt, den sie kaum geküßt, den sie nie umarmt hatte, nicht aus ihrem Leben? Nur, weil er damals bei der Waldmeisterbowle am See angesichts der Neumondsichel geschworen hatte: »Du, nur du!« Unsinn! Verlogene Romantikerin. Die Lebenden haben recht. Aber war Inge eigentlich schuld? Waren es nicht die Eltern? War Inge nicht ein unverdorbenes Kind, das nichts vom Leben wußte als Pst! und als Höhepunkt eine Sirenenwarnung?

Es ging auf fünf. Ich sah sie vor mir, wie ich ihr zum erstenmal begegnet war. Bei meinem Laboratoriumsassistenten Hoesch. Erst hab' ich gedacht, sie wäre seine Freundin. Dann hab ich geglaubt, sie liebte einen andern Gast. Aber kurz vor dem Aufbruch hatte sie mich gefragt: »Herr Doktor, ich glaube, wir haben denselben

Weg.« Süß war sie, ja, sie war süß. Das vermochte ich nicht zu leugnen. Ob ich ihr nicht doch helfen sollte? Aus diesem unglückseligen Hause herauszufinden? Aber wie? Wenn sie mir nicht half? Vielleicht wäre es richtig, ich würde auf sie warten. Wer da ist, hat immer eine Chance. Ich müßte diesen Schatten beseitigen. Um ihretwillen. Um meinetwillen. Mit ihr. Oder auch gegen ihren Willen. Hatte sie denn überhaupt einen Willen? War sie nicht nur immer da? Und nickte? Und wenn einer verneinte, nickte sie nicht auch verneinend zu? Ich saugte an der letzten Zigarette. Die Kaffeekanne war leer.

Ich hatte gedacht, ich hätte den Fall Inge überwunden. Und nun drängte wieder alles an die Oberfläche. Immer wieder legte ich mir die Frage vor: Warum hatte sie damals nichts gegen das Diktat des Vaters zu sagen gewagt? Diese temperamentlose Feigheit hatte mir vor einem Jahr den Abschied von ihr leichter gemacht. War sie denn temperamentlos? Nein, das durfte ich nicht behaupten. Inge war voll ungezügelten Feuers, voll aggressiver Lebensgier. Trotz Scheu, Naivität und aller Unerfahrenheit. War sie wirklich nur scheu? Als sie mich zu sich bat? Gleich nach dem ersten Kuß? War sie tatsächlich so naiv? Als sie mir im Boot erklären wollte, daß auch Schmerz zur Lust werden könnte? War es unerfahren, wenn sie sich tagelang vor mir versteckte, um meine Glut zu schüren? Oder war alles nur Instinkt? Ich haßte sie. Ich liebte sie. Oder nicht? Ich wußte es nicht. Ich war erschrocken. Ich fand mich in der Verwirrtheit meiner

Empfindungen und Gefühle nicht mehr zurecht. Ich hatte mir bisher eingeredet, ein unbeirrbarer Diagnostiker zu sein. Ich hatte gelernt, Fieberkurven und Krankengeschichten mit einem Blick zu erfassen. Und nun trieb der Bazillus Inge in mir ein fatales Spiel. Kreuzdonnerwetter! Wer war Herr meiner Gefühle? Wer lenkte sie? Bremste sie? Narrte mich? Funkte quer? Wer? Ich nicht. Jedenfalls nicht mehr. Oder noch nicht. Lächerlicher Knirps, ich. Abhängig, ob ich glücklich war, von dem Pst! Pst! einer fremden Person.

Dabei hatte ich allen Grund, der Inge dankbar zu sein. Sie hatte mich gerettet. Obwohl sie nichts davon wußte. Auch später habe ich ihr nichts verraten. Es war wie im Märchen. Als sie mich zum ersten Male küßte, wußte ich, ich war erlöst. Es war überstanden. Die Geschichte mit Marietta. Mit der Kanaille Marietta. Ich begann damals meine ersten Experimente. Marietta pflegte die Kaninchen. Mit rührender Mutterliebe. Sie hatte die besten Resultate. Wenn die Tiere sie sahen, schien es, als ob sie lächelten. Marietta war erst achtzehn, schwarz, mit Scheitel in der Mitte. Das war alles, was ich an ihr sah, als ich sie zum erstenmal erblickte. Marietta war mein Typ. Wie kindisch! Aufs Haar zu achten! Und nur aufs Haar. Ich kümmerte mich nicht um ihr Gesicht. Es war anmutig. Marietta war, ich sagte es schon, achtzehn. Ich gewahrte nicht den vulgären Ausdruck um den Mund. Bedenkt: es war meine erste Liebe. Ich litt an einer Furcht. Es könnte eines Tages zu Ende sein. Ich vermochte mir nicht vorzustellen, wie ich je ohne Marietta auskommen würde. Man wird als Wissenschaftler besonders komisch, wenn man zum ersten Male liebt.

Ich liebe dich, rechnete mir Marietta vor, und du liebst mich. Was soll da schiefgehen? Ich werde dich nie verlassen, weil ich keinen Dümmeren finden werde, schwor Marietta, und es sah so aus, als ob sie Ernst machte. Und auch du wirst mich nie verlassen, weil du zu dumm bist, um eine bessere Marietta zu fangen. Es war von bezwingender Logik, und ich glaubte es.

Ich, der ich jedem meiner Experimentergebnisse mißtraute. Es rächte sich.

An jenem Morgen, als ich von der Dessauer Konferenz mit der Freudenbotschaft: Ich bin Leiter eines eigenen Labors geworden, heimkehrte. Marietta war nicht da. Die Kaninchen lagen unversorgt in verschmutzten Ställen. Eins, die kleine Roberta, war nach all den mühevollen Spritzen am Verrecken. Drei waren schon krepiert.

Marietta? Marietta! Ihr Bett war unberührt, Marietta hatte offenbar seit Tagen nicht daheim gegessen. War sie krank geworden? Dann würde ein Zettel daliegen. Ich rief bei Henriette an. Marietta? Nein. Nicht gesehen. Ich forschte behutsam bei der Pförtnersfrau, Fräulein Marietta? Nein. Nicht gesehen. Marietta! Marietta!! Um elf erschien sie. Trat ins Labor ein. »Du, hier? Nanu? Schon? War was los?« Wie übernächtigt müde sie ausschaute. Ich fragte nichts. Sie sagte nichts mehr. Sie ging zu den Ställen. Nach einer Weile trat sie ein: »Du, Roberta ist tot.« Ich sagte nichts. Marietta verschwand. Blieb fort. Aus.

»Ist mir das aber peinlich«, sagte Frau Herrmann und riß mich aus meinen Erinnerungen. Sie war in ihrem Sessel aufgewacht und schaute verwirrt auf mich. »Es ist ja sieben.«

»Ich seh' nur noch mal nach Ihrem Mann, Frau Herrmann.«

»Erst müssen Sie Frühstück haben, Herr Doktor. So ohne laß ich Sie nicht fort.«

Nebenan schnarchte Herr Herrmann. Jäh wachte er auf. »Danke, danke, Doktor. Sie haben mir das Leben gerettet. Mein Herz setzte aus.«

»Herr Herrmann, Sie haben ein Herz wie ein Dreißigjähriger.«

»Sie müssen uns öfter besuchen, Doktor.«

»Gern, Herr Herrmann. Wenn ich darf. Sehr gern.«

»Nein, nicht als mein Arzt. Als Freund, mein' ich, als Freund der Familie. Na, Sie wissen schon, was ich sagen will.«

So kam ich öfter. Natürlich traf ich Inge. Wir gingen in die Oper. Inge gähnte grauenvoll. Ich machte mir Vorwürfe. Ich hätte nicht mit *Tannhäuser* beginnen sollen. Warum benahm ich mich so egoistisch? Beim nächsten Male sahen wir *Das Dreimäderlhaus.* Inge zerfloß. Schubert brachte sie mir näher. Ich schenkte ihr die Platten. Es wurde wieder eine schöne Zeit. Inge bekam mir so gut. Selbst trübe Dinge sahen freundlicher aus. Ich kaufte ihr eine Kette. Inge war über die Perlen hingerissen Plötzlich weinte sie. Was war geschehen? Daheim war Ärger. Ihr Vater war auf und davon. Für endgültig und immer. Nach einem fürchterlichen Krach. Den das ganze Haus mit angehört hatte. Ihre Mutter sei verzweifelt. Aber das Schlimmste komme noch. Heute habe das Wohnungsamt einen jungen Herrn geschickt. Er soll in Vaters Zimmer ziehen. Fürchterlich! Der Gedanke, daß wir nun auch noch einen Fremden in unserer Wohnung dulden müßten!

»Und wenn ich das Zimmer miete, Inge?« fragte ich.

»Das wäre zu schön, Karl, um wahr zu sein.«

Ich zog zu ...

Dritte Nachforschung

Einer stellt sich dumm und ist schlau

Das nächste, was mir mein Freund, der Reporter, vorlegte, waren Aussagen einiger Nachbarn über den Eindruck, den der Zwist des Ehepaares Herrmann hinterlassen hatte. Das Haus nannte ihn einen Strolch und bedauerte sein Opfer, die Gattin, noch tiefer als bisher, was sich gelegentlich sogar bis zur Überlassung von Milch an Mieze steigerte. Selbst fürs Ingelein brachte man ein gewisses Mitgefühl auf, indem man sie auf der Treppe fragte, ohne allerdings eine Antwort abzuwarten: »Na, wie geht's?« – Über Dr. Rothes Einzug in Herrn Herrmanns bisheriges Wohnzimmer verlor niemand ein Wort. Man hatte ihn längst erwartet.

Für viel aufregender hielt ich des Reporters spätere Aufzeichnungen über Unterhaltungen mit Herrn Herrmann, dem er, wie bereits angedeutet, zufällig in Stockholm in die Arme gelaufen war. Herr Herrmann sah recht heruntergekommen aus. Was man nicht an seinem ewiggleichen, grauen dunkelgestreiften Anzug, sondern an den durchgestoßenen Ärmelenden ablesen konnte. Er nannte sich noch immer Patentberater, aber er gab offen zu, daß sich die Erfinder von ihm nicht in der erhofften Menge beraten ließen. Als eine Art selbstverständlichen Vorschuß goß Herr Herrmann fünf Aquavits ohne Atemschöpfen in sich und war auf dem Wege, eine weitere Ladung auf Rechnung des Reporters zu bestellen, was nicht etwa als Beweis für die Kostspieligkeit der Materialbeschaffung, sondern als Zeichen des Tiefstandes, in dem sich Herr Herrmann befand, berichtet wird.

»Ich war damals nicht ganz frei«, begann Herr Herrmann. »Ich hatte mich auf gewisse Zeit einem Dr. Hartmut Herlegger verschrieben. Was verschrieben bedeutet? Na, also er bestellte allerlei Wissenswertes, und ich lieferte. Womit er mich beauftragte? Also zum Beispiel hatte ich damals dem unentwegt umherspitzenden Herrn Hausmeister Hollermann einen Geheimbrief in die Hände zu spielen. In diesem Dokument waren Informationen über die Beteiligung einiger Parteigrößen an einer geplanten Rebellion angedeutet. Kein Wort war wahr. Aber das Schreiben brachte neue Unruhe und weiteres Mißtrauen. Verstehen Sie? Das war Nervenkrieg.«

»Danke, ja.«

»Wenn möglich, bleib' ich beim Aquavit. Der stärkt mein Erinnerungsvermögen. Ja, beim Nervenkrieg waren wir stehengeblieben. Und dann befahl mir einmal mein Kontaktmann: Locken Sie den Dr. Rothe in Ihr Haus. Was sehr schwer war, weil ich ihn ein Jahr zuvor auf ausdrücklichen Befehl meiner Auftraggeber hatte fortjagen müssen. Warum? Ich hatte mir längst abgewöhnt, etwas zu entgegnen oder zu fragen. Ich gehorchte und kassierte. Deshalb markierte ich auch nachts im Treppenflur einmal eine Herzattacke. So war jeder in unserm Hause Zeuge, und niemand schöpfte Verdacht, als der kleine Kaninchendoktor wieder bei uns auftauchte. Ja, auch der Krach mit meiner ahnungslosen Frau war auf Anregung meiner Auftraggeber von mir inszeniert. Er rechtfertigte vor den mißtrauischen Augen meiner Nachbarn meinen Auszug nach Stockholm und Rothes Einzug in mein Zimmer. Und warum das alles? Weil meine Auftraggeber die Kopien seiner Tierexperimente haben mußten. Danke, prost! Wissen Sie, das waren so Mutationsversuche mit Kaninchen, über Nährböden. Antibiotische Wirkungen. Und so weiter. Sie verstehen schon. Wenn der Gegner die Ergebnisse bekam, ersparte er sich zwei Jahre Arbeit. Mindestens. Und diese aufschlußreichen Berichte kriegte ich eben von Inge. Inge tat immer, was ich wollte. Und sehr bald hatte ich die ersten Kopien der so wertvollen Versuchsreihen. Frisch aus der Schreibmaschine. Soeben von Herrn Dr. Rothe meiner Tochter diktiert. Der brillante Diagnostiker Dr. Rothe ... merkte gar nichts. Na ja, Verliebte merken ja nie etwas. Haha! Ich nahm die Papiere mit auf meiner verdammt notwendig gewordenen Flucht nach Stockholm.

VIERTE NACHFORSCHUNG

Ein Verliebter verlobt sich und verschenkt sein Brautbett

Über die folgende Zeitspanne geben wieder einige Eintragungen im Tagebuch des Dr. Karl Rothe Auskunft:

27. Oktober 1943

Gurkensalat – erwähnte ich, als ich mal beim Frühstück erzählte, wie mir meine Mutter einen Riesenteller auf die Straße ans Steuer brachte, als ich ihr meinen ersten selbstverdienten Wagen vorführte, weil ich als Junge immer von zwei Wünschen geträumt hatte, vom Gurkensalat und vom eigenen Auto. Und schon war Frau Herrmann auf und davon, und am Abend stand ein großer Berg Gurkensalat neben meiner Suppe.

Wo hatte sie ihn nur her? Wo Zucker und Essig so selten waren? Bestimmt hatte sie wieder eine ihrer Broschen eingetauscht. Und da saß sie nun daneben, Frau Herrmann, stumm wie immer, und sonnte sich an meiner Rührung. Frau Herrmann hüllte mich ein mit jener überaufmerksamen Liebe, die sie wahrscheinlich einmal als junges Ding dem Manne ihrer Träume hatte entgegenbringen wollen. Ihr phantasieloser Wille zur Güte plagte mich abscheulich. Ich nahm mir fest vor, ihr fortab keine Geschichten mehr aus meiner Jugend zu berichten. Frau Herrmann sollte ihre paar geretteten Kröten behalten.

Aber das waren nur winzige Wolken, die über meinem Alltag schwebten. Sonst war alles an unserem Himmel in blauestem Blau. Inge liebte mich. Sie liebte mich sehr. Wenn ich nur eine halbe Stunde später aus dem Labor kam … schon war ihr Stimmchen am Telefon: »Und wann ist der Herr Doktor abgefahren? Und hat er denn nichts für mich hinterlassen? Und war jemand mit ihm im Wagen?« Die Schlehbusch, meine Sekretärin, pflegte mir diese Liebkosungen am nächsten Morgen als Dienstnotiz aufs Pult zu legen: »18.15 Uhr: Anruf Fräulein Herrmann. 18.35 Uhr: Anruf Fräulein Herrmann. 19.05: Anruf Fräulein Herrmann.« Die Schlehbusch wußte, daß ich gleich guter Laune war, wenn ich solch einen Zettel vorfand.

Inge steckte mir auch selbst kleine Zettel zu. Mit Liebkosungen. Sie scheute sich, mir die Zärtlichkeiten ins Gesicht zu sagen. Ich genoß ihre Verschämtheit und die etwas eigenwillige Schrift.

Ich verbrachte die Zeit im Labor wie im Traum. Leidenschaftlich beschäftigte mich mein Beruf. Und außerdem blickte ich hundertmal am Tage auch auf die Zeiger der Uhr. Dann rief ich bei ihr an. Nur ihre Stimme wollte ich hören. Ich hatte bisher das Telefon gehaßt. Ich begann, es zu lieben, weil es mir die Brücke zu ihr verschaffte. Wenn sie nur flüsterte: »Du!« – so stand sie vor mir. Leibhaftig. Inge sagte überhaupt selten viel mehr als »Du!« Aber diese winzige Silbe wuchs zwischen ihren Lippen ... ich werde schon wieder albern. Ich bin gern albern, seitdem ich Inge liebe.

So dachte ich an Inge, als mein Assistent Hoesch vor mir stand und meldete: »Herr Doktor, Ihr Fräulein Braut ist am Apparat.«

Mein Fräulein Braut? Ich begriff zunächst nicht. Ja, natürlich, mein Fräulein Braut. Hoesch meint Inge. Natürlich, natürlich, wie sollte sie denn ein Mann wie dieser taktvoll behutsame Hoesch auch anders bezeichnen. Mein Fräulein Braut. Fräulein Braut. Braut. Ja, klang ganz hübsch. Inge ... meine Braut. Meine Braut Inge. Der Satz kreiste. Vom Gehör ins Hirn. Blieb da und trieb seine Scherze. Mein Fräulein Braut. Warum eigentlich nicht? War sie nicht längst meine Frau? War es nicht eine Formalität? Kindisch. Ob Inge Herrmann oder Inge Rothe. Klang etwas fremd. Inge Rothe ... Nein, gar nicht. Nur ungewohnt. Sogar anmutig. Anheimelnd. Inge Rothe. Frau Inge Rothe. Meine Frau Inge Rothe, geborene Herrmann.

In einer Diktatpause fragte ich die Schlehbusch ohne Übergang: »Werden Sie heiraten?«

Meine Sekretärin blickte erstaunt auf. »Ja.«

»Wann?«

»Weiß nicht.«

»Wieso nicht?«

»Zu unsichere Zeiten.«

»Eben deshalb sollten Sie heiraten.«

»Mein Bräutigam sagt nichts. Und ich fang' nicht an.«

»Denkt vielleicht nicht dran. Hat keine Ahnung, daß Sie überhaupt wollen.«

»Eine Frau will immer einen Mann, den sie liebt, heiraten. Sonst heuchelt sie, sonst liebt sie den Nächsten, obwohl sie ihn noch nicht kennt.«

»Teufel, Schlehbusch, sind Sie 'ne kluge Hexe.«

»Was ist da teuflisch, Herr Doktor? Was klug? Wenn ein Mann nur einmal eine Woche lang in der Rolle einer Frau wäre, so würde er sicher nie mehr wagen, mit einer Frau ohne äußere Bindung zusammenzuleben.«

»Sie sollten ein Lehrbuch schreiben. Für Junggesellen, Schlehbusch.«

»Es glaubt ja doch kein Mann. Die Herren der Schöpfung sind zu klug.«

Sonst heuchelt sie ... sagte sie. Aber Inge heuchelte nicht. Ich beobachtete sie. Nein.

Im Gegenteil: es schien mir, als ob sie noch inniger geworden war. Als ob sie die letzte Scheu verloren hätte.

Wir gingen öfter in die Oper. Ich hatte sie zunächst in Verdacht, sie tat es um meinetwillen. Aber nein. Sie wurde musikbesessen. Inge las. Jedes Buch, das ich heimbrachte, durchflog sie tagsüber. Inge war wie jede begabte Frau, die sich auf den geliebten Mann einstellt: alles, was ihn interessiert, liebt sie, was er verehrt, liebt sie bedingungslos. Ist der Auserwählte ein Industrieller, so liest sie die Kurse und denkt in seinen Thesen. Ist er ein Landwirt, so studiert sie den Ewigen Dorfkalender und blickt im Lenz über die Felder mit den Augen des Bauern.

Ich sollte sie auch einführen in meine Experimente. Ich wehrte ab. Weil ich daheim eine Ablenkung vom

Dienst benötigte. Aber Inge ließ nicht nach. Es wäre doch zu schade, daß sie so manchen Abend vergeblich auf mich warten müßte, nur, weil ich in dem ungemütlichen, unsauberen, oft ungeheizten Labor saß und der Schlehbusch diktierte. Wie viel schöner und gemütlicher wär's, beschrieb sie, wenn ich lieber pünktlich zum Abendbrot heimkäme und ihr später, in meinem bequemen Lehnsessel sitzend, alles in die Maschine diktierte. Da könnte es getrost, wie so oft, drei oder sogar fünf Uhr morgens werden. Nein, man sollte sein Haus von jeder Berufsarbeit rein halten. Inge entgegnete entrüstet, es wäre Krieg. Sie käme sich so schäbig vor, daß sie nicht mithelfe. Sie wäre so beglückt, wenn sie mir nun auch beruflich näher kommen dürfte. Schließlich gab ich nach. Und tatsächlich ersparte ich ungeheure Zeit im Labor. Ich konnte die Stunden im Büro für das neue Serienimpfen verwenden.

Eines Abends saßen wir wieder in unserem Lieblingsgasthaus am Strom. Ich fragte Inge, wann sie mich heiraten wollte. Sie zitterte. Sie sagte nichts. Wie immer in großen Momenten. Ich drängte weiter. Wiederholte meine Frage. Sie vertröstete: »Warten wir, bis dieser Krieg vorbei ist.«

»Was haben wir beide denn mit dem Krieg zu schaffen? Ich bin Wissenschaftler. Sonst kümmert mich nichts.«

Inge wurde bockig. Aber ich gab nicht nach. Ich hatte gelernt. Aus ihrem Schweigen an jenem Abend, da mir ihr Vater das Haus verbot. Ich wiederholte meine Frage bei jeder Gelegenheit.

Einmal meinte sie bedrückt: »Karl, ich habe andere Sorgen.«

»Welche?«

»Vater.«

»Was ist mit ihm? Wo ist er?«

»Er könnte sich eine neue Existenz gründen.«

»Woran fehlt's, Inge?«

»Geld.«

»Wieviel?«

»Viel.«

»Was ist ›viel‹?«

»Zwanzig ...«

»Was zwanzig ... ?«

»Tausend. Zwanzigtausend.«

»Wofür?«

»Für ein Büro. Ein Büro für Patentideen.« Sie setzte mir auseinander, warum er diese Summe benötigte. Ich hörte nur halb zu. Ich verstand zu wenig von derlei kommerziellen Dingen. Selbstverständlich gab ich ihr das Geld. Es war ein Teil meines mütterlichen Erbes. Ich hatte es mit Hilfe eines weisen Onkels durch die Inflation gerettet und nie davon Gebrauch gemacht. Inge umarmte und küßte mich. Sie flüsterte mir einen Satz ins Ohr, der mich begeisterte: »Es ist mir leichter, das Geld von meinem zukünftigen Mann zu nehmen ...« Bald darauf reiste sie zu ihrem Vater.

Nach einer Woche kehrte Inge heim. Sie sagte nichts. Frau Herrmann hatte sich wieder einmal eine Überraschung ausgedacht: wir sollten Verlobung feiern. Hierzu hatte sie bereits eine Obsttorte gebacken. Aus jeder Etage hatte sie sich Zucker, Mehl, Rosinen und Obst geborgt. Das ganze Haus nahm an der Feier teil.

Inge war als Gastgeberin viel zu aufgeregt, als daß sie sich über die Bedeutung des Abends im klaren war. Ich überraschte sie in der Küche, wie sie die Eisbombe, den Clou des Verlobungsabends, zerschnitt. Inge weinte schon wieder. Was war nun? Unglücklich? Meinetwegen? Weil sie »Ja!« gesagt hatte? Nein. Wegen Vater. Was gab's denn nun schon wieder? Vater brauchte noch mehr Geld. Nur etwa 10 000. Nur ... ist gut. Aber auch darüber ließ sich reden. Inge redete darüber. In der ihr eigenen Knappheit. Ich zahlte.

»Ich weiß, Karl«, sagte sie, »es ist die Summe, die du für unser Schlafzimmer reserviert hast.«

Ich lachte abwehrend. »Na, ja ... So was stört mich nicht weiter.«

Ansonsten verlief unser Verlobungsfest grandios. Wir sangen Lieder. Hoesch spielte zur Laute. Wir tanzten eine Verlobungspolka.

Am nächsten Morgen reiste Inge wieder fort. Zum Vater. Als sie nach drei Tagen heimkehrte, sah sie leidend und gealtert aus. Was war?

»Nichts, Karl.«

***

In dem Tagebuch folgen einige belanglose Schilderungen über Tage in gleichmäßigem Rhythmus. Aus diesen Notizen geht hervor, daß sich Dr. Rothe tagsüber weiterhin in seine Forschungsarbeit vertiefte und daß er die Abende und Nächte oft bis zum Morgengrauen mit seiner Braut an der Schreibmaschine verbrachte. Inge war nun auch seine Berufsvertraute geworden. Alle Befürchtungen, die er als Folge einer Zusammenarbeit geäußert hatte, bewahrheiteten sich nicht. Offensichtlich trat das Gegenteil ein: Inge fühlte sich durch das Vertrauen, das er ihr schenkte, so geehrt, daß sie ihn noch mehr zu lieben schien als bisher. Wie fasziniert blickte sie auf ihn, wenn er Stunden und Stunden in unermüdlicher Schaffenskraft seine Gedanken in Sätze fügte und sie ihr diktierte. Und ihm bereitete es ein Vergnügen, der geliebten Frau zu zeigen, wie glanzvoll pausenlos sein Hirn zu funktionieren imstande war.

Gelegentlich verreiste Inge. Nur mal, deutete sie an, um den einsamen Papa zu kraulen und nachzusehen, ob seine Teekanne sauber wäre. Inge kam jedesmal abgehetzt und verstört heim. Es dauerte eine gewisse Zeitspanne, bis sie sich dann wieder an die mütterliche Wohnung und an Frau Herrmanns Getröpfel gewöhnt hatte.

»Was ist nur mit dir, Mädel?« fragte Frau Herrmann an einem dieser Abende nach der Rückkehr. »Deine Sachen werden dir zu weit. Ißt du nichts?«

Dr. Rothe blickte Inge an und erschrak. Ihm war es bisher nicht so recht aufgefallen. Wie sah sie denn aus? »Ist dir heiß, Inge?«

»Bißchen.«

Dr. Rothe fühlte ihren Puls und strich ihr über die Stirn.

»Du! Marsch ins Bett! Du fieberst.«

Dr. Rothe vermochte nichts zu finden. Er rief einen befreundeten Diagnostiker zu Hilfe. Der rümpfte die Nase. Nervenfieber.

»Zu viel Aufregung?«

Inge mußte im Bett bleiben. Dr. Rothe war rührend. Mittags schickte er ein mühsam erbeutetes Hühnchen oder Butter oder Blumen oder eine Bonbonniere oder was er sich noch durch Allesbeschaffer Hoesch aufkaufen lassen konnte. Nachmittags flüchtete er bereits aus dem Labor und blieb an ihrem Bett, bis er um neun Uhr abends das Licht ausdrehte.

Nach einer Woche stand Inge wieder auf. Hoesch »organisierte« dem Paar ein Auto, das sie für eine Ferienwoche in ein kriegs- und auch sonst weltfernes Bergdörfchen entführte. Inge und Karl waren sich näher denn je.

Fünfte Nachforschung

Einer flüchtet vor seinem falschen Paß und rettet sich mit dem echten

Vor mir liegen einige Aufklärungen, die Herr Herrmann während seiner Unterhaltungen mit meinem Freunde, dem Reporter, in Stockholm gab. Ich zitiere sie hier:

Herr, mir tritt noch heute, nach fast zehn Jahren, der Schweiß auf die Stirn, wenn ich an jene Herbstnacht in der Gloria-Bar in Osnabrück denken muß. Ahnungslos und bester Dinge, wie man eben in meinem Beruf ahnungslos und bester Dinge sein kann, sitze ich in dem Mausekellerloch, schlürfe meinen als Whisky getarnten Schnürsenkelsaft mit Andacht und Unbehagen und male mir aus, wie mir der Aquavit munden wird, den ich in spätestens 48 Stunden auf mein Wohl in Stockholm durch meine durch Ersatz verrohte Gurgel laufen lassen werde, als programmwidrig die rotbemalten Birnen verlöschen und ein Unsympathling im Dunkeln kommandiert: »Niemand verläßt den Raum. Polizei. Legitimationen vorzeigen.«

Herr, wenn man sich einer solchen Beschäftigung wie der meinen widmet, erschrickt man nicht so leicht, zumal, wenn man, wie ich, ausnahmsweise ein so reines Gewissen in Gestalt eines garantiert echten italienischen Reisepasses mit allen Ein-, Durch- und Rückreisevisen im Jackett hat. Ich habe dieses Prachtstück erst vor drei Tagen durch meinen Verbindungsmann bekommen, nachdem ich mehr als zwei Wochen gewartet hatte, weil der eingeweihte Konsularbeamte infolge verschärfter Kontrolle nicht früher an die Photo-Stanzmaschine seiner Dienststelle gelangen konnte. Ich bin ein Weinhändler aus Turin und verhandle hierzulande wegen Heereslieferungen. Ich verfüge in meinem Koffer auch über aufschlußreiche Kontrakte und andere überzeugende Beweise.

In der Bar flackert das Licht an. Beamte in Zivil gehen von Stuhl zu Stuhl. Sie tun etwas, was mir den Atem verschlägt: sie sammeln Führerscheine, Studentenausweise und andere Dokumente und laden einen jeden Gast ein: »Morgen früh um 7 Uhr im Präsidium im Zimmer 117 melden.«

Solche Rendezvous liebt man in meinem Metier nicht. Man hat zu schlechte Erfahrungen gemacht. Die Polizei pflegt immer ungewöhnlich höflich zu sein: »Setzen Sie sich«, bitten die Brüder, und dann bleibt man sitzen ... monatelang, oft auch jahrelang ... Ein Beamter durchblättert meinen Paß, mustert mich und meint ironisch: »1883 sind Sie geboren? 60 Jahre? Da haben Sie sich aber jung gehalten. Das macht wohl euer guter Wein?« Der Skeptiker wirft mein Büchlein nicht auf den ordinären Haufen zu den anderen. Er läßt es in seiner Tasche verschwinden. Pfui!

Sie, Herr, das wirkt. Als ob er gleich auch Ihren Kopf einsteckt. Ich lächle und erwidere: »Gute Ware, Signore, hält sich.« Nach zwanzig Minuten ist die Operation beendet. Nur für mich nicht. Für mich beginnt sie.

Ich muß die Stadt verlassen, Ich habe meinen Verbindungsmann zu erreichen. Ich schlängle mich an mein Hotel zurück. In meinem Zimmer im zweiten Stockwerk brennt Licht. Aha! Die Herrschaften arbeiten rasch. Nur werden sie nichts Belastendes finden. Trotzdem tue ich besser, wenn ich verschwinde. Aber man wird die Ausfahrtstraßen und den Bahnhof besetzt halten. Da ist ein Kirchhof. Sein Tor ist, wie menschenfreundlich, nicht verschlossen. Ich schreite durch die Reihen der Gräber. Vor einem Stein mit einer Bank halte ich. Ich setze mich. Von hier aus kann ich übersehen, falls sich jemand nähert. Nachts ist man für gewöhnlich auf einem Kirchhof am sichersten. Tote sind friedlich. Nur von Lebenden droht Gefahr.

Vormittags wage ich mich von der Grabstätte. Über Gartenseitenwege erreiche ich eine Wiese. Ich habe die Stadt im Rücken. In meiner augenblicklichen Lage kann mir nur ein Mensch helfen, und das ist meine Tochter. Inge wird um meinetwillen alles riskieren. Mittags raste ich in einem Marktflecken. Auf dem Postamt melde ich ein Gespräch an. Es dauert nicht so lange, wie ich gefürchtet hatte. Inge erkennt meine Stimme, aber auch meine Not sofort. Ja, sie wird kommen. Wir verabreden einen unauffälligen Treffpunkt. Im Besucherwartesaal des Kreiskrankenhauses von Ilmstetten. Zur Sonntagsempfangszeit. Geld? So viel wie nur irgend auftreibbar.

Pünktlich betritt mein Kind den überfüllten Raum. Mit einem Blumenstrauß für den angeblichen Patienten. Auf der Wartebank kommen wir zwei einander Unbekannte zufällig in ein Gespräch. Inge steckt mir ein Paketchen zu. Mit zweihundert Lebensrettern. Was das ist? In meiner Situation kann jeder Tausender mein Leben retten. Ich weiß ja nicht, mit wem ich es auf meiner Flucht zu tun haben werde. Ich muß zumindest finanziell auf alle nur möglichen und unmöglichen Überraschungen vorbereitet sein. Danke, Inge. Ich sage ihr, was ich von ihr erwarte: sie soll heimfahren, vorsichtig meinen Verbindungsmann aufsuchen, ihn unterrichten, um seinen Rat fragen und schnellstens wieder zu mir zurückkommen. Ich werde inzwischen hier in der Gegend unauffällig unterzutauchen suchen. Am Bahnhof stehen drei Telefonkioske. Sobald Inge eintrifft, soll sie im Fernsprechverzeichnis der Mittelkabine auf Seite 27 ein kleines Kreuz mit rotem Bleistift einzeichnen. Dann werde ich sie in der nächsten Besucherstunde wieder im Krankenhaus erwarten. Als sie den Raum verläßt, packt mich das bisher unbekannte Gefühl der Angst. Nicht um mein Schicksal. Ich bange um Inge. Habe ich ihr nicht doch zu viel zugemutet? Woher hat sie so rasch so viel Geld auftreiben können? Aber Inge ist die einzige Person, die mich aus meiner Falle retten kann.

Schon nach drei Tagen entdecke ich das rote Kreuz auf Seite 27. Inge bringt meinen richtigen Paß. Er besitzt alle Visen für eine einmalige Ausreise nach Schweden und einen sechswöchigen Aufenthalt. Ich soll nicht fragen, bittet sie mich. Inge hat einen Bekannten. Der habe großartige Beziehungen. Sie habe allerdings mit 10 000 Mark nachhelfen müssen. Ich möge ihr nur vertrauen.

Sie habe durch ihn herausbekommen, daß gegen mich nichts vorliege. Als Patentberater sei es nicht schwer, für mich ein Visum durchzusetzen. Mir ist nicht ganz wohl zumute. Warum sie nicht, wie ich sie gebeten hatte, mit meinem Vertrauensmann gesprochen hätte? Der sei merkwürdigerweise nicht erreichbar gewesen. Ich dringe weiter in sie. Wer ist ihr Bekannter, muß ich wissen. Inge schweigt. Endlich gesteht sie: er ist ihr mehr als nur ein flüchtiger Bekannter. Er ist ein Freund. Ein bewährter sogar. Er liebe sie über alle Maßen.

»Wer? Wer?« – »Hoesch.« – »Ach!«

Sechste Nachforschung

Einer hört im Himmel lauter Geigen und sieht den Unrat in seiner Hölle nicht

Über die nächsten Vorgänge unterrichtet wieder das Tagebuch des Dr. Karl Rothe:

6. Dezember 1943

Eiskalt ist's. Keine Kohlen. Bomber haben einen Teil des Labors zerschmissen. Überall raucht's noch unter der Asche. Die Fenster sind hin. Werden wir neue bekommen? Ein Aktenschrank mit wichtigsten Aufzeichnungen ist auch ausgebrannt. Stamm 99 meiner Mutationsversuche erbringt noch immer kein Bild. Die antibiotische Wirkung liegt zehn Prozent unter unserem Durchschnitt. Selbst das defibrinierte Frischblut für unsere parallelen Versuchsreihen hilft zu nichts. Und überall liegen Scherben.

Sie bringen Glück. Ich strahle. Mir ist siedeheiß. Wenigstens in der Gegend ums Herz. Wir werden heiraten. Ja ... h ... wie himmlisch ... e ... wie entzückend ... i ... wie Inge ... Verzeihung, ich werde in meinem Zustand schon wieder blöde. Aber nun ernsthaft: Montag bestellen wir unser Aufgebot. Die Alte hamstert schon Zucker und Rosinen. Aus ihrer Mädchenzeit hat sie sich einen langen Schlafrock aus weißer Seide gerettet. Der wird Inges Brautkleid.

Ich will … ich muß mich bemühen, dieses Gespräch … nein, diesen Besuch … ja, diesen Überfall … oder wie ich es bezeichnen mag … es hat alles wohl höchstens fünf Minuten gedauert … es war mir wie eine Ewigkeit … ich will mit aller Kälte und Sachlichkeit niederschreiben, was sich zwischen 8 Uhr 12 und 8 Uhr 17 in meinem Dienstzimmer im Labor zutrug.

Der Besucher, der mich sprechen wollte, kam mir bekannt vor. Ich habe dieses Gesicht schon einmal gesehen. Er war ein netter Herr. Was man so »jovial« nennt. Imposant. Wuchtig. Viereckschädlig. Mit einem sorgsam gradegezogenen Kaiser-Wilhelm-Scheitel. Offizier, dachte ich, als ich seine knapp schneidige Baßstimme vernahm. Ja, war er auch. Obwohl in Zivil. Wer kennt sich da während eines Krieges noch aus. Also Oberst Winkler … wo wollte ich denn nur mit der Schilderung anfangen?

Ja, der Oberst Winkler saß schon in meinem Zimmer, als ich es betrat. Ja? Womit kann ich dienen? Wie fing er nur an? Ob ich mir klar sei, daß ich aufpassen müsse? Worauf denn, bitte schön? Daß meine Nadel bei der Blutentnahme aus der Herzkammer nur bis zum Blutzentrum der Herzkappe gehe? So ein Kaninchen ist nämlich gut für zehn Blutentnahmen. Früher mußten wir jedes Tier gleich töten, um uns das Blut zu verschaffen. Sparen 'ne ganze Masse auf diese Weise, Herr Oberst. Fünf Mark pro Kopf. Macht 45 Mark. Wir müssen hier im Labor mit jedem Pfennig rechnen … heutzutage …

»Nein, lieber Herr Doktor, ich kann kein Blut sehen. Eher schon beim Menschen. Aber nicht bei so harmlosen Tierchen ... Aber mit all Ihrem Gepieke hier tun Sie nur Ihren Meerschweinchen weh. Ich meine ... Doktor ... Sie müssen aufpassen, daß Sie nicht Millionen Menschen ins Herz stechen.«

Ich verstehe nichts. Aber auch gar nichts. »Können Sie nicht deutlicher werden, Herr Oberst?«

Herr Oberst Winkler wird deutlicher: »Ich bin von der Abteilung Schutz der Abwehr. Na, Doktorchen, geht Ihnen nun ein Seifensieder in Ihrem Forscherhirn auf?«

»Von welcher Abwehr?«

»Du meine Güte! Seid ihr Wissenschaftler manchmal von einer lebensgefährlichen Naivität! Ist es Ihnen in all Ihrem Kaninchenblut nicht aufgefallen, daß wir nicht mehr in normalen Zeiten leben? Welche Abwehr? Spionageabwehr!«

»So, so. Und was wehren Sie hier ab, Herr Oberst, wenn ich fragen darf?«

»Sie haben die Pflicht, zu fragen, Doktor. Wir wehren alles Schlimme ab. Nur leider nicht mit dem erwünschten Erfolg.«

»Was heißt das?«

»Um's kurz zu machen ... und so schmerzlos wie möglich, Doktor, wissen Sie, was bei Ihnen los ist? Nee, können Sie auch nicht wissen. Aber nun halten Sie sich mal gefälligst fest. Sie sind angeschmiert.«

»Verzeihung? Was?«

»Betrogen. Sie quälen sich hier mit einem neuen

Serum ab. Wissen Sie, was los ist, Doktor? Ihre Nährbodenforschungen sind längst in London bekannt ... in allen Einzelheiten.«

»Gerede ... Gerüchte ...«

»Nein, lieber Doktor, leider nicht. Ich wär' heilfroh, wenn's nur Gequatsche wär'.«

»Beweise, Herr Oberst!«

»Erkennen Sie diese Durchschläge, Herr Dr. Rothe?«

»Ja. Meine Aufzeichnungen! Woher haben Sie die, Herr Oberst?«

»Fragen Sie nicht, Doktor. Hat uns viel Mühe und Geld gekostet. Ich will kein Geblams mehr. Lassen wir den Sand des Vergessens über alles und alle rieseln. Aber Sie müssen sich schon ein bißchen zusammennehmen. Ich bin der letzte, der etwas dagegen hat, Doktorchen, wenn Sie einen Spaß in Ihrer Freizeit haben. Diese Inge Herrmann mag ja außenrum ein ganz properes Ding sein, aber, Doktorchen, Doktorchen, Ihr dürft nicht mehr einem wildfremden Menschen Eure wissenschaftlichen Geistesprodukte diktieren und die Durchschläge rumliegen lassen.«

Wovon spricht der Mann nur? Von unverschlossenen Kopien? Ja, stammen denn diese Durchschläge aus meinem Labor?

»Nein, Doktor, diese Papiere kommen nicht aus Ihrem Dienstzimmer. Diese Seiten stammen aus Ihrer häuslichen Diktierzeit. Diese Inge Herrmann ...«

»Herr Oberst, Sie meinen Fräulein Herrmann ... meine Braut!«

»Pardon, Herr Doktor, aber Fräulein Inge Herrmann hat die Kopien ihrem Vater überlassen. So sind die Blätter nach Stockholm gekommen. Na, ja, und von dort war's ja ein Kinderspiel, Ihre Formeln nach London zu schaffen.«

»Beweise!«

»Bitte, rufen Sie Ihren Assistenten, den Hoesch.«

Hoesch kommt. Hoesch begrüßt den Oberst.

Ich frage: »Die Herren kennen sich?«

»Ihr Assistent Hoesch steht auch in meinen Diensten, Herr Doktor«, erklärt der Oberst. »Ist ... gewissermaßen ... mein Vertrauensmann in Ihrem Institut. Hoesch verschaffte uns das Beweismaterial. Hoesch, erzählen Sie mal dem Herrn Dr. Rothe, was Ihnen mit der ... mit Fräulein Inge Herrmann zugestoßen ist.«

»Ja, Herr Dr. Rothe weiß ja selbst, daß ich mit Fräulein Herrmann schon recht lange befreundet bin. Herr Dr. Rothe hat Fräulein Herrmann bei mir kennengelernt. Auch damals leiteten mich nur ... nennen wir es ... amtliche Funktionen im Referat III des Abwehrdienstes zu Fräulein Herrmann. Wir mußten endlich Genaueres über die uns noch unklare Agententätigkeit ihres Vaters erfahren. Dann ..., ja, Verzeihung, Herr Oberst, ich weiß nicht, ob ich hier diese Aktion so erzählen darf?«

»Hoesch, reden Sie ruhig weiter, bis unser Doktor vollends im Bilde ist.«

»Unser Referat wußte bereits seit langem, daß Kopien aus Ihrem Labor ins Ausland gingen.«

»Wie war das möglich?«

»Da bin ich überfragt, Herr Dr. Rothe. Wir konnten und konnten die Hintermänner nicht entdecken.«

»Hatten Sie keinen Verdacht?«

»Wir wußten nur, Herr Herrmann war im Spiel. Da kam unser Referat auf die Idee ... wir bringen Sie, Herr Dr. Rothe, ... sagen wir ... in die Nähe von Fräulein Herrmann. Vielleicht wird sie sich dann verraten. Damals lernten Sie durch mich also Fräulein Herrmann kennen. Aber da funkte der alte Herrmann dazwischen. Erinnern Sie sich noch, Herr Dr. Rothe? Seine Auftraggeber schienen ihn gewarnt zu haben. Jedenfalls erfand er damals einen vermißten Bräutigam für sein Töchterchen und schmiß Sie raus.«

»Ist ja alles Unsinn, Hoesch. Herr Herrmann persönlich war es ja, der mich in sein Haus zurückholte. Er selbst bat mich.«

»Stimmt, Herr Doktor. Aber das war ein Jahr später. Da klappte nämlich plötzlich der Diebstahl der Kopien nicht mehr so recht. Herrmanns Hintermänner hatten ihm befohlen, er sollte die unterbrochenen Beziehungen zu Ihnen wieder aufnehmen. Was er artig, wie er war, auch sofort durchsetzte.«

»Hoesch, Sie wollen doch nicht allen Ernstes behaupten, die Inge ... Fräulein Herrmann ... meine Braut ist an dem Diebstahl meiner Kopien irgendwie beteiligt?«

»Herr Dr. Rothe, ich darf Sie wohl nur an die Vehemenz erinnern, mit der Fräulein Herrmann Ihnen ihre Dienste als Schreiberin Ihrer Diktate aufdrängte. Fräulein Herr – – «

»Hoesch, ich warne Sie. Gehen Sie nicht zu weit! Ich wünsche keine Aufklärungen mehr aus Ihrem Munde, denn das alles sind für mich keine Aufklärungen ... das sind dumme Kombinationen ... Latrinengerüchte ... Mit der gleichen Berechtigung könnte ich behaupten, daß Sie das alles verbreiten sollen, weil Sie mit jener Bande unter einer Decke stecken ...«

»Entschuldigen Sie, bitte, aber es ist meine Pflicht, Ihnen gewisse Zusammenhänge aufzudecken, Herr Dr. Rothe. Ist es Ihnen nie aufgefallen, daß Inge gelegentlich zwischen fünf und halb sieben nachmittags verschwand und nicht zu erreichen war? Herr Dr. Rothe, es fällt mir heute schwer, Ihnen ins Gesicht sagen zu müssen ... aber es war die Zeit, in der sie sich mir widmete. Herr Doktor, Herr Doktor, lassen Sie mich ausreden ..., es war die einzige letzte Möglichkeit, um zu erfahren, in wessen Auftrag ihr Papa die Kopien verkaufte. ... Glauben Sie, es war mir leicht?«

Ich will auf Hoesch losspringen. Der Oberst stellt sich vor den Assistenten.

»Herr Oberst, ich ersuche Sie ...«

Oberst Winkler winkt Hoesch zu, er möge sich entfernen. Hoesch gehorcht.

Als wir allein sind, nähert sich mir der Oberst: »Lieber Doktor ... es ist verdammt peinlich ... aber Befehl ist Befehl ... und denken Sie ja nicht, es war mir sehr sympathisch. Ich hatte doch keine Ahnung, wie Sie mit Fräulein Herrmann stehen. Ich habe ja volles Verständnis für Ihre Lage ... ist ja logisch ... Aber, wenn wir zwei Herren einmal ganz unter uns sind … ja, danke, eine Zigarette tut wohl … dann dürfen wir uns nichts mehr vormachen. Leider sind die Feststellungen keine Kombinationen mehr.«

»Aber, Oberst, so nehmen Sie doch Vernunft an. Der Herr Herrmann hat ja das alles gar nicht nötig. Der besitzt eine erfolgreiche Praxis als Patentberater.«

»Doktorchen, stimmt ja auch nicht. Ihre 30 000 Mark … Ihr schönes Geld … hat er auf seinen Spritztouren durchs Land in sehr fideler Gesellschaft verschleudert. Seien Sie nur froh, daß Ihnen Fräulein Herrmann in ihrer verblendeten Liebe für den Vater nicht noch viel mehr abgeknöpft hat. Übrigens fällt mir grad' dabei ein: Wir haben noch 10 000 Mark für Sie retten können. Das ist die Summe, die Fräulein Herrmann als angebliche Bestechung für einen Paßbeamten an Hoesch zahlen mußte. Hoesch hat ihr das Geld abgenommen, damit sie nicht wegen seiner so tadellos funktionierenden Beziehungen Verdacht schöpfte.«

Ich versuche, mich aufrecht zu halten. Mein Hirn ist einfach nicht mehr imstande, die Fülle der Verdächtigungen zu erfassen. Ich kenne doch Inge zu genau … aus hundert Gesprächen … aus Andeutungen … aus Umarmungen … aus tausend Gemeinsamkeiten der letzten Monate … nein, so gemein lügen, nein, so niederträchtig betrügen, nein, nein, das ist nicht glaubhaft. Das müssen Verleumdungen sein … von Unglückseligen, die berufsmäßig gewohnt sind, von ihren Mitmenschen nur das Allerböseste vorauszusetzen, die nur immer im Dreck waten und sich nicht mehr vorstellen können, daß es auch anständige Zeitgenossen geben mag.

»Herr Oberst, solange Sie mir nur immer Reden und Reden halten, die wahr sein können, aber auch erlogen, Oberst, solange Sie mir keine Beweise ... hören Sie, Herr Oberst, überzeugende, einwandfreie Beweise vorlegen, aus denen ich ersehe, ich bin gefoppt, von einer Hexenbrut hinterrücks überfallen worden, Herr Oberst, solange werde ich Fräulein Herrmann auch weiterhin für eine harmlose Person halten.

»Meine Güte ... diese Wissenschaftler ... diese Mathematiker ... Herr Doktor, diese Herrmann hat in ihrer Harmlosigkeit beinahe den angebeteten Papa aufs Schafott gebracht. Wir haben ihn schließlich nur über die Grenze laufen lassen, weil er uns keinen Schaden mehr anrichten kann, weil wir seine Hintermänner bereits haben ... und, ehrlich, Doktorchen, weil wir in unserem eigenen Interesse keinen Skandal wünschen. Dazu ist uns der Fall zu unwichtig. Wir haben ihn bereits abgeschlossen und zu den Akten gelegt.

Herrmanns Aussagen hätten nur erneut bewiesen, wie nachlässig mein Referat gearbeitet hat. Nein, wie gesagt, wir wollen keinerlei Aufhebens mehr. Vergessen. Schwamm drüber. Aber künftig doch höchste Vorsicht anwenden! Na, ja, und die Affäre zwischen der Herrmann und unserem Hoesch ... gestatten Sie mir mal ein freies Wort ... ein privates ... zwischen Ihnen und mir ... im Interesse Ihrer beruflichen Zukunft ... also ... Sie verstehen mich ... es ist zweckmäßig, wenn Sie sich keinen weiteren Illusionen über dieses Flitscherl hingeben, Herr Dr. Rothe.«

***

Hier brechen die Aufzeichnungen über den morgendlichen Auftritt ab. Es folgen noch einige Notizen, quer über die Seiten und meist wirr durcheinandergekritzelt, oft bis zur Unleserlichkeit durchstrichen: »Frau Herrmann soll ihren Gurkensalat selber essen.« ... »Inge ist ein patenter Berater.« ... »Marietta ist ein Flitscherl.« ... »Die Schlehbusch heuchelt.« ... »Inge hat Illusionen.« ... »Süße Inge.« ... »Winklers Gurkensalat.« ... »Herr Oberst liebt Tannhäuser.« ... »Inge ist süß.« ... »Herr Winkler kann kein Blut sehen.«

Es gibt bekanntlich zwei Arten von betrogenen Männern. Die einen müssen sich an ihrem Nebenbuhler rächen. Die anderen richten ihre Wut auf die Treuebrecherin. Dr. Karl Rothe scheint mir Typ Nummer zwei zu sein. Ihn interessiert Hoesch nicht. Seine Gedanken beschäftigen sich nur mit Inge. Als Schlußsatz lese ich: »Kann's nicht glauben. Kann's nicht glauben.«

Eigentlich wollte ich den Fall des Dr. Karl Rothe in der Reihenfolge schildern, in der mein Freund, der Reporter, das Material zusammengetragen hatte. Ich muß aber leider die Absicht wieder aufgeben, um meine Leser nicht zu verwirren. Ich benutze also jetzt bereits Unterlagen, die meinem journalistischen Gewährsmann erst viel, viel später durch Einblick in amtliche Dokumente und durch Recherchen in jenem Krankenhaus zur Verfügung gestellt wurden, in das der lebensgefährlich verletzte – aber auch hier ziehe ich bereits zu indiskret und heftig an dem Vorhang, der die Zusammenhänge noch verdecken muß. Zwischendurch darf ich mich allerdings abermals stellenweise auf meine bisher aufschlußreichste Quelle verlassen, auf das seltsame Tagebuch des Dr. Karl Rothe, wobei ich zu gestehen habe, daß es immer komplizierter wird, sich in dem wirren Gekritzel und Gestreiche zurechtzufinden. Die Eintragungen über die Vorgänge in der Nacht vom 8. zum 9. Dezember 1943 müssen von ihm erst zu einem späteren Zeitpunkt vorgenommen worden sein.

SIEBENTE UND ACHTE NACHFORSCHUNG

Eine rüttelt an ihren Ketten und schmiedet sie nur noch fester

An jenem Tage – es war der 8. Dezember 1943 – hatte Dr. Karl Rothe im Laboratorium weitergearbeitet, als hätte Oberst Winkler niemals mit ihm gesprochen. Seine Hand zitterte nicht einmal, während er seinen Kaninchen das Blut aus der Herzkammer holte. Und selbst als er Hoesch dienstlich begegnete, verrieten weder Ton noch Gebärde, was sich vor geraumer Zeit zwischen den beiden Männern abgespielt hatte.

Gelegentlich ertappte sich Dr. Rothe dabei, daß er seine Tätigkeit immer wieder unterbrach und dann seinen Gedanken nachging. Sie kreisten immer nur um einen Punkt: Hat mich Inge betrogen? Dr. Rothe rief sich alle Einzelheiten ihrer Handlungen mit peinlicher Genauigkeit ins Gedächtnis zurück. Da war in den letzten Wochen nichts, aber auch gar nichts, was darauf schließen ließ, daß zumindest ein Teil der Verdächtigungen wahr sein konnte.

Bis ihm am Nachmittag ein Kurier des Oberst einen Brief mit dem Aufdruck »Höchst vertraulich!« gegen Bescheinigung aushändigte. Dr. Rothe öffnete das Kuvert. Ein kleiner, schmaler, hellblauer Zettel lag im Umschlag. Dr. Rothe kannte das Format und die Farbe.

Er besaß eine ganze Sammlung. Es war ein Liebesbriefchen, wie sie ihm Inge zuzustecken pflegte. Auf dem Papier stand: »Du! Wölfchen! Bestimmt Mittwoch, halb sechs. Er ist in Dessau. Hab' Sehnsucht, Du!«

Und dann gab es keinen Zweifel mehr. Ja, das war Inges Handschrift, und Wölfchen war Hoesch, und die Verabredung war erst vor einigen Tagen erfolgt, denn Dr. Rothe hatte sich vergangenen Mittwoch in Dessau aufgehalten. Dr. Rothe stürmte aus dem Laboratorium. Ohne Hut und Mantel. Beinahe hätte er den weißen Kittel anbehalten. Er streifte durch die dunklen Straßen der kalten Stadt, als ob er vor sich selber fliehen wollte, aber die Gedanken liefen mit ihm. Immer wieder sah er den hellblauen Zettel vor seinen Augen, und am rechten Teil der Schläfe spürte er einen krampfhaften Schmerz. Er dachte nicht daran, daß Inge seine Formeln verraten hatte. Der berufliche Betrug regte ihn gar nicht mehr auf. Als Mediziner kannte er die unerforschten Verbindungen, die sich oft zwischen Vater und Tochter ergaben. Dr. Rothe peinigte nur die Vorstellung, daß die menschliche Bindung nur auf Lug und Trug aufgebaut war. Die Zettel, die sie ihm so oft zugesteckt hatte, sie wiesen den gleichen Rhythmus auf, ja, es war sogar eine ähnliche Ausdrucksform, wenn nicht derselbe Wortlaut. »Du!« ... und immer wieder ihr Ausruf: »Du!« Und alles war falsch gewesen, gemein und falsch, jeder Blick erlogen und jede zärtliche Berührung. Wenn sie wie aus Versehen die Bluse – – – »Hä ... Herr!! Wohl ganz wahnsinnig geworden! Doofkopf! Schau'n Se gefälligst hin, bevor Se sterb'n woll'n!« Rothe hörte, wie im Nebel ein Militärauto auf den Bürgersteig kreischte, weil es ihm, dem träumenden Passanten, hatte ausweichen müssen. »... perfekt wahnsinnig ..., Sie!!«

***

Inge hatte schon dreimal im Labor angerufen. Zweimal war die Schlehbusch am Apparat gewesen. Nein, der Doktor sei zu Fuß fortgegangen. Nein, Mantel und Hut seien noch hier. In dieser Eiskälte! Nein, der Herr Doktor hat nichts hinterlassen. Beim dritten Male meldete sich der Nachtportier. Ja, im Büro des Herrn Doktor brenne noch Licht. Auch der Zimmerschlüssel sei noch nicht abgegeben. Inge bat den Pförtner, in Rothes Büro zu gehen und nachzusehen, warum sich niemand am Telephon meldete. Der Pförtner berichtete: »Nein, Herr Dr. Rothe ist nicht mehr im Hause. Oben an seinem Pult sitzt nur der Herr Hoesch und schreibt.«

Was war nur mit Karl? So etwas hatte er noch nie zuvor getan. Inges Herzschlag stockte. Sie wußte auf einmal: sie war entdeckt. Ohne daß sie sich darüber klargeworden wäre: sie rechnete schon lange mit einer Entdeckung. Was mochte er gefunden haben? Sie hatte so viel vor ihm verborgen, oder richtiger: verbergen müssen. Warum hatte sie sich denn dem Hoesch anvertrauen können? Der war aus anderem Holz geschnitzt, nicht so zimperlich, so empfindlich. Gewiß, dieser Hoesch war in einer anderen Bindung und hatte deshalb nur wenig Zeit, aber um so mehr genoß Inge jede Stunde ihres Zusammenseins. Der langweilte sie nicht mit all den toten Formeln. Ihm hätte sie nach fünf Diktatstunden gestehen dürfen: »Du, ich bin müde.« Aber Rothe, der wäre zu Tode gekränkt gewesen.

»Wo mag er nur bleiben, Ingelein?«

»Weiß nicht, Mutter.«

»Fang' doch mit dem Abendbrot an, Ingelein. Oder wird er böse sein?«

»Nein.«

Inge stellt das Radio an. Eine hübsche Stimme singt: »Das wird ein Frühling ohne Ende ... voll Blütenduft und Sonnenschein.« Inge schaltet aus.

Dr. Rothe steht im Zimmer. Wie aus dem Boden gezaubert.

»Guten Abend, Karl.«

Dr. Rothe schweigt.

Inge weiß: er weiß. Aber was?

Inge dreht das Radio an. Fröhlich strömt's aus dem Kasten: »Wenn du dann endlich bei mir bist ... mich zärtlich küßt ... und nie mehr läßt allein ...«

»Ärger, Karl?« fragt Inge behutsam und stellt sich ihm.

Dr. Rothe schweigt.

»Wieder was im Büro passiert?«

Dr. Rothe schweigt.

Aus dem Radio singt's: »Das wird ein Leben wie im Märchen. Mein blonder Märchenprinz bist du. In deinen Armen finde ich Seligkeit. Vergessenheit und Ruh ...«

Karl verläßt das Zimmer. Inge dreht das Radio ab.

»Wo ist denn sein Mantel, Ingelein?«

»Weiß nicht.«

Inge sieht durch die matte Scheibe der Tür, wie in seinem Zimmer nebenan Licht wird.

Inge beobachtet seinen Schatten. Karl geht auf und ab. Auf und ab. Ja, ja, er weiß. Von den Kopien? Oder über Hoesch? Oder beides? Was tun? Inge schaltet das Radio ein: »… voll Blütenduft und Sonnenschein …« Sie dreht ab. Der Schatten hinter der Scheibe bewegt sich. Auf und ab. Auf und ab. Wieso weiß er? Wer hat's ihm verraten? Vater ist in Stockholm. Er, der dahintergekommen war, der lange Hollermann, der ist nun auch weg. Mutter ahnt nichts. Wie immer. Hoesch könnte man mit Salmiak beschmieren. Der macht keinen Muckser. Der ist ihr ergeben, verfallen. Sonst besteht doch kein Loch in der Kette. Woher weiß er's?

»… und nie mehr läßt allein … das wird ein Leben …«

Die Mieze da? Die plaudert auch nichts aus. Aber woher? Von seinen Kaninchen kann er's doch nicht haben! Wie ich die hasse! Blutkammer auf. Blutkammer zu. Experiment D 737. Ekelhaft! Wenn sie sich doch nur nicht auf Vaters Vorschlag eingelassen hätte! Die ganze Nacht nichts weiter als immer nur seine diktierende Stimme: »Hast du? … so könnte der Versuch mit Frischblut … Komma … hast du, Komma? … vorausgesetzt, daß … Punkt. Komma. Ausrufungszeichen. Hast du, Inge? Hast du? Lies noch mal vor … ja, ja, jaaa … also, wie fing der Satz an … streich' das zweite ›demgemäß‹ … ja … nein, lieber anders … streich alles …« Inge stampft beim

Gedanken an seine Diktate mit dem Fuß auf den Boden. Ich kann es nicht länger ertragen, dieses Leben. Was habe ich denn davon? Tagsüber warten, bis er heimkehrt. Und abends und nachts … Diktate … Diktate. Und obendrein noch meine Mutter … Pst, pst! Hat die Katze Milch? Was fesselt mich denn noch an diese düsteren, freudlosen Stuben? Seitdem Vater fort ist? Unerreichbar fort ist … jenseits der Barriere, durch die ich nie hindurchkommen werde. Oder doch? Es gibt Wege zu ihm …

Dr. Wernicke, dem sie die Kopien bringt, der wird ihr helfen. Fort … fort … aus dem Hause, aus dieser Stadt … aus dem Lande. Möcht' nur sehen, was der da drüben anstellen wird … der Märchenprinz … voll Blütenduft und Sonnenschein … Wo ist denn Inge? Inge!! Ich will dir eine Kleinigkeit diktieren. Ha! Dann bin ich fort. Die Schreibmaschine lacht ihn aus. Auf und davon. Ich trinke in Stockholm einen Aquavit auf sein Wohl. Ja, der Karl da drüben soll leben. Meinetwegen soll er Jahrhunderte alt werden. Im Kreise seiner lieben, lieben Kaninchen. Aber nicht mit mir. Ich! Ich hasse dich!

Inge blickt auf die Mutter. Sie stopft. Mit dem seligen Blick einer Näherin, auf die noch ein fetter Mantelknopf wartet. Karl, wird sie dann sagen, wenn ich nicht mehr hier bin, Karl, hier ist Ihr Mantel. Dieses Mal hält aber der Knopf. Ich hab so 'ne Art Bindfaden genommen. Aber man sieht's nicht, Karl. Wollen wir jetzt essen?

Wenn ich fort sein werde, wird's der da drin recht rasch überwinden. Seine Nadel wird ein paarmal in der zitternden Hand das Ziel verfehlen, und zwei Kaninchen werden krepieren. Macht zehn Mark. Lieber das Kaninchen als ich.

Inge schaut auf die Mutter. Von ihr nimmt sie innerlich schwerer Abschied. Inge setzt sich. Sie sucht nach Worten. Jetzt, da sie so plötzlich von der Frau Abschied nehmen muß, mit der sie so lange friedlich zusammengelebt hat, merkt sie erst, wie sehr sie ihr ans Herz gewachsen ist … trotz all der Kühle, die sie verbreitet. Soll Inge schreiben, daß sie zum Vater flieht? Nein. Man kann den Brief finden. Man wird die Grenzen sperren, wie man es damals mit dem Vater gemacht zu haben schien. Inge schreibt. »Liebste Mutter. Ich gehe von Dir. Ich halte dieses Leben nicht mehr aus. Ich will Dir innigst für all das stille Gute, das Du mir getan hast, danken. Ich habe nur einen Wunsch: sei mir nicht böse. Inge.«

Sie fühlt ein Unbehagen beim Atmen. Kenn' ich! Das Herz schlägt eben schneller. Belanglos. Inge hat derlei medizinische Erscheinungen hundertmal mit Karl besprochen. Von derlei Kleinigkeiten soll man nie Kenntnis nehmen, wenn man einen großen Plan durchzuführen hat. Das schmälert nur die Energie. Der Entschluß steht fest. Soll der da drin wissen, was ihm Spaß macht!

»Ingelein, ich will noch Zucker holen. Du weißt doch … für euch.«

»Ja, tu's.«

»Macht euch das Leben nicht unnötig schwer.«

»Nein, Mutter.«

»Ich komm', sobald ich was aufgetrieben habe.«

»Ja, Mutter.«

»Vergiß nicht, den Flammeri für Karl heiß zu machen. Er steht auf dem Gasherd.«

»Nein.«

»Nacht, Ingelein.«

»Nacht, Mutter.«

»Ingelein, gib der Mieze die Milch.«

»Ja.«

»Aber kühl' sie aus, wenn sie zu heiß ist.«

Inge schaut auf die Tür und verfolgt den ruhelosen Schatten.

»Hast du mich gehört, Ingelein?«

Inge wendet den Blick nicht von der Türscheibe ab. Wie gebannt starrt sie auf seine Bewegungen im Nebenzimmer.

»Hast du gehört, Ingelein?«

»Natürlich ... ja ... ich hab's.«

»Ich hab' doch nur gesagt, du sollst der Mieze die Milch geben. ... Was ist denn los, Inge?«

»Nichts. 'tschuldige.«

»Aber Ingelein, ich hab's doch gar nicht übelgenommen.«

»Natürlich hast du's nicht. Du hast nie übelgenommen.«

»Pst, pst!«

»Hör' auf! Ich kann's nicht mehr hören. Dein ewiges Pst! Schon Vater hast – du rausgegrault ... rausgeekelt mit deinem ewigen Pst! Ja, krepieren kann man hier ...

krepieren! Solange nur die Katze ihre Milch hat. Aber wo ich dabei bleib', ist dir schietegal!«

Inge rennt aus dem Zimmer. Polternd fliegt die Tür ins Schloß.

Frau Herrmann schaut auf ihren Schoß. Da liegt ihre Taschenlampe. Warum? – Ach ja, sie muß für die Hochzeitstorten mal wieder Zucker hamstern. Sie geht zum Schrank, kramt nach dem Kopftuch. Da sieht sie im Spiegel: sie hat es ja schon umgebunden. Frau Herrmann tröpfelt aus dem Zimmer. Ihr Instinkt sagt ihr: Wenn ich zurückkommen werde, sind die beiden längst einig.

Einer, dem das Herz zerbricht und der trotzdem weiterlebt

Vor mir liegt Rothes seltsames Tagebuch. An dieser Stelle werden seine Aufzeichnungen, je mehr er sich in Erregung steigert, immer unleserlicher. Er vergißt Buchstaben, und manches Mal muß ich zwei und auch drei Zeilen lang kombinieren oder raten, was er eigentlich gemeint hat. Die Eile, in der er offenbar die Zeilen zu Papier brachte, hinderten ihn oft, verbindende Verben zu finden oder einzelne Sätze zu vollenden. Um des besseren Verständnisses halber habe ich mir in diesen Fällen Korrekturen erlaubt. Die Eintragungen fahren zu jener Zeit fort, in der Inge ihre Wut über den im Nebenzimmer auf und ab gehenden Freund in einem Ausbruch gegen ihre Mutter abzureagieren sucht:

Sie schreit die Mutter nieder. So also klingt die Stimme ihres schlechten Gewissens.

Hättest früher so brüllen sollen, liebes Ingelein. Zum Beispiel am letzten Mittwoch um halb sechs, als ich in Dessau war. Ich weiß ja, warum du so schreist. Ich soll's hier hören. Ich sehe sie, wie sie da drin tobt. Als ob keine Tür und keine Wand zwischen uns sei. Ich weiß auch, was in dir vorgeht, Ingelein, und du, du weißt auch, daß ich es weiß. In diesen Minuten funktioniert dein sechster Sinn. Aber meiner auch. Nun bist du zur Versöhnung bereit … Als ob es keinen Hoesch am Mittwoch gegeben habe. Mein sechster Sinn sagt: Gleich wird sich die Tür öffnen und Ingelein wird fragen, als ob nichts vorgefallen wäre: Willst du nicht essen kommen? Und schon geht die Tür auf.

»Karl, komm zu Tisch. Mutter läßt sich entschuldigen.«

Sie hat ihren Kimono angezogen. Ist sie sich ihrer Wirkung so sicher?

»So komm' doch, Karl. Rede endlich.«

Nur eine Antwort möchte ich: Hat sie mich betrogen? Dabei weiß ich's.

»So rede endlich! Rede!«

Sie ist bleich. Wie der Kalk an der Wand, an die sie sich lehnt.

»Warum antwortest du denn nicht?« stöhnt sie. »…So rede doch!«

Ich schweige. Vielleicht bin ich für dich ein neues Abenteuer, mein liebes Ingelein. Jetzt bin ich der Fremde … das Verbotene. Schau, schau, wie nervös sie ist … wie erregt. Komisch. Sie steht dicht vor mir. Ganz dicht. Ich spüre ihren Atem. Als ob sie in meinen Augen zu lesen suche: Was weißt du? Dabei bist du gar nicht imstande, meinen Blick auszuhalten, Ingelein. Wie rasch du deine Augen von mir abwendest.

»Du! Du!! Karl, laß mich nicht allein!«

Wie gern würde sie ihren Arm um meinen Hals schlingen. Aber sie wagt es nicht. Ich bin ja der Fremde. Und man schlägt ja nicht einem fremden Mann die Arme um den Hals.

»Karl, geh' nicht fort von mir … ich weiß genau … die Welt ist kalt … ohne dich … laß uns alles vergessen.«

Der Duft ihrer Haare strömt auf mich ein. An der Brust haben sich die Knöpfe am Kimono geöffnet. Ganz zufällig. Ich erblicke die schöne weiße Haut. Sieh mal an, mein Ingelein, du verstehst dein Spiel.

»Karl, glaub' mir doch, ich lieb' dich … nur dich.«

Ich stecke eine neue Zigarette an. Ich kann so viel Heuchelei nicht ertragen. Ach, sie brennt ja schon. Ich betrachte die Glut meiner Zigarette. Ich höre hinter mir, wie sie in sich hineinweint. Ich wende mich jäh um. Ich blicke ihr ins Gesicht. Sie scheint es wie einen Peitschenhieb zu fühlen. Kraftlos sinkt sie zusammen. Überrumpelt. Wie auf dem Fleck festgenagelt. Jammernd bricht es aus ihr heraus: »Du, hilf mir. Hilf mir doch! Ich hab' … ich hab' … ich hab' Angst … Angst … schreckliche Angst. Hilf mir doch!!«

Ich lasse mich in den Sessel nieder. Sie wirft sich vor mich, in Tränen aufgelöst.

»Ja …, ja …, es ist wahr … ich hab' mich mit ihm getroffen … wirklich ganz harmlos … wir haben Tee getrunken … wir haben uns unterhalten … über Vater…, wirklich, Karl, glaub es mir … nur über Vater … und er hat zugehört … weil er mir und Vater helfen wollte … er hat's ja auch getan … Vater würde nicht mehr leben … das ist alles … es hat mir die Seele abgedrückt … ich mußte mich doch mit jemand aussprechen … Ich konnte dich nicht belasten … Er gab mir Ratschläge … Vater wär' längst tot …. Du!«

Inge legt ihren Kopf in meinen Schoß. Ich streichle ihr Haar. Vielleicht ist es wahr, was sie da sagt? Vielleicht hätte ich mich mehr um ihre Sorgen kümmern müssen?

Telefon.

Sie fährt entsetzt hoch: »Geh' nicht 'ran ...«

Es läutet weiter. Sie wehrt mit den Händen das Geräusch ab, als ob es eine lästige Wespe wäre. »Laß doch. Du bist nicht zu Hause!«

Der Apparat klingelt und klingelt. Inge ergreift den Hörer: »Ja?« Ich sehe, wie sie sich verfärbt. Unwillkürlich greift sie mit der Linken zum Kimono und verdeckt ihre Brüste. Sie hängt sofort ab. Sagt rasch: »Hoesch!« Inge wendet sich zum Spiegel. Fährt mit dem Kamm durchs Haar.

Ist es nicht so, als ob Hoesch im Zimmer steht. Die Vorstellung peinigend, ekelerregend.

»Es ist doch nicht meine Schuld, daß er jetzt anruft. Es ist ja dein Telefon. Er wollte dich sprechen.«

Es läutet erneut.

»Von mir aus kann er sich totklingeln, Karl. Meinst du, ich rede mit dem noch ein Wort?« Sie kämmt lange Striche durchs Haar.

Ich könnte den Apparat zertreten. Hoesch ist mit uns. Hoesch steht, so rede ich mir ein, vor ihr. Inge fühlt, was mich peinigt. Sie kommt vom Spiegel auf mich zu. »Du!« flüstert sie mir zu. Nervös fingert sie an ihrer Halskette. Das Schloß öffnet sich. Sie hält die Kette zwischen den Fingern, läßt sie unruhig um den Zeigefinger wirbeln ... immer auf und zu. Ich greife in die sich drehende Kette, bis ich gefesselt bin. Inge richtet sich auf. »Nicht, Karl, du tust mir weh. Nicht ... wirklich nicht ... laß los ... wirklich weh ...«

Die Kette reißt. Ein Teil bleibt um meinen Finger gewickelt.

»Warum siehst du mich denn so an, Karl?« Schrecken malt sich in ihren Augen.

Ich sehe sie nicht an. Ich schaue durch sie hindurch. Ich streichle über ihr Haar. Ich ziehe den Duft ein. Ich gleite mit meinen Fingern um ihren Hals. Ich presse mich an sie. Ich küsse sie.

»Du!« stöhnt sie unter der Wucht meiner Leidenschaft und der Beglückung unserer Versöhnung.

Ich sehe nur ihre beiden Augen. Augen wie ein Tier. Wie eine Schlange? Ich ... ich ... warum wehrt sie sich? Ich tu' ihr doch nichts Böses. Streichle nur ihren Hals. Bin so zärtlich. Du ... du ... Warum hast du Angst? Du hast doch nichts getan ... Er hat dir doch nur zugehört ... Bleib' still ... ich tu nichts ... nein ... nichts ... du ... Inge ... dieser Hals ...

Meine Hand. Sie gehorcht mir nicht mehr. Ist selbständig geworden. Sie kratzt sich in deinen Hals. Inge ... du ...

Ich müßte lügen, wollte ich auch nur versuchen, zu Papier zu bringen, was nun geschah. Mir war, als ob mir jemand einen schweren Schlag auf den Schädel gegeben hätte. Gewaltige Müdigkeit lähmt meine Muskeln, die sonst so widerstandsfähig sind. Die Augen sinken mir zu. Ein Rauschen setzt ein. Ich sehe bunte Kreise, die, wie Farbenspiele, umeinander tanzen.

Dann steht Hoesch im Zimmer. Leibhaftig. Denn ich höre, wie er auf mich einredet: »Herr Doktor ... Herr Doktor, erschrecken Sie nicht. Ich bin's ... der Hoesch. Ich rufe Sie schon ununterbrochen an ... Ich wollte Sie warnen. Man plant, die Kleine abzuholen. O Gott, Herr Doktor, da ist sie ja ... Fräulein Herrmann ... Herr Doktor – sie ist ja tot!«

»Sie wird Ihnen nicht mehr zuhören können, Hoesch, am Mittwoch ... wenn ich in Dessau bin ...«

»Aber, Herr Doktor, was geschieht denn jetzt?«

»Sie lassen mich festnehmen, Hoesch, wie es das Gesetz befiehlt. Ich stehe ja schon immer unter Ihrem Schutz ... immer schon, auch wenn ich mittwochs in Dessau bin.«

»Aber, Herr Dr. Rothe, was stellen Sie sich denn vor? Wir können Sie jetzt nicht von Ihrer Arbeit frei machen.«

»Ja, lieber Hoesch, Mord ist Mord. ... Ich verlange, daß Sie mich festnehmen.«

Hoesch nahm den Hörer ab: »Fräulein, bitte, verbinden Sie mich mit Dezernat IV. Danke. Herr Oberst, hier spricht Hoesch, ja, Hoesch. Ich bin beim Dr. Rothe. Nein, in der Wohnung. Der hat ... also ... Kleinholz gemacht. Ja. Kleinholz. Nein, Herr Oberst. Noch keine Zeugen. Nein, Herr Oberst, ich lasse niemand herein. Nein, niemand. Jawohl, Herr Oberst, keinen Skandal, ich verstehe. Ich warte.«

Zwanzig Minuten später ist Oberst Winkler am Tatort.

»Himmeldonnerwetter, Hoesch, warum steht denn ein Schutzmann vor der Wohnungstür?«

»Herr Oberst, der Doktor hat telephoniert. Er will partout geköpft werden.«

»Doktor, Doktor, Sie machen es uns nicht leicht ...«

Der Oberst geht vor die Tür, unterrichtet den Beamten, daß es nicht mehr Angelegenheit der Polizei, sondern seines Dezernates sei. Die Revierwache werde den offiziellen Bescheid noch erhalten.

Nur kein Skandal, beschließt der Oberst. Die Schnüffeleien vorgesetzter, aber auch benachbarter Instanzen gehen ihm um so mehr auf die Nerven, als er nach Gesprächen im vertrauten Kreise über die Zukunft des Staates nicht gern die Aufmerksamkeit gewisser Aufsichtsbehörden auf sich lenken möchte. Man hat schon genug Ärger mit diesem Fall Rothe–Herrmann gehabt.

»Herr Oberst«, sagt Hoesch.

»Der Fall ist aufgeklärt ... vorausgesetzt, Herr Oberst wünschen keine gründlichere Untersuchung. Es ist ein klarer Fall von Selbstmord. Hier hab' ich nebenan ihren Abschiedsbrief an ihre Mutter gefunden. Einwandfrei die Handschrift von Fräulein Herrmann. Gar kein Zweifel. Ich kenn' die Handschrift.«

Der Oberst zeigt dem Dr. Rothe das Schreiben.

»So was macht ihr ausgezeichnet, Herr Oberst«, sagt Dr. Rothe.

»Was heißt das, Dr. Rothe! Das ist der einwandfreie Beweis, daß es sich um einen Selbstmord handelt ... Strangulation mit einem Lackgürtel ... da ist der Gürtel!«

»Selbstmord, Selbstmord, Herr Oberst, das glauben Sie wohl selber nicht. Ich war's ... hören Sie ... ich!«

»Seien Sie nicht immer so stur, Doktor. Immer müssen Sie uns solche Knüppel vor die Beine werfen. Ich denk', Sie sind Mediziner. Müssen Sie doch bestätigen: reiner Selbstmord, mit Abschiedsbrief. Seien Sie froh, daß die Kleine selber so klug war, sich zu entfernen. So kommt das Ding wenigstens noch zu einer bürgerlichen Beerdigung ... und Sie seien mal ruhig, Doktorchen. Ich hab's Ihnen heute schon einmal gesagt: wir leben in anomalen Zeiten. Der Staat ist in Gefahr. Und da haben wir kein Recht, nach uns zu fragen. Erst kommt der Staat, dann noch mal der Staat.«

»... und wann kommt ein Menschenleben, Herr Oberst? Selbstmord ... haha! ... durch Strangulation ... ist richtig ... lassen Sie mich gefälligst ausreden, Herr Oberst. Ihre saloppe Auffassung von Wert und Unwert eines Menschen ... mich interessiert ein Staat nicht, in dem man morden darf, weil's dem Staat grad' in den Kram paßt. So verstehen Sie doch, meine Herren Mitbürger ... ich bin ein Mörder! Hören Sie artig zu, was Ihnen ein Mediziner zu sagen hat ... ich bin eine Gefahr für Sie ... für Ihren Staat ... für die Menschheit. So nehmen Sie mich, packen Sie mich, ich muß fort, bitte, ich flehe Sie an, so glauben Sie es mir, ich muß unschädlich gemacht werden, es ist notwendig ... so üben Sie doch Gnade, Herr Oberst!«

»Sie sind mir heute nacht mit Recht ein wenig überspannt. Ruhen Sie sich mal aus. Hoesch wird bei Ihnen wachen. Ich werde für die Freigabe und Überführung sorgen ...«

Dr. Rothe hockt neben der toten Geliebten und starrt sie geistesabwesend an.

»Dr. Rothe, ich appelliere an Ihren nationalen Verstand. Wir brauchen Sie dringend, denn bisher haben Sie eigentlich ja nur zum Nutzen unserer Feinde gearbeitet ... und daran ist die Kleine da nicht unschuldig. Sie haben nichts weiter gemacht, als daß Sie unser Urteil vorzeitig ausgeführt haben. Hoesch, ich erledige die Formalitäten. Sie sind mir verantwortlich, daß der Doktor zur Ruhe kommt. Vor allem, bitte, kein Skandal!«

Der Oberst geht. Hoesch schließt die Tür hinter ihm ab und steckt den Schlüssel ein.

Dann wendet er sich der Toten zu. Plötzlich hört er das Knarren einer Tür. Er fährt hoch. Dr. Rothe hat das Zimmer verlassen. Hoesch schaut auf die Straße. Er erkennt noch, wie er um die Ecke eilt.

Zehnte Nachforschung

Einer rennt mit dem Kopf gegen die Wand und stößt auf Gummi

Hoesch kann sich nicht zweiteilen, obwohl er zu dieser Maßnahme auf Grund des dienstlichen Befehls verpflichtet wäre: er soll sich, hat ihm Oberst Winkler befohlen, für die Erledigung der Formalitäten, um die aktengemäße Festlegung des Selbstmordes, um die amtliche Freigabe der Leiche, um die Benachrichtigung der Mutter bekümmern und gleichzeitig dafür sorgen, daß dieser offensichtlich nervlich zusammengebrochene Dr. Karl Rothe keinen Schaden durch überflüssiges Gerede anrichtet und sich beruhigt ... dieser Herr Dr. Karl Rothe, der soeben dort unten in höchst erregtem Zustand um die Straßenecke gebogen war.

Hoesch entschied sich, zunächst einmal für die Überführung der Toten zu sorgen. Es ist nicht der erste Fall dieser Art in seiner an Abenteuern reichen Praxis, und er ist überzeugt, daß es auch nicht der letzte Fall sein wird. Krieg ist Krieg ... und da fallen eben auch Opfer nicht nur durch feindlichen Eingriff. Hoesch überlegt, wie er der Frau Herrmann die Nachricht vom Selbstmord ihrer Tochter überbringen soll. Sacht und taktvoll ... gewissermaßen in Tropfenform? Oder amtlich sachlich und menschenfreundlich schnell? Wie Hoesch Inges Mutter kennt, wird sie zunächst in kopfloser Verzweiflung und Trauer zusammenbrechen, aber nicht laut werden ... und darauf kommt es ihm an. Frau Herrmann wird sich schnell zu fassen wissen. Schon aus Rücksicht auf die Nachbarn. Sie wird nichts begreifen und auch nichts verstehen wollen. Sie wird also nicht zweifeln, nicht fragen, nicht weiter nachforschen. Frau Herrmann wird auch diesen Schicksalsschlag widerstandslos auf sich nehmen, wie sie bisher alle Hiebe in stummem Schmerz ertragen hat. Von ihr droht keine Erschwerung oder Gefahr. Hoesch vernimmt schon im Geiste die monotone Stimme des Standesbeamten, wenn er die Sterbeurkunde, wie es das Gesetz verlangt, herunterleiert: »Inge Herrmann, geboren am 3. September 1919 in Hamburg, Magdalenenstraße 17, verstorben am 8. Dezember 1943. Gerichtsärztlicher Befund: Selbstmord durch Strangulation mit einem Lackgürtel. Nummer AZ 1384/43.« Und Hoesch hört schon in seiner Phantasie, wie der brave Mann endend verkündet: Die Leiche der Inge Herrmann kann den Angehörigen zur Beisetzung freigegeben werden. Punktum. Löschpapier auf die Unterschrift. Für alle Zeiten.

Wer ihm aber Kopfschmerzen bereitet, ist der Herr Doktor selber. Dieser merkwürdige Mensch, vor dem man nicht sicher sein kann, ob er hinter seiner Zigarettenwolke vor Wut kocht oder gelangweilt ausgeschaltet ist. Der diese Kleine da am Boden so mir nichts dir nichts ins Jenseits befördert, weil ihm just so zumute ist, und der jetzt auch erwartet, daß Vater Staat gleichfalls seiner augenblicklichen Laune gehorcht und ihn postwendend umlegt, obwohl er ihn in seiner bedrohlichen Not noch dringend gebrauchen wird. Und der den moralisch Entrüsteten spielt, weil wir nicht alle auf Maß, wie von ihm bestellt, arbeiten.

Wenn ich das Gekritzel und all die Andeutungen, die auch auf diesen Seiten im Tagebuch des Dr. Karl Rothe zu entziffern sind, wiederum korrekt kombiniere, so jagt der unglückselige Mann ziellos durch die leeren Straßen. In Angst vor sich selbst. Er ist nicht fähig, einen klaren Gedanken zu fassen oder ihn gar zu Ende durchzudenken. Als ob er fliehen müßte ... vor jenem Unbekannten, der in ihm steckt, der ihn packt, ihn würgt, ihn Dinge machen läßt, die er bei gesundem Verstande nie ausführen würde. Und die Verzweiflung wächst mit jeder Minute, in der ihm die Erkenntnis klarer wird: es gibt kein Entrinnen. Das Fremde in ihm, das Unerklärliche entkommt mit. Er hat sich bei ihm eingehakt und ist nicht abzuschütteln auf seiner schaurigen Promenade. Er wird ihn nicht mehr abschütteln. Nie wieder. Gewiß, hier und da wird er vielleicht doch mal auf Urlaub gehen. Aber er kommt immer wieder zurück ... der düstere Begleiter wird ihm immer die Treue halten. Wie keiner.

Er rennt nicht mehr. Er schreitet ganz langsam. Es hetzt ihn nichts mehr. Für ihn ist der Fall »Mordsache Inge Herrmann, Aktenzeichen 316 PP 43« abgeschlossen. Totschlag? Nein! Mord? Ja!

»Aber, meine Herren Geschworenen, wenn es je einen Fall der Bewußtseinsstörung gegeben hat, dann hat er sich in jener Unglücksnacht vom 8. zum 9. Dezember 1943 im Wohnzimmer meines Klienten abgespielt. Meine Herren, der Angeklagte ist bei ehrlichstem Willen nicht imstande, Ihnen die Einzelheiten vor, während und nach seiner Tat zu schildern. Er erinnert sich nur, daß ihn der Zeuge Laborant Wolfgang Hoesch in einem schlummerähnlichen, jedenfalls geistesabwesenden Dämmerzustand aufgefunden hat. Aus diesem Grunde ist er für die Tat nicht verantwortlich zu machen. Ich beantrage Freispruch!«

»Halt, Herr Anwalt! Sind Sie wahnsinnig! Hören Sie nicht auf ihn. Der Mann redet ja haarsträubenden Unsinn. Grade das Gegenteil ist der Fall. Wenn ich den Mord in vollem Bewußtsein ausgeführt hätte ... ich allein ... mit langwieriger Überlegung, weil ich zu dem Ergebnis gekommen bin ... ja, diese Frau ist nach alledem, was sie mir angetan hat, nicht mehr wert zu leben, ja, ich erfülle sogar eine moralische Pflicht, sie zu töten, hochzuverehrender Herr Richter ... Herr Oberstaatsanwalt ... meine Herren Geschworenen, in diesem Fall könnte ich mir vorstellen ... Sie würden entscheiden: Der Mann ist ein Mörder. Aber er empfindet aus tiefstem Herzen eine Reue. Er weiß genau, was er getan hat, und warum er es verbrochen hat. Deshalb werden wir ihn eine Zeitlang, wie es das Gesetz befiehlt ... aus der menschlichen Gesellschaft entfernen, bis wir uns überzeugt haben, daß er bei der Qualität seines Verstandes und Einsichtsvermögens reumütig erkannt hat, wo er gefehlt hat. Niemand darf das Gesetz in seine Hand nehmen. Ich könnte mir vorstellen, daß sich aus dem Rächer seiner Ehre noch ein ganz brauchbares Mitglied der Gesellschaft entwickelt, aber, meine Herren, ich beschwöre Sie, aus mir wird es nicht mehr, nie mehr – nie mehr werden. Ich habe ja nicht gemordet, weil ich es wollte ... ja, so lächeln Sie nicht so ungläubig, ein mir unbekanntes Es ... eine zweite in mir lebende fremde Person hat ihren Hals zugedrückt ... nicht ich ... nein, so verstehen Sie mich ... sinnlos ... nur aus einer mir unerklärlichen Gier zu morden ... wie ein Überbleibsel aus düsterster Steinzeit ... Sehen Sie es denn nicht, ich bin ja eine tausendfach größere Gefahr für Sie ... für Sie ... und für Ihre Frauen und Töchter. Meine Herren, erinnern Sie sich noch des Tischlers Hannes Buhler ... meine Herren ... ich war damals vor Gericht als medizinischer Sachverständiger geladen. Ich setzte mich für Freispruch ein ... für Überführung in eine Irrenanstalt ... Schwerste Bewußtseinsstörung ... Persönlichkeitsspaltung, ja, damals ahnte ich nicht, wie es vor sich ging ... und glaubte dem Betrüger. Nein, er hatte sich nur eine Ausrede ersonnen ... Aber ich, meine Herren, ich ... ich lüge nicht ... ich will keine Ausreden ... denn ich weiß, daß ich ein kranker Mensch bin ... ich leide an einer ansteckbaren Seuche, an der schwärzesten Pest, an einem Fluch. Sie dürfen mich nicht mehr frei umherlaufen lassen.«

Rothe hatte die letzten Sätze geschrien. Ein Passant, der ihn einige Sekunden lang belauschte, entfernt sich mit hastigen Schritten. Er hält den nächtlichen Anklageredner auf der eiskalten Straße für einen Schauspieler, der eine Rolle studiert, oder für einen Trunkenbold. Schweinerei! Woher diese Strolche doch heutzutage noch all den Alkohol bekommen!

Rothe aber weiß, was er zu tun hat. Rothe kehrt um. Er beginnt wieder zu laufen. Wie von Furien gehetzt. Vor einem Gebäude in trostlos rotem Sandstein bleibt er stehen.

»Herr Wachtmeister, ich muß zur Mordkommission.«

»Zu welchem Fall?«

»Ein neuer ... Fall Inge Herrmann.«

»Gehen Sie bitte zum Kommissar vom Dienst. Zimmer 18b ... hier gleich im Erdgeschoß.«

»Guten Abend, Herr Kommissar. Ich habe eine Anzeige zu machen.«

»Ihr Name?«

»Rothe ... Karl ... Dr.«

»Augenblick mal, mein Herr. Augenblick nur. Ich schick' Ihnen gleich einen Beamten für das Protokoll ... nehmen Sie da Platz.«

Rothe setzt sich. Er fühlt, wie er ruhiger wird. Ich bin, stellt er fest, auf dem richtigen Wege. Auf dem einzig möglichen Wege zur Rettung.

»Rothe? Ja. Bitte, kommen Sie mit.« Ein Herr in Zivil verläßt mit ihm den Dienstraum. Ein zweiter Mann folgt ihnen. Im Hof besteigen die drei ein Auto. Sie fahren schweigend durch die Stadt. »Ausweichdienststelle ...«, erklärt einer, als er das überraschte Gesicht des Dr. Karl Rothe bemerkt. Vor einem Garten hält der Wagen. Die beiden Männer bringen Rothe in eine kleine Villa, die sich an den Park anschließt. In einem Biedermeierzimmer bittet man Rothe zu warten. Welch ein erlesener Geschmack, stellt Rothe fest, und betrachtet die Kupfertiefdrucke mit den Pariser Straßenszenen aus der Zeit Napoleons III.

Wer mag hier wohnen?

Die Tür öffnet sich. Rothe starrt auf den Eintretenden.

»Doktorchen, Doktorchen, was machen Sie uns denn für alberne Scherereien.«

»Winkler … Wieso?«

»Ja, was dachten Sie denn? Bei uns herrscht Ordnung. Wär' ja gelacht! Der Fall Rothe untersteht meinem Ressort. Und da müssen Sie doch immer wieder auf mich stoßen. Doch logisch, Doktorchen!«

»Ich werde Wege zu finden wissen, Herr Oberst …«

»Ja, da begegnen sich endlich wieder unsere Ziele, Herr Dr. Rothe. Ja, wir müssen endlich Wege finden … Rückwege … den Weg zurück zu Ihrer seelischen Ruhe … und den wichtigsten Weg zurück … zurück zu Ihrer Arbeit … zurück ins Labor. Wir können uns nicht länger den Luxus erlauben, eine Arbeitspause zur Beseitigung eines moralisch verständlichen Katers einzuschieben. Glauben Sie denn, Doktor, ich liebe das alles? Mir macht das ungeheueren Spaß? Nur vergessen Sie nicht … wir stehen in einem verdammt schweren Krieg … und Unterbrechung Ihrer Forschungen bedeutet das Ende langwieriger wertvoller Untersuchungsreihen … Stimmt's, Doktorchen?«

»Ich verlange aber, bestraft zu werden, Herr Oberst.«

»Meine liebe Güte, was ist denn das wieder für ein Blödsinn, daß Sie auf Ihrer Strafe bestehen!«

»Herr Oberst Winkler, das ist kein Blödsinn. Das ist mein Recht, ich verlange bestraft zu werden ... und wenn Sie noch stundenlang weiterreden. Ich will bestraft werden.«

»Beruhigen Sie sich doch. Denken Sie an die arme Frau Herrmann, wenn die auch erfahren muß, daß ihr einziges Kind ermordet ist ... durch Sie!«

»Tut mir leid, Herr Oberst, aber Frau Herrmann wird sich abfinden müssen.«

»Sie haben eine Pflicht als Staatsbürger!«

»Ja, und die befiehlt mir, daß ich mich schuldig bekenne.«

»Begreifen Sie doch mal, daß Ihre antiquierten ethischen Bedürfnisse nicht mehr in unsere Zeit passen. Hier ist ein Kognak ...«

»Ich will bestraft werden.«

»Doktor, Doktor ... noch eine Zigarette? Ach, Sie rauchen ja schon. Ich bin durch Ihr Verhalten schon ganz durchgedreht. Ich versteh' nicht, warum ein Mensch ... Prosit, Herr Doktor, auf ihr Wohl, Sie haben es nötiger als wir alle ... ein Mensch ... hier ist noch einer ... ja, erstklassiges Tröpfchen, Beuteware, also warum ein Mensch um jeden Preis geköpft werden will oder aufgehängt ... und was es sonst noch für Delikatessen auf diesem Gebiet gibt. Ihr ganzer Gerechtigkeitsfanatismus ... was ist denn das in Wirklichkeit – nichts als Sentiments ... Zigaretten? ... und noch dazu Sentiments an eine Frau, die völlig indiskutabel ist ... verlobt mit einem Mann wie Sie und geht mit dem nächsten besten. Nee ... nee... nee ... mein lieber Doktor Rothe, unser guter Hoesch hat Ihnen da schon einen richtigen Gefallen getan.«

Rothe erhebt sich brüsk, stellt das Glas beiseite, drückt die brennende Zigarette zusammen. »... Gefallen ... he!«

»Na ja, hat Sie doch todsicher vor einer noch größeren Enttäuschung bewahrt.«

»Quatsch!«

»Also, Doktor, jetzt legen Sie sich mal erst ein bißchen schlafen ... nein, nein, Doktor ... nicht weggehen ... heute nacht bleiben Sie mal lieber mein Gast ... wir haben hier ein Zimmer für Sie frei. Ist mir lieber, wenn ich Sie so nah bei mir weiß. Da schlaf' ich ruhiger. Und morgen ist noch ein Tag, und da sieht die Welt ganz anders aus. Wetten?«

Einer rettet einen Menschen und macht sich so noch schuldiger

Ich wähle jetzt wieder einige Notizen, die sich Dr. Karl Rothe in jenen Tagen machte:

15. Dezember 1943

Schon um halb acht im Labor. Überraschte Knuterich vom Nachtdienst schlafend. Ich werde viele Änderungen beim Personal vornehmen müssen. Mittags in unserer Kantine gegessen. Seit Tagen zum erstenmal.

20. Dezember 1943

Begegnete Hoesch im Labor. Er war freundlich wie immer. Ich auch.

28. Dezember 1943

Heute nacht hat's unser Nachbarhaus abbekommen. Wohl als verspätetes Weihnachtsgeschenk. Ich half beim Bergen. Ich sah viel Tränen. Abscheulich. Frau Herrmann benimmt sich bewundernswert. Sie ahnt nichts. Hat nur Angst, sie verliert mich auch. Ich wollte ausziehen. Bekam's nicht übers Herz. Also bleib' ich. Vorläufig.

2. Januar 1944

Wir haben im Labor ein bißchen Silvester gefeiert. Alle Mitarbeiter und deren Anhang. Hoesch auch. Mit seiner Braut, einem blassen Nichts. Um zwölf gab's sogar Sekt. Hoesch stieß mir zu. Ich übersah es. Ich mußte eine kleine Rede halten. Mit einem Hoch auf Brigitte. Das ist die Kaninchenmutter, mit der wir das neue Experiment beginnen. Ich habe sogar ein paarmal wieder gelacht.

7. Januar 1944

Winkler war im Labor. »Mal nachsehn, wie's geht. Was es gibt?« Ich: »Blut, Herr Oberst. Kaninchenblut. Hahaha!« Da verschwand er.

11. Januar 1944

Wieder Bombennacht. Holte ein Kind aus einem verschütteten Keller. Der Junge war fürchterlich zugerichtet. Ich hoffe, wir bekommen ihn durch.

16. Januar 1944

Man gewöhnt sich an alles. Spreche wieder mit Hoesch, als ob nichts vorgefallen ist. Dienst ist Dienst, und Hoesch ist mein Assistent.

22. Januar 1944

Rufe heute vormittag Hoesch ans Mikroskop. »Schauen Sie sich das bitte mal an«, sage ich harmlos. Hoesch beugt sich über die Linse. »Sind Sie imstande«, frage ich ihn, »sich in diesem Gewimmel von Bazillen drei einzelne auszusuchen? Geben Sie jedem einen Namen. Den einen nennen Sie Winkler, den anderen Hoesch, und der dritte heißt Rothe.«

Hoesch sieht kurz auf mich. Dann tritt er vom Mikroskop in die Ecke aus meinem Blickfeld.

»Ich sag Ihnen, Hoesch, und wenn Sie jetzt einen von den dreien nehmen … den Winkler oder den Hoesch oder den Rothe … injizieren ihn in das Blut irgendeines gesunden Menschen … ich sag' Ihnen, der bleibt nicht gesund … der krepiert … krepiert wie nix.«

Hoesch hat sich an die Tür geschoben, sagt leicht vor sich hin: »Entschuld'gen, Herr Doktor« – und ist draußen. Hahaha!

29. Januar 1944

Nicht geschlafen. Die ganze Nacht Fliegerangriffe. Die Straße stand in Flammen. Asphalt brannte. Ich tat, was ich konnte. Habe Brandwunde am rechten Arm.

31. Januar 1944

Bin auf den Geschmack gekommen. Ich werde Menschen retten. Erst beim hundertsten werde ich wieder frei sein. Komme ich dabei um, um so besser.

3. Februar 1944

Drei gerettet.

7. Februar 1944

Zwei Frauen und vier Kinder. Das eine Kind, ein Mädchen von fünf, stand auf einem einstürzenden Balkon. Ich erreichte eine Steintreppe und sprang über brennende Balken auf den Erker und packte die Kleine.

11. Februar 1944

Wieder sechs gerettet. Dachte ich. Einer zählt nicht. War tot.

13. Februar 1944

Eine.

14. Februar 1944

Ich war nicht im Labor. Glatt verschlafen. Die Schlehbusch weckte mich telefonisch, weil ich nichts von mir hören ließ. Als ich erschien, waren zwei unserer besten Tiere krepiert.

Meine Schuld. Man kann die Biester nicht dem Wärter allein überlassen.

Aber was soll ich tun? Ich kann nicht mehr im Bunker bleiben, wenn ich die Sirenen höre. Ich muß auf die Straße. Da, wo es am meisten Bomben gibt. Bisher habe ich insgesamt 16 gerettet. Fehlen noch 84. Ich bin kugelfest. Leider.

Aber, wenn ich nachts wache, kann ich am Tage nicht arbeiten.

21. Februar 1944

Um halb eins hämmert's an der Haustür. Der Doktor soll kommen. Acht Leute gerettet. Das macht 24. Es fehlen noch 76.

***

Der ganze Stadtteil kennt Rothe. Man grüßt ihn, wenn er in seinem enganliegenden blauen Mantel auftaucht. Dieser Dr. Rothe kennt keine Furcht. Dr. Rothe schreitet wahr und wahrhaftig durch Flammen und holt Opfer, die man längst aufgegeben hat. Dr. Rothe klettert von Balkon zu Balkon wie ein Artist. Oft versuchen Polizei, Feuerwehr und Luftschutz, ihn vor seiner Tollkühnheit zurückzuhalten. Dr. Rothe läßt sich nicht zurückhalten. Es scheint, als ob ihm angesichts der zusammenstürzenden Häuser der Mut und die Kräfte ins Unermeßliche wachsen.

Die Nachbarn lieben ihn. Es bilden sich schon Gerüchte um ihn. Er wird zum Helden der brennenden Straßen. Plötzlich hat er den Namen »Engel der Trümmer«. Er vermerkt es in sein Tagebuch. Dahinter setzt er sein: »Hahaha!«

Es muß wohl so in der Nacht vom zweiten Mittwoch zum Donnerstag im März 1944 gewesen sein, als Sirenen in die Bunker riefen. Goldene Kerzengarben senken sich aus rabenschwarzem Himmel auf die Stadt und rahmen ein größeres Straßenquadrat ab. Wer jemals dabei war, kennt diesen Weihnachtsbaum. Die düsteren Gassen sind vom Schein der bunten Leuchtsignale taghell erleuchtet. Allmählich verklingt der Widerhall ferner Sirenen. Diese Sekunden vor dem Bombenregen sind der Inbegriff des Grauens. Für diese panische Angst gibt es keine Steigerung. Genau so und nicht anders werden die Sirenen den Jüngsten Tag heranheulen.

Und nun tobt die Hölle los. Die Geschosse pfeifen. Ohrenbetäubendes Krachen. Wolkenkratzerhohe Rauchschwaden und Aschenballen steigen knallend und heulend gen Himmel. Immer neue Bomben jagen zu Boden und vermehren das Elend wilder Verwüstung. Menschen stürmen vorüber.

Blutrot ist der Himmel gefärbt. Pferde rasen durch die Straße. Ohne Sattel und Reiter. Sprengen unaufhaltbar in irrer Furcht dahin. Ein Reitstall? Ein Zirkus? Oder der Zoo?

Ein Bierkutscher jagt hinter ihnen her. Es sind seine Tiere.

Steht da nicht im zweiten Stockwerk der brennenden Stadtbibliothek der Dr. Rothe und winkt verzweifelt auf die Straße? Ja ...

Im nächsten Moment stürzt das Gebäude in sich zusammen und reißt alles mit in einem grauenvollen Flammenmeer.

***

Hier enden die Aussagen der Augenzeugen. Was ich jetzt zu schildern versuche, stelle ich wiederum aus Andeutungen im Tagebuch des Dr. Karl Rothe und aus späteren Ermittlungsversuchen von Angehörigen der 32jährigen Turnlehrerin Brigitte Tobler zusammen:

Dr. Rothe stürzt mit dem zusammenbrechenden Gebäude der Stadtbibliothek in die Tiefe. Ein Luftschutzwart, der den Vorgang beobachtet hat, schwört, daß Rothe tot ist. Rothe klammert sich an ein eisernes Balkongitter und läßt die Finger auch nicht los, als die Hitze des Eisens fast unerträglich wird. Mit einem verzweifelten Sprung erreicht er beim Absturz der Steinmassen den Boden eines unversehrt gebliebenen Treppenabsatzes. Hier bleiben ihm einige Augenblicke Zeit, die Situation zu überblicken. Von seinem Stehplatz müßte er leicht jenen Pfeiler und von dort die kleine Öffnung zum Seitenhaus erreichen, müßte einen neuen Sprung in die Tiefe wagen. Vielleicht glückt es.

Was ist denn da? Da rührt sich doch etwas? Ein Mensch?

Ja. Eine Frau. Sie hält sich an einem heraushängenden Wasserrohr fest. Mit einer Hand. Erlahmt sie, dann fällt sie unweigerlich in die vernichtende Tiefe. Sie brüllt ... brüllt ... aus letzter Kraft.

Dr. Rothe berechnet. Er berechnet mit der eisigen Ruhe, mit der er seine Experimente plant: wenn er zurückspringt ... wenn er dann auf jenes Steinpodest klettert, das sich am Rande der noch immer stehenden Mauer lehnt. Wenn er dort weiterklimmt. Wenn er den Sprung aus dem herunterhängenden Balkon auf den kleinen Steinblock da wagt. Ja, dann wäre er in Reichweite der Frau.

Dr. Rothe springt zurück. Er klettert auf das Steinpodest. Er klimmt weiter. Er wagt den Sprung auf den Block. Er packt die Frau um die Hüften. Er reißt sie mit einem Ruck an sich. Er hält sie mit der Linken fest umklammert. Mit der Rechten greift er auf den Steinvorsprung, um Halt zu finden. Er zieht sich hoch. Dann entdeckt er eine halb niedergekippte Badewanne. Er probiert. Sie hält stand. Wenigstens ein verläßlicher Stützpunkt.

Er legt die Frau in die Wanne. Warten Sie, ich sehe nur, wie wir weiterkommen. Er zwängt sich unter der Wanne durch. Dahinter ist eine Veranda, die bisher dem Sturm widerstand. Er quetscht sich zurück, um die Frau zu holen. Die wimmert. Fußverletzung. Es blutet. Dr. Rothe reißt ihr die Bluse ab, bindet sie über die Wunde. Er hebt die Frau aus der Wanne und klettert mit ihr behutsam in die Veranda.

»Haben Sie noch ein bißchen Kraft. Wir müssen weiter. Ich will Ihren Fuß verbinden.«

Mit einem Blick tiefer Dankbarkeit schaut die Fremde ihn an. »Danke ...« flüstert sie, als er neben ihr niederkniet. »Danke ... danke. Ich war schon tot. Danke.«

Sie ist sehr hübsch, stellt Dr. Rothe fest. Sie ist sogar auffallend hübsch. Er hält ihre Hand. Sie richtet sich, wieder ein wenig zu Kraft gekommen, auf.

Wie sie duftet. Ihre erregten Wangen. Das zerzauste Haar. Ihre Körperwärme tut ihm wohl. Unendlich wohl. Sie schmiegt sich an ihn. Dann schlingt sie den Arm um seinen Hals und küßt ihn.

»Bitte nicht ... nicht ...« Plötzlich ist es der andere in ihm, der handelt. Und ist doch Rothe. Er sieht nicht mehr. Hört nicht mehr. Er fühlt nur die Wärme ihres Körpers. Es ist Inge, die in seinen Armen ruht. Wie aus weiter Ferne vernimmt er ihre Stimme: »Ich heiße doch gar nicht Inge ...« Ungeheurer Zorn erfaßt ihn. Die alte Wut kocht wieder in seinen Adern. »Verrät sie mich wieder?«

Am nächsten Morgen fanden die Bergungsarbeiter unter den vielen Opfern auch die Leiche der 32jährigen Turnlehrerin Brigitte Tobler. Der ärztliche Befund auf dem Totenschein lautete: Herzschlag. Eine genauere Untersuchung hätte allerdings einige Würgespuren am Hals gezeigt. Aber wer ahnte, was sich in dieser Schreckensnacht abgespielt hatte? Weder das Opfer. Noch sein Mörder. Keiner wußte etwas davon.

ZWÖLFTE NACHFORSCHUNG

Einer will sich wieder finden und verliert sich immer mehr

Dr. Karl Rothe hat eine neue Gewohnheit: er erscheint an jedem Morgen um sechs Uhr im Labor. Zuerst ist der Nachtdienst über diese Besuche beunruhigt. Aber allmählich gewöhnt man sich auch an einen übereifrigen Chef. Dr. Karl Rothe stürzt sich in seine Arbeit. Kaum noch gönnt er sich eine Mittagspause. Die Schlehbusch bringt ihm, ohne daß er sie darum bittet, aus der Kantine eine Schinkenschnitte. Gedankenlos bricht er sich ein Stück ab, steckt es in den Mund und geht in den nächsten Saal, um seine Experimente durchzuführen. Sodann folgt ihm Fräulein Schlehbusch und stellt ihm den Teller in Greifnähe. Dr. Rothe nimmt sich gelegentlich wieder einen Bissen.

»Schlehbusch!« schreit er eines Mittags plötzlich auf und starrt entsetzt auf den Teller mit dem Brot.

Die Schlehbusch, die hinter ihm steht, meldet sich: »Herr Doktor?«

»Wie kommt der Teller hier her?«

»Herr Doktor, den hab' ich Ihnen dort hingestellt.«

»Wann? Sagen Sie: wann?«

»Na, eben, Herr Doktor.«

»Was heißt ›eben‹? Versteh' ich nicht. Werden Sie doch bitte deutlicher.«

»Aber, Herr Doktor, ich hab' mir dabei nichts gedacht.«

»Reden Sie nicht solch dummes Zeug zusammen. Antworten Sie mir präzise: Wann haben Sie mir den Teller mit dem Brot … mit dem angebissenen Brot hierhergestellt?«

»Ich versteh' Sie wirklich nicht, Herr Doktor. Ich tu es doch an jedem Mittag.«

»Wann? Jeden Mittag? Gestern auch?«

»Ja, Herr Doktor … und am Mittwoch auch.«

»Warten Sie mal … gestern … wo war ich gestern?«

»Hier … im Labor.«

»Wo, meine ich. Wo war ich, als Sie mir das Brot brachten?«

»Da … da drüben am Mikroskop.«

»Ach ja. Ja. Natürlich. Am Mikroskop. Ja, ja. Das war Stamm 99. Sagen Sie, und was tat ich dabei?«

»Herr Doktor, Sie taten das gleiche, was Sie leider so selten tun: Sie brachen sich ein Stück ab und aßen.«

»Ja, natürlich … natürlich. Ist ja auch selbstverständlich. Entschuldigen Sie, Schlehbusch. Entschuldigen Sie, daß ich …« Und abrupt läßt Dr. Rothe sie stehen. Seine Sekretärin ist darüber nicht mehr erstaunt. Sie ist es nachgerade gewöhnt.

Dr. Karl Rothe arbeitet weiter. Nach einer Weile geht er an seinen Schreibtisch. Er setzt sich. »Kreuzdonnerwetternochmal! Da ist der Teller doch schon wieder. Habe ich ihn etwa mitgenommen?« fragte er sich betroffen. Oder hat ihn die Schlehbusch wieder unbemerkt hinterhergetragen? Was ist denn nur los mit ihm? Er ist sich klar: er tut Dinge und vermag sich nicht zu erinnern, wann er die Dinge getan hat. Wer weiß, was er schon alles in dieser Geistesabwesenheit angerichtet hat. Und sodann kommt über ihn die große Angst: was wird er noch anstellen? Er beschließt, sich schärfer zu beobachten. Mit unbarmherziger Genauigkeit. Schließlich sind ihm ja derlei Kontrollen von seinen Versuchsreihen geläufig.

Aber schon schweifen seine Gedanken wieder zurück in jene Bombennacht. Seine Gedanken haben sich selbständig gemacht. Sie denken sich selbst. Und wohl zum hundertsten Male stellt er sich die Frage: Wo ist nur diese Person, die er gerettet hat, geblieben? Ich habe sie doch in die Veranda gebracht. Nein, warte mal ... zuerst lag sie in der umgekippten Badewanne ... und dann ... was war denn dann? Mir ist, als ob ich eine Binde vor den Augen hatte. Dann nahm ich sie und, nein, also ... ich kletterte zurück ... wohin denn nur? Ja, in die Wanne. Stimmt. Dann ... dann ... Sie erzählte mir von ihrer Mutter. Nein, das war ja eine ganz andere. Die Blonde war es ... mit dem stechenden Blick. Die mochte ich erst gar nicht. Nein, nein, wie war das nur? Ich kroch zurück in die Wanne ... ja. Was ist denn los? Hab' ich das alles geträumt? Ich habe sie doch bestimmt noch gesprochen. Aber dann begegnete mir doch der große Kerl auf der Straße und fragte mich: »Wohnen Sie hier?« Und ich habe ihm noch geantwortet. Was habe ich ihm nur geantwortet? Ich schüttelte ...

Rothe starrt auf den Teller, der vor ihm steht. Was ist denn das? Das ist ja ein großer Teller. Mit Gurkensa...

»Schlehbusch!«

»Ja, mein Herr?« Ein Ober beugt sich ihm beflissen zu. Aus seinen Gedanken gerissen, schaut Rothe auf.

Er sitzt in einem Restaurant.

»Die Rechnung ... bitte.«

»Zwomal Gurkensalat ... das war wohl alles?«

Und Dr. Karl Rothe bezahlt. Wie zur Entschuldigung sagt er: »Mal Appetit auf was Saures gehabt.«

Kommt ja vor, versucht er sich zu trösten, als er auf Umwegen zurück ins Labor geht, kommt ja vor, daß man was in Gedanken tut und nachher ganz vergißt. Es ist doch wohl beruhigender, entscheidet er, man beobachtet sich nicht allzu genau.

Es ist nur seltsam, daß ich ausgerechnet jenes Restaurant aufsuchte, das ich nie mehr betreten wollte. Weil ich da zum ersten Male mit Inge war. Zufall?

»Herr Doktor, wo ist Ihr Mantel?«

»Na, na! Schlehbusch, wer wird denn so indiskret sein ...«

»Ärgern Sie sich nicht, Herr Doktor. Ich lasse schon das elfte Mal meinen Schirm in der Straßenbahn stehen. Der kehrt immer wieder zu seiner Schlehbusch zurück. Wirklich, Herr Doktor. Und vielleicht sind Sie etwas überarbeitet.«

Dreizehnte Nachforschung

Einer bekennt sich zur Menschlichkeit, obwohl er weiß, daß er nicht verstanden wird

»Herr Oberst, hier sind die letzten Durchschläge von Dr. Rothe. Für Stockholm.«

»Nett, daß Sie selber kommen, Hoesch. Möcht' nicht gern, daß die Papiere durch andere Hände gehn.«

»Ich habe dieses Mal nicht sehr viel verändern können … an den Resultaten, Herr Oberst. Sonst besteht Gefahr, daß die da drüben in London merken, wir halten sie zum Narren.«

»Davon versteh' ich nichts, Hoesch. Hoffentlich klappt es. Würde mich schon freuen, wenn wir denen da auf diese Weise ein Schnippchen schlagen.«

»Jawohl, Herr Oberst.«

»Aber vielleicht sind unsere Bemühungen vergebens. Man weiß ja nicht, was da werden wird.«

»Pardon, Herr Oberst?«

»Na, ja, Hoesch, ich meine nur so. Die allgemeine Lage.«

»Ich verstehe Herrn Oberst nicht.«

»Ach, nicht wichtig. Hab' persönlich überhaupt keine Meinung. Wissen Sie doch, Hoesch. Kennen mich doch lange genug.«

»Korrekt, Herr Oberst.«

»Was haben Sie denn eigentlich, Hoesch? Wir reden doch hier ganz privat. Weil ich das sagte ... wegen der allgemeinen Lage? Na, setzen Sie sich, Hoesch. Zigarre? Bitte, nehmen Sie nur.«

»Danke, Herr Oberst.«

»Na, was macht denn unser guter Rothe?«

»Arbeitet von frühmorgens bis mitternachts. Als ob er einiges nachholen möchte, was er versäumt hat.«

»Armer Kerl. Und wie ... wie hat er alles überstanden?«

»Hat's ja immerhin überstanden. Sogar großartig, Herr Oberst. Überraschend großartig. Denkt überhaupt gar nicht mehr dran. Das haben Herr Oberst vorbildlich gemacht.«

»Vorbildlich? Na, Hoesch. Wollen's doch nicht gleich vorbildlich nennen.«

»Aber Herr Oberst haben dem Staate einen wichtigen Mann erhalten.«

»Ehrlich gesagt, Hoesch, die Mittel passen mir nicht.«

»Komme nicht nach, Herr Oberst. Welche Mittel?«

»Wenn ich mal dereinst da oben 'raufkommen sollte ... Sie wissen schon ... und der nette Herr mit dem langen Bart wird mich mal beim Appell entdecken und wird in seiner gütigen Form sagen: ›Ah, schau an, der Oberst Winkler ... der traut sich unter meine Augen! Wo wir doch so unfeine Sachen hören mußten ... über ihn. Schweinskerl, du!‹«

»Komme absolut nicht nach, Herr Oberst. Wer ist ein Schweinskerl, wenn ich fragen darf?«

»Ich, Hoesch. Ich. Nicht Sie. Ich nehme an, der liebe Herrgott wird mich so nennen, wenn er an den Fall der Inge Herrmann denkt. Ja, Hoesch, das muß er sagen, wenn er so gerecht ist, wie die Menschen hienieden behaupten.«

»Gestatten, Herr Oberst, aber das verstehe ich nicht. Ich habe nur meine Pflicht getan.«

»Versteht sich ... versteht sich, Hoesch, aber ich müßte lügen, wenn ich sagen würde, daß mir Ihre Methoden sympathisch sind.«

»Auf Wiedersehen, Herr Oberst.«

»Moment mal, Hoesch. Haben Sie mir eigentlich diesen langen Gesellen da als Ersatz für meinen Heizer in den Keller gesetzt?«

»Jawohl, Herr Oberst. Herr Oberleutnant Wagner suchte einen bewährten Mann. Und da schlug ich Hollermann vor. Gelernter Hausmeister. Sehr schwer, heutzutage einen erprobten Mann zu bekommen, Herr Oberst.«

»Völlig korrekt, lieber Hoesch.«

»Auf Wiedersehen, Herr Oberst.«

***

Nunmehr folgen wieder einige Notizen aus dem Tagebuch des Dr. Karl Rothe. Die Eintragungen sind jetzt leicht zu lesen, übersichtlich, zusammenhängend und notwendig für den weiteren Ablauf des Geschehens.

18. März 1944

Labor. Professor Balters empfangen. Abends Wagner. Bis drei spazieren. Wieder Schlafmittel.

19. März 1944

Frau Herrmann beschwert sich über den Hausmeister. Er schnüffelt immer in unserer Wohnung herum. Ist ja Unsinn. Ich beruhige sie. Abends Kino. Burleske. Professor, der immer alles vergißt. Ich hab' dabei gar nicht gelacht. Nur zum Schluß, wenn er seine Frau im Speisewagen sitzen läßt und sich und der Polizei einredet, sie sei ausgerückt. Zu blöd. Es passiert auch anderen, daß sie mal was vergessen. Tröstlich. Schrecklich, wie primitiv ich manchmal werde. Jetzt schöpfe ich schon aus Komödien neuen Lebenstrost. Wieder spazierengegangen.

22. März 1944

Hollermann auf der Treppe begegnet. Klebriger Geselle. Lächelt immer. Und hat dabei bestimmt die Giftspritze in der Tasche. Schon wie er mich ›Doktor‹ nennt! So vertraulich nahe. Mag ihn nicht. Ob die Herrmann recht hat? Aber was sollt' er denn bei uns rumschnüffeln? Ich hab' wirklich nichts zu verbergen. Abends zu Hause geblieben. Allein. Die Herrmann war wieder hamstern. Gott sei Dank.

Da geht plötzlich nebenan bei der Inge das Licht an.

Durch die Mattscheibe der Tür sehe ich, wie sich in Inges Zimmer jemand bewegt. Ein Mädchen. Inges Figur. Was soll das? Wer ist das? Die Stube steht seither leer. Ob ich mal nachsehe? Nein, ich habe den Raum bisher nicht betreten, und ich will auch nie hineingehen. Das Licht verlischt. Um Himmels willen, was war das nur?

Zur Ergänzung: Material, das mir mein Freund E. J., der Reporter, aus seinen Recherchen bei damaligen Mitbewohnern des Wohnhauses der Herrmanns überließ:

»Na?«

»Hier.«

»Woher?«

»Papierkorb.«

»Stolz?«

»Idiot!«

»Warum?«

»Weil ich diesen Winkler kenne.«

»Na, und?«

»Weil Winkler all diese Zahlen hier selbst geschrieben hat.«

»Ja, hat er auch.«

»So was macht er immer.«

»Um so besser. Werd' ich noch mehr finden.«

»Diese Zahlen haben überhaupt keinen Sinn.«

»Warum nicht?«

»Dieses Zahlenaufschreiben ist seine Manie, Hollermann.«

»Versteh' ich nicht, Herr Hoesch.«

»Ja, Sie müssen Winkler kennen. Der erzählt was. Dann schreibt er jede Zahl, die er nennt, mit. Ganz sinnlos. Nur zum Zeitvertreib. Zum Beispiel: Ich ging gestern mit vier Herren ... schon schreibt er eine Vier hin ... ins Hotel zu den Drei Kronen ... sofort notiert er eine Drei. Da haben wir zwölf Kognaks getrunken ... schon steht die Zwölf da. Also närrisch. Ohne irgendeinen Sinn. Hollermann, glauben Sie mir, solche Zettel habe ich von Winkler schon zu Dutzenden. Das ist ja alles Quatsch! Nein, Hollermann, hören Sie mir mal zu: ich will herausbekommen, welche Leute besuchen diesen Oberst Winkler eigentlich ... und dazu noch nachts. Gehen Sie ganz einfach so zwischen drei und vier Uhr morgens mal oben durch die Zimmer. Zentralheizung kontrollieren. Klopfen Sie ein bißchen auf die Röhren. Achten Sie im Korridor auf die Mäntel. Wär' doch interessant, mal zu sehen, was sich da alles trifft. Hab' Sie ja schließlich nicht aus Spaß in Oberst Winklers Villa gesetzt.«

»Herr Hoesch, Sie wissen, Ihr alter Hollermann tut, was er kann.«

Vierzehnte Nachforschung

Einer rettet sich vor sich selbst und flüchtet dabei in neue Gefahren

Wieder aus Rothes Tagebuch:

23. März 1944

War in Dessau. Die Reise ließ mir alles mit Inge wieder aufkommen. Es war ja passiert, als ich das letztemal da war. Abends komme ich zurück. Gott sei Dank, Frau Herrmann ist wie immer auf Hamstertour. Aber im Wohnzimmer ist Licht.

Ein Mädchen sitzt am gedeckten Tisch. Ich bleibe stehen. Schaue die Fremde überrascht an. Nettes Kind. Vielleicht dreiundzwanzig. Schwarz, mit Scheitel in der Mitte. Bei Marietta hatte ich das Haar auch zuerst bemerkt. Ihre freundlichen Augen in ihrem recht hübschen Durchschnittsgesichtchen schauen mich verlegen an. Sie hält mit dem Essen inne und sagt mit einer zarten Kinderstimme: »Guten Abend.«

Ich trete an den Tisch: »'n Abend.«

»Verzeihen Sie, ich weiß hier nicht Bescheid. Ist das vielleicht Ihr Platz?«

Ein sympathischer Kerl, denke ich und antworte ihr: »Ja, das ist ganz genau mein Platz.«

»Entschuldigen Sie, bitte.« Verwirrt nimmt die Fremde

ihren Teller und setzt sich unsicher auf den Nebenstuhl.

Das Mädchen amüsiert mich. »Ich heiße Rothe. Karl Rothe.«

»Ursula«, flüstert sie. »Ich bin Ursula.«

»Aha, Ursula. Ein netter Name. Ursula - und?«

»Weber, Ursula Weber. Ich wohne hier.«

»Hier?«

»Seit vorgestern. Ich kann nichts dafür. Das Wohnungsamt hat gesagt, ich muß hier wohnen. Sitz' ich jetzt eigentlich richtig?«

»Nein, das ist genau Frau Herrmanns Platz.« Ich setze mich. Ursula Weber will sich wieder erheben. Ich drücke sie auf den Stuhl zurück: »Bitte, bleiben Sie. Frau Herrmann kommt nicht zum Essen nach Hause.«

Gehorsam bleibt Ursula Weber und greift zur Serviette.

»Das ist meine ...«, unterrichte ich sie so freundlich ich kann, und nehme sie ihr fort. Sie hat hübsche Hände. Wie Inge. »Vielleicht regt Sie Ihr Platz an, mir Tee einzugießen. Das tut nämlich Frau Herrmann immer.«

Mit Charme findet sich Ursula Weber in die Rolle der Hausfrau. Sie schenkt mir ein. Ich mag ihre Bewegungen. Sie sind so graziös. Dann erhebt sie sich, murmelt: »Gute Nacht!« und verläßt das Zimmer.

Ich gehe in meinen Raum. Ich habe noch zu arbeiten. Ich setze mich an meinen Schreibtisch. Ich schaue nicht auf die Mattscheibe der Tür. Ich will nicht noch einmal sehen, wie sich ihr Schatten in Inges Zimmer bewegt.

Ich trinke Kaffee. Arbeite. Es geht schon stark auf Mitternacht.

Meine neue Nachbarin ist noch immer auf den Beinen. Da klopft's zaghaft. Der Schatten von nebenan steht im Türrahmen. »Entschuldigen Sie die Störung.«

»Ja, bitte?«

»Gucken Sie sich das mal an.« Mit verlegenem Lächeln zeigt sie mir ihre beiden Hände. Sie sind mit Tinte beschmiert. Sie streckt mir ihren Füllfederhalter entgegen. »Der muß laufen. Ist mir noch nie passiert.«

»Zeigen Sie mal her.« Ich nehme ihr den beschmutzten Halter ab, reinige ihn mit Löschpapier und versuche, ihn durch Auf- und Abschrauben in Ordnung zu bringen. Dabei plaudert Ursula Weber weiter: »Ich muß nämlich heute noch unbedingt ein paar Briefe schreiben. Wissen Sie, ich schieb das immer auf, bis es dann brennt.«

»Ja, mir ergeht's ähnlich«, erwidere ich und bemühe mich um den Halter. Ich beobachte sie, wie sie einen neugierigen Blick auf meine Arbeit wirft.

»Hoffentlich stör' ich Sie nicht.«

»Nein, gar nicht.«

Ursula kniet vor einem meiner Bücherschränke nieder. »Sie lesen sicher sehr gern, was?« Sie steht wieder auf und setzt sich auf den Hocker vor mein Pult. »Ach, wissen Sie, eigentlich ist ja Briefschreiben gar keine richtige Arbeit. Aber Sie haben sicher was Wichtiges zu tun?«

»Na, ungeheuer Wichtiges«, versichere ich und lächle ihr zu.

»Sehen Sie, stör' ich doch. Ich hab's ja gewußt. Schrecklich! Ich bin immer am falschen Platz. Aber wirklich.

Meine Mutter sagt auch immer zu mir: ›Ursel, sagt sie immer, du hast zwei linke Hände und ...‹« Ursula schaut durchs Mikroskop und fährt fort: »›... und zwei linke Beine.‹ Aber wirklich. Ich kann hier in dem Ding gar nichts erkennen.«

»Sind Sie eigentlich von hier?« frage ich, während ich den Federhalter säubere.

»Nein, ich bin aus Görlitz. Ich bin hierher versetzt worden.«

»Versetzt? Als was?«

»An die hiesige Gewerbeschule. Als Junglehrerin.«

»... 'n bißchen sehr jung.«

Ursula zuckt mit den Schultern. »Na ja, heutzutage gibt es manche, die sind noch viel jünger.« Ursula setzt sich. »Und Sie? Sie sind doch bestimmt auch nicht von hier?«

»Nein.«

»Ja, aber Sie kennen gewiß eine ganze Menge Leute hier. Da merkt man's dann nicht so.«

»Was merkt man dann nicht so?«

Ursula steht auf. »Ich stör' Sie sicher schrecklich mit meinem Gerede.«

»Nein, nein, bitte, bleiben Sie nur sitzen. Möchten Sie eine Tasse Kaffee haben?«

»Richtigen?«

»Nicht ganz richtigen. Aber so ungefähr.« Ich gieße ihr und mir Kaffee ein.

»Danke schön«, sagt sie.

Ich setze mich auf den Rand des Schreibtisches und betrachte sie genauer. Mittelding zwischen Marietta und

Inge. Oder irre ich mich? Sehe ich in allen jungen Mädchen nur immer diese beiden Menschen?

»Ah, der ist aber stark. Sonderzuteilung?«

»Nein, aber ich hab' gute Beziehungen. Sie kriegen auch nur eine Tasse. Sonst haben Sie zwei Paar linke Beine und zwei Paar linke Hände dazu.«

»Bestimmt. Todsicher.« Ursula wird zusehends vergnügter. »Sagen Sie, wohnen Sie eigentlich schon lange hier?«

»Ungefähr zwei Jahre.«

»Wissen Sie, ich hab' ja Frau Herrmann heute erst zum zweitenmal gesehen. Aber das kann ich Ihnen schon jetzt sagen: so was merke ich sofort ... mit der könnt' ich nie warm werden. Ja, ja, ich weiß. Ihre Tochter. Aber schließlich ... das Leben geht weiter. Erst war's mir auch nicht ganz angenehm, hier einzuziehen. Aber dann hab' ich mir gesagt, so ein Zimmer kann doch nicht leerstehen. Heutzutage. Ist doch Aberglaube ... eigentlich? Hab' ich nicht recht?«

Ich bin so betroffen, daß es mir die Antwort verschlägt. Erst nach einer langen Pause kann ich erwidern: »Ja, natürlich, natürlich, haben Sie recht.«

Und gleich plauscht Ursula weiter: »Warum hat sich die Tochter eigentlich das Leben genommen?« Als ich schweige, fährt sie unbekümmert fort: »Ich meine, mit vierundzwanzig. Ich bin zweiundzwanzig, aber das könnt' ich mir wirklich nicht vorstellen.«

Ursula denkt angestrengt nach. Sie schaut ganz sentimental aus, als sie hinzufügt: »Aber schließlich, was hat man schon vom Leben, wenn man jung ist. Der dumme Krieg!«

Ich habe den Federhalter wieder in Ordnung gebracht. »Hier ist Ihr Füller, Fräulein Weber.«

»Wie könnt' ich mich denn nur revanchieren? Ich weiß schon ... Meine Mutter hat mir eine Büchse Lebkuchen geschickt. Ganz frisch. Hat sie selbst gebacken. Mögen Sie Lebkuchen? Ich hole sie mal rasch.«

Ursula ist schon draußen. Ich blicke ihr nach. Ein bezauberndes Geschöpf. Unglaublich naiv. Jetzt ist sie im Nebenzimmer und packt die Lebkuchen aus. Ich sehe ihren Schatten. Ihren Schatten, der durch die Mattscheibe der Tür aufkommt. Zufällig fühle ich in meiner Tasche Inges Halskette. Ich lasse sie durch meine Finger gleiten.

Verdammt! Werde ich denn diese Erinnerung nicht los? Meine Finger krampfen sich wie unter fremdem Willen.

Ja, da ist es wieder ... was ich die ganze Zeit geahnt und gefürchtet habe. Was ich immer wieder beiseite geschoben habe! Immer wieder seitdem. Weil ich nicht daran glauben wollte. Da ist es.

Diese Kette! Warum schleudere ich sie nicht in den Fluß? Da, wo es am tiefsten ist?

Jetzt weiß ich es, und niemand wird es mir mehr ausreden können ... ich muß töten ... muß. Ich kann nicht mehr leben, ohne zu töten. Ja, ja, ich bin in zwei Menschen, in zwei verschiedene Wesen auseinandergebrochen. Ja, und das eine Wesen muß töten ... würgen.

Was tue ich nur? Wie rette ich mich? Wie entkomme ich? Noch fühl' ich die Kraft ... noch ... wie lange noch?

Und wenn die beiden auch nichts ahnen ... von meiner Verzweiflung ... diese beiden ... der Hoesch und der Oberst Winkler ... die mir die Bequemlichkeit verschafften, mein Leben weiterleben zu können ... mein Leben ... sie haben es mir zurückgegeben ... zum Töten ... ein Leben zum Töten.

Nebenan in Inges Zimmer erlischt das Licht. Gleich wird Inge ... ich meine ... wird Ursula Weber zurückkommen. Mit dem Lebkuchen der Mutter. Oh, Himmel, hilf! Ich raffe mich zusammen. Ich eile aus dem Zimmer. Zur Haustür. Flüchte. Ins Freie.

Ich weiß nicht mehr, wie lange ich wieder durch die verlassenen Straßen geirrt bin. Ich renne und renne und quäle mich immer wieder und wieder, um diesen Anderen neben mir abzuschütteln. Er geht nicht.

Plötzlich vernehme ich eine tiefe Frauenstimme: »Da drüben ... um die Ecke ... die hab'n Schnaps ...« Eine Frau hakt sich bei mir ein und zieht mich mit sich. »Geizkragen ... wirst doch ein paar Pfennige hab'n für 'ne durst'ge Dame!« Meine Finger umkrallen die Kette in meiner Tasche.

***

Die heisere Frauenstimme weckt mich aus den Träumen. Wie bin ich denn in diese düstere Gegend geraten? In diesen Gassen war ich noch nie. Und was geschah dann mit mir? Dann war ein riesiges Herz. Im Schaufenster einer Apotheke. Es war aus Glas. Ja, daran erinnere ich mich noch genau. Und durch das Glasherz sauste eine rote Flüssigkeit. Ununterbrochen. Das sollte das Blut darstellen. Nein, war es nicht ein Schreibwarenladen, vor dem ich stand? Aber da war doch kein Herz. Nein, da war kein Herz. Das habe ich früher einmal wo gesehen. Und was war da? Papier war da. Ja, Papier. Schreibpapier. Ja. Violettes. Na, und? Und dann ... dann sagte die heisere Frauenstimme neben mir: »Irgendwas hast du, du, das merk' ich schon.« Nein, das war doch an der Theke. An welcher Theke? Ist doch egal. Ist nicht egal. Karl, ist ganz und gar nicht egal. Ich muß Klarheit schaffen. Da war doch violettes Papier im Schaufenster? Unsinn! An welcher Theke? Wie kommt denn die Theke in die Papierauslage? Mir gefiel's da so. Ich wollte gar nicht wieder aus der Wirtschaft weggehen. Aber die Frau drängte immer. Sie sah mich an und dann schnupperte sie an mir herum und fragte: »Haste was Besonderes?«

Ich wollte nicht mit ihr gehen. Aber sie drängte immer mehr. Dann? Und dann? Dann stand sie auf dem Treppenflur. Es war so düster. Sie suchte nach den Schlüsseln. Sie wollte, ich sollte Licht anknipsen. Was tat ich? Ich ... nein, ich ... Also nochmals von vorn überlegen: ich sollte die Beleuchtung anknipsen. Aber ich, ich sah nur ihren Hals. Nichts als ihren Hals. Ich will die Treppe hinunterlaufen. Es geht aber nicht. Er, der andere, der geht nicht mit. Der bleibt. Ich trete ganz dicht an sie. So war Inge, wenn sie erregt war. Und dann? Dann? Sie schreit. Es ist die fürchterlichste Stimme, die ich je gehört habe. Sie schreit wie eine Irre. Dann bin ich auf der Straße. Keiner sieht mich. Doch. Einer hat mich gesehen. Wie ich hinunterkam. Ja. Auf der Treppe. Hat er mich nicht etwas gefragt? Ja. Jetzt höre ich ihn auch. Er fragt: »Bitte ...« Ja, »bitte«, sagt er, als ich am Treppenabsatz an ihm vorübergehen muß ... »bitte«, sagte er ... haha! ... in solch einer Situation sagt er »bitte!«. Er fragt also: »Bitte, entschuldigen Sie, haben Sie der da oben wirklich was getan?« Und nach einer Weile sagt er: »Ich meine, ich hätt' gar nichts dagegen, wenn der mal jemand die Jacke vollhauen würde!« Und ich erwidere: »Ach, wo ... höchstens, daß ich ihr einen Schnaps bezahlt habe ... ist ja schließlich kein Verbrechen.« Und dann habe ich noch gesagt, als ich schon auf der Treppe stehe: »Entschuldigen Sie, ist ein bißchen peinlich. Na ja, arme Frau, nichts im Magen. Bißchen viel getrunken. Bißchen sehr viel getrunken. Leider ...«

Jemand schreit wie am Spieß. Im Flur: »Hilfe! Polizei! Totmacher! Haltet ihn! Totmacher! Totmacher!«

Ich muß nach Hause. Ich muß schlafen. Mein Kopf schmerzt. Es friert. Ich habe auch keine Zigarette mehr. Ich durchsuche meine Taschen. Wo ist denn eigentlich die Kette? Ich trage sie doch immer bei mir. Wo ist Inges Kette? Was habe ich nur dieser versoffenen Person getan? Nichts! Gar nichts! Ich weiß es genau. Aber meine Finger waren doch an ihrem Hals. Warum schrie dann eine nach der Polizei? Warum rief man immerzu: Totmacher! Totmacher!? Ich habe ihr doch nichts getan. Ach, wenn ich doch nur sicher wäre! Habe ich getötet? Habe ich sie nicht getötet? Ich weiß nichts. Absolut nichts.

Jetzt sitze ich in der Bahn. Es ist die letzte. Sie ist überfüllt. Ich bin hundemüde und zittere vor Kälte. Wann sah ich sie eigentlich ... ich meine ... zum ersten Male? Sie springt auf den fahrenden Zug. Im letzten Augenblick. In unser Coupé. Sie ist wohl an die Vierzig, üppig, blond, weizenblond. Sie ist appetitlich. Sehr helles, blankes Gesicht. Ganz eingehüllt in eine durchsichtige Regenhaut. Drunter sehe ich ein sehr kurzes Sommerkleidchen und eine Kostümjacke. Strümpfe hat sie keine. Sie trägt Sommerschuhe. Viel zu weite. Mit sehr hohen Absätzen. Aber ganz schiefgetreten. Sehr abgehetzt ist die Ärmste. Sie wirft ihr beladenes Einkaufsnetz oben ins Gepäckfach. Muß stehen. Ein junger Mann bietet ihr seinen Platz an. Mir gegenüber. Sie hat schrecklich viel mit sich zu schaffen, bis sie zur Ruhe kommt. Endlich scheint sie sich bequem zu fühlen. Sie schaut sich um. Unsere Blicke begegnen sich. Dann schaut sie fort, kehrt aber mit ihren Augen immer zu mir zurück. Sie hat genau Inges Stirn. Genau. Und auch die kokette Art, den Kopf zu bewegen. Als sie meinem Blick wieder begegnet, wird sie rot. Genau wie Inge. Genau. Komisch. Wieder schaut sie mir in die Augen. Verlegen blickt sie auf das Plakat: »Pst! Feind hört mit!«

Einer in einer schmuddligen Joppe beugt sich über mich. Er stinkt nach Branntwein. Ekelhaft. Fragt mich: »Haben Se wohl Feuer?«

Ich reagiere nicht.

Der Zug hält. Die meisten steigen aus. Aber der Kerl, der so abscheulich nach Fusel stinkt, ist immer noch da. Er wird aufdringlicher: »Geben Se mir mal Feuer!«

Woher kenne ich nur diese Visage? Dieses Gesicht kenne ich.

Dann sagt der Betrunkene: »Sie, ich kenne Sie. Ich weiß nicht woher, aber ich kenne Sie! Das Gesicht kenne ich doch! Sind Sie aus Uelzen?« Keine Antwort. »Waren Sie nicht eben bei Schwäbickes mit der ... mit dieser Anna Weiß?« Keine Antwort. »Oder waren Sie mal in Steckerode?«

Um ihn loszuwerden: »Nein!«

Sagt der Betrunkene: »Ach, komm ... kommen Se ddoch mal bitte etwas näher ans Lllicht heran.«

Da mischt sich die blonde Frau ein: »Nun lassen Sie gefälligst endlich den Herrn zufrieden. Der kennt Sie doch gar nicht. Nicht wahr?«

Sagt der Betrunkene: »Kennt mich nicht? Ist ja klar. Daß er mich nicht kennt? Ich bin ja nur ein kleiner Mann. Aber ich kenne Sie!«

Die wenigen Mitreisenden, die noch im Coupé sitzen, lächeln. Einer lacht laut. Mir aber ist dieser Mann lästig. Ich sehe, wie er auf einen Fahrgast, der eben eingestiegen ist, zutorkelt. »Kennen Sie mich? Keiner kennt mich.«

Nächste Station. Die Bahn wird leer. Ich fühle, wie meine Nachbarin unruhig auf ihrem Platz hin und her rutscht. Sie erhebt sich, zieht den Mantel aus, legt ihn ins Gepäcknetz. Jetzt erst entdecke ich, daß sie ein kleines

Pelzchen über dem Kostüm trägt. Wie armselig! Ein abgetragenes Marderkollier. Bißchen sehr abgetragen. Sie knöpft ihr Jackett auf. »Ich konnt' ja nicht ahnen«, entschuldigt sie sich, »daß es hier geheizt ist. Im fünften Kriegsjahr.«

Der Lästige erscheint schon wieder. Er deutet mit dem Finger auf mich: »Jetzt weiß ich, wo Sie her sind.« Ich kann sein Gequassel nicht mehr ertragen. Meine Nachbarin merkt meinen Ärger. »So'n gewöhnlicher Mensch«, sagt sie. Der Mann in der Joppe schwankt ins Nebenabteil. Endlich. Die Frau kramt in ihrer Handtasche. Mit glückseligem Gesicht holt sie einen primitiv bemalten Hampelmann aus Pappe hervor. Sie läßt ihn hampeln: »Hübsch, nicht? Wollen Sie auch mal an der Strippe ziehen?« Sie reicht ihn mir. »Ja, ja, hübsch.« Ich ziehe zweimal an der Strippe und gebe ihn ihr zurück.

»Ich bin so froh darüber«, meint sie. Ich sehe ihr das Glück an. »Das gab's heute im Kaufhaus. Ganz plötzlich.« Ich betrachte ihr Sommerkleid. Es ist viel zu dünn für diese Jahreszeit. Es ist auch viel zu kurz. Es rutscht ihr immer über die Knie. Sie redet weiter: »Es gibt ja sonst nichts für die Kinder zum Spielen.« Ihre Stimme ist etwas quietschend. Seltsam: bei ihr stört's mich nicht. Im Gegenteil: ihre Stimme fesselt mich. Ich möchte sie trösten. Ich möchte ihr sagen: Schadet gar nichts, Liebste. Du bist schon recht, wie du bist. Ich möchte etwas Gutes tun, damit sie nicht so nervös ist. Es scheint, als ob sie merkt, was in mir vorgeht. Sie redet immer weiter: »Ich hab' 'ne Stunde angestanden. Ich hab' nämlich zwei Jungen zu Hause. Das ist gar nicht so einfach jetzt im Kriege. Ohne Mann.« Sie zieht sich ihre Kostümjacke aus. »Mein Heinz ist schon seit '38 beim Kommiß. Bald sechs Jahre. Jedes Jahr kommt er einmal auf Urlaub. Acht Tage. Aber, was ist das schon?«

Sie meint, eine Nuance leiser, schon fast zart ... und das häßliche Quietschen verschwindet aus ihrer Stimme: »Man hat eben zu viel Temperament.« Unsere Knie berühren sich. Sie findet nichts dabei. Mein Herz schlägt heftiger. Es macht mir Mühe zu atmen. Der Druck auf der Stirn setzt ein. Mir drohen die Augen zuzufallen. Ich möchte ihre Haut fühlen. Da erblicke ich im Halbdunkel die Joppe. Sie schwankt schon wieder auf uns zu. Unaufhaltsam.

Die Frau wendet den Kopf. Sie sieht ihn auch. Sie sagt ärgerlich: »Merken Sie denn nicht, daß ich mich mit dem Herrn unterhalte?«

»Bitte schön, wenn Sie sich nicht mit mir unterhalten wollen, bitte schön, bleibt Ihnen unbenommen. Völlig unbenommen bleibt Ihnen das.« Und dann redet er weiter auf mich ein: »Ich ... ich ... könnt' ja sagen, daß alles ... ein Irrtum ist, aber ...«

Ich schreie ihn an: »Gehen Sie! Lassen Sie mich in Ruhe, ja!«

Er aber: »Ich hab' die Augen doch schon mal gesehen. Mein Name ist Michael Grote. Grote ... wie ein Gote ... nur vorn mit 'nem weichen ›r‹ dazwischen. Gote. Grote.«

Meine Nachbarin: »Wenn Sie stänkern wollen, dann gehn Sie doch in ein anderes Abteil!«

Er in betrunkener Beharrlichkeit: »Irrtum ausgeschlossen. Diese Augen kennt doch mein Michael! Die kennt unsereiner doch!« Er deutet mit seinem Zeigefinger auf meine Augen. Ich springe auf und packe ihn bei der Hand: »Ich hab' Ihnen gesagt, Sie sollen mich in Ruhe lassen.«

Er, plötzlich höflich: »Nix für ungut ... nix für ungut.« Und schiebt wieder ab. Nach der anderen Richtung dieses Mal.

Meine Nachbarin nimmt mich bei der Hand und zieht mich auf meinen Platz zurück. Sie tröstet mich: »Schrecklich, wie aufdringlich manche Menschen sind. Mit dem Flugzeug durch die Kinderstube getürmt. Muß doch gemerkt haben, daß Sie ihn nicht kennen.« Sie streichelt meine Hand.

Ich sage: »Ich kenn' ihn wirklich nicht.«

»Eben ... wie sollte auch ein Herr wie Sie so 'nen Mann kennen!«

Das Licht erlöscht. Sirenen heulen auf. Die Frau erhebt sich und greift nach ihren Sachen im Gepäcknetz. »Da haben wir's ... Alarm!«

Vom anderen Ende des Abteils ruft der Betrunkene: »Fliegeralarm! Alle Mann in 'n Heldenkeller!«

Die Bremsen knirschen. Der Zug hält. Wir sind in einem Bahnhof.

Ein Schaffner ruft aus: »Bitte, aussteigen! Schutzräume aufsuchen! Bitte, alle aussteigen! Bahnsteige freimachen! Bitte um Beeilung!«

Der Zug ist leer.

Die Frau wendet sich zu mir: »Kommen Sie. Sonst müssen wir stehen.«

»Ich bleibe lieber hier.«

Sie schaut mich an und errötet. Dann legt sie ihre Sachen wieder ins Gepäcknetz: »Da haben Sie eigentlich recht. Wenn's einen erwischen soll, dann erwischt's einen überall.« Und setzt sich neben mich. Wie um Schutz zu suchen. Dicht. Sehr dicht.

Der Zug fährt aus der Station. Hält draußen irgendwo auf freier Strecke.

Wir sehen, wie das Fahrpersonal aussteigt und rasch zum Bahnhof zurückeilt.

Es ist sehr still.

»Wir sind allein«, stellt sie fest, und ihre Stimme klingt auf einmal zart. Ihre Hand spielt nervös an ihrem Pelzkragen.

»Haben Sie eigentlich Angst vorm Sterben?« fragt sie.

Meine Augen hängen an dem ärmlichen Marderkopf ihres Kolliers. Scheußlich, wie der Marder aussieht!

»Wissen Sie ...«, höre ich sie sprechen, »...nämlich früher, da hab' ich immer furchtbare Angst gehabt ... wie ich noch jung war. Aber das hab' ich mir abgewöhnt. Sonst kommt man ja vor lauter Angst nicht mehr zum Leben. Nein«, fügt sie ganz leise hinzu, »ich hab' jetzt vor nichts mehr Angst.«

Ich fühle ihre Wärme. Die Glasaugen des scheußlichen Marders funkeln, als wären sie lebendig. Diese widerlichen, stechenden Augen stieren mich an. Meine Lider werden schwerer und schwerer.

»So ... wissen Sie ... so, wie ich jetzt hier mit Ihnen sitze ... ich meine ... so ganz allein, im Dunkeln mit einem Mann ... früher, da wär ich, glaub ich, vor Furcht gestorben.« Von ganz weitem vernehme ich: »Aber, wenn man dann einmal ein paar Männer kennengelernt hat ...« Dann schweigt sie lange Zeit. Ihre Finger streichen über das Fell des Marders. Sein gräßlicher Kopf rutscht etwas tiefer. Es ist, als ob sich der Marder in die weiße Haut ihrer Brust verbeißt.

»Heute hab' ich nicht mal mehr vorm Sterben Angst.«

Das waren, glaube ich, ihre letzten Worte.

Wie es geschah, und warum ich es tat, ich weiß es nicht. Glauben Sie mir. Ich weiß darüber absolut nichts.

***

Diese Sätze sind noch in Dr. Rothes klarer Schrift geschrieben. Dann werden die Aufzeichnungen wieder unzusammenhängend. Nur das Schriftbild vermittelt den Eindruck der Zerrissenheit, der Qual und des grauenvollen Martyriums seiner Einsamkeit. Ich bin daher, wie schon öfters, gezwungen, für Dr. Rothe weiterzuerzählen:

Wieder hat Dr. Rothe nur einen Wunsch: er will nach Hause. Die Straßen sind menschenleer. Hohl klingen seine Schritte auf dem Pflaster. Er beginnt zu husten. Als wäre er auf der Flucht. Manches Mal blickt er sich um, als ob die Verfolger schon hinter ihm sind. Aber in Wirklichkeit flieht er nur vor sich selbst. Doch gerade diese Flucht gelingt ihm nicht. Schlafen will er. Schlafen.

Als er das Wohnzimmer betritt, schläft dort auch schon jemand. Frau Herrmann. Im Lehnsessel. Wie sie ihn hört, ist sie schon wach.

»Guten Abend, Karl. Ich hab' nämlich auf Sie gewartet. Da bin ich doch richtig eingeschlafen. Wissen Sie, ich hab's heute gut erwischt in Birkenau. Ein halbes Pfund Butter und zwei Landbrote. Nicht so ein Kleiezeug wie's bei Daals jetzt gibt. Wollen Sie nicht mal probieren? ... Haben Sie gehört, Karl? Ein halbes Pfund Butter!«

»Hab' ich was gehört?«

»Ich mein' ja nur ... ich ... nein, ich wollte Sie gewiß nicht stören. Ich dachte eben nur ... wenn Sie wollen, ich mach' Ihnen rasch was zurecht, der Tee ist warm ...«

Rothe fährt rasch herum. Er faucht sie an: »Nichts! Ich will nichts! Gar nichts will ich. Ich hab' ja gar nichts verlangt. Auch nicht, daß Sie so lange auf mich ...«

»Pst! Karl, wir sind nicht mehr allein ... bitte ...«

»Pst ... pst ... pst! Sie hat recht«, sagt er grob. »Inge hat recht. Mit Ihrem ewigen Pst! Damit nur die Nachbarn nicht gestört werden! Sie sind nicht mehr zu ertragen! Ihre gräßliche Fürsorge! Ihre ekelerregende Güte! Jedes Wort, das Inge sagt, ist wahr! Inge hat vollständig recht! Sie treiben jeden Menschen aus dem Hause! Ihre widerwärtige Nachsicht! Man erstickt hier! Sie haben Ihren Mann aus dem Hause getrieben! Sie haben Inge aus dem Hause getrieben! Sie treiben mich aus dem Hause!« Er sieht, wie sie in ihrer kummervollen Verlegenheit an den Ofen geht und die Milch für die Katze holt. »Ja, ja, solange nur die Katze ihre Milch hat ... und der Doktor sein ...«

Plötzlich geht im Nebenzimmer das Licht an. Dr. Rothe starrt auf die erleuchtete Mattscheibe der Tür. Er hat vergessen, daß es Frau Herrmann gibt. Ein beseligendes Lächeln entspannt die Starre seines Gesichts. Er eilt in das Nebenzimmer. »Inge!« ruft er. »Inge!«

Im Bett sitzt Ursula Weber. Entsetzt starrt sie auf Rothe.

Er stammelt einige unverständliche Entschuldigungen und geht, ohne Frau Herrmann auch nur anzusehen, wie ein Mondsüchtiger in sein Zimmer.

FÜNFZEHNTE NACHFORSCHUNG

Eine, die den Verlorenen findet, verhindert, daß er von seinen Verfolgern gefunden wird

Protokoll.

Zwecks polizeilicher Vernehmung erscheint die unverehelichte Näherin Anna Weiß, wohnhaft Fichtestraße 12, vorn drei Treppen, bei Grimach, geboren in Flensburg, 27. Oktober 1912, legitimiert durch ihren Geburtsschein.

Dieselbe gibt auf Befragen des Linksunterzeichneten folgendes an:

Heute nacht betrachtete ich etwa zwischen 22 Uhr 15 und 30 in der Hauffstraße, an der Ecke der Fichtestraße, die Auslage eines Papiergeschäftes, der Witwe Bertha Wolters gehörig, weil ich zu dem Wiegenfeste meiner Mutter bunte Servietten und einen Kugelschreiber kaufen wollte. Ich dachte wie immer in meinem Leben an nichts Schlechtes, als plötzlich ein mir bis dahin unbekannter Herr neben mir auftauchte und gleichfalls trotz der späten Nachtstunde durch das Schaufenster blickte, ohne mich überhaupt nur eines Wortes zu würdigen, was auch nicht notwendig war, denn derselbe kannte mich nicht. Ich bin nicht imstande, ihn näher zu beschreiben, weil ich ihm nicht schaden will, und weil es meistens sehr dunkel war. Er richtete daraufhin an mich das Wort, indem er mich fragte: »Ist das Briefpapier, welches im Schaufenster liegt, von grüner oder von blauer Farbe?«, woraufhin ich der reinen Wahrheit entsprechend folgendes antwortete: »Dieses Briefpapier ist lila«, und den fremden Herrn auslachte wegen seiner Farbenblindheit, so daß derselbe mich nur streng ansah und schweigend nichts sagte. Die Aussage eines gewissen Michael Grote, wonach ich den Herrn angequatscht sowie gefragt hätte, ob er nicht mal mitkommen gemöcht hätte, entspricht einer gemeinen Lüge, die derselbe aus reinster Erpressung schon mehrere Male vergebens gegen unsereins Hilflosen angewandt hatte, was ihn aber bei mir nie ans Ziel bringen wird, weil so was bei mir nicht drin ist und derselbe dazu mir zu grün und zu angeheitert ist.

Ich war später zu sehr außer Rage, weswegen ich mich heute nicht mehr erinnern kann, wie der fremde Herr mit mir vertraulich wurde, was ja auch glücklicherweise nicht geschah. Mir wurde ganz traurig, wie ich seine Blicke auf mich fühlte, und hätte den Herrn direkt streicheln mögen, und fragte ihn dieserhalb ganz ohne einen Hintergedanken, ob er nicht einen Schnaps trinken wollte, um das abscheuliche Leben einmal zu vergessen und ein fröhlicher Mensch zu werden, wobei ich überhaupt keine Unmoral finden kann, und ihn deshalb zu Schwäbickes mitnahm, was er auch, ohne ein Wort hinzuzufügen, tat.

Bei Schwäbickes war wieder Hochbetrieb, aber derselbe zog mich von der Theke in eine Seitennische, was mir ganz recht war, weil es nicht immer an die große Glocke gehängt werden muß, wenn ich mal einen Herrn kennenlerne, was sehr selten vorkommt, was mir die Polizei glauben darf, und was auch noch obendrein wahr ist, denn dieses Protokoll ist keinesfalls mein erstes, so daß ich schon weiß, was daraus alles für unsereinen entstehen kann. Wir tranken einen Kirsch und einen Steinhäger und dann noch einen, aber der Herr blieb vernagelt stumm und fixierte mich andauernd mit seinen traurigen Augen, als ob er mich haßte und auffressen wollte, so daß ich in mir dachte, so einen Freier hast du auch nicht jemals gesehen. Ich bekam plötzlich eine grauenvolle Furcht vor diesem doch eigentlich so feinen Herrn. Ich mußte mich zusammennehmen und mehrfach an mich halten, um nicht vor Entsetzen aufzuschreien. Ich hab' schon seit meiner ersten Kindheit nicht so eine Angst ausgestanden, obwohl ich gar keinen sichtbaren Grund hatte, was also auch gar nicht die Schuld des Herrn war, was ich besonders betonen möchte. Ich bin ja kein Zimperling und seit klein auf gewöhnt, in noch so peinlichen Krachs meinen eigenen Mann zu stehen, aber dieser Anblick auf der dunklen Treppe in dem schon schlafenden Haus überstieg meine Kräfte und rüttelte abscheulich an meinen Nerven, die auch eine Näherin bekanntlich besitzt, aber ich bekam nichts heraus aus meiner Kehle. Dieselbe mutete mir an wie abgeschnürt. Ich biß die Zähne zusammen und ging weiter hinauf bis an meine Wohnungstür. Mir war nach dem Alkohol schauerlich schlecht, und ich hätte ganz leicht lieber kübeln können als diesem Herrn da irgendwie bedienlich zu sein, was ich gar nicht vorhatte, damit man mir aus dieser Vernehmung nicht noch nachträglich einen Strick dreht, was ja öfters vorkommen soll. Wie ich die Schlüssel aus meiner Handtasche hole und ins Schloß stecken will, sage ich zu ihm: »Na, mach' doch mal Licht!« Aber der Herr rührt sich nicht. Ich sage: »Hinter dir ist der Schalter.« Aber der Herr drückt nicht. Statt dessen tritt er dicht auf mich zu. Da sage ich zu ihm, was ich auch meinte: »Bist du aber drollig! Willste hier im Dunkeln vor der Tür stehenbleiben?« Aber der Herr sagt nichts und drückt auch nicht auf den elektrischen Schalter. Nun wird mir auf der Treppe natürlich verdammt schmierig zumute. Ich drehe mich zu ihm um und sehe wie er mich aus toten Augen anstiert. Das geht mir durch Mark und Bein, was aber einzig und allein meine Schuld ist, weil man doch einem Herrn, wenn er nur schaut, kein Verbrechen nachsagen kann. Nun greift er an meinen Hals. Will er, denke ich, seine Kette wieder haben. Ich hatte sie mir angezogen, um ihn nicht noch mehr zu ärgern, denn ich hatte scheußliche Angst vor seinen zornigen Blicken. Ich reiße mich von ihm los. Aber da umklammern mich schon wieder seine Finger. Das fiel mir auf, und dann riß ich mich von ihm los, und dann schrie ich in entsetzlicher Todesangst: »Hilfe! Hilfe!« Ich stürzte in den zweiten Stock und riß in meiner Verzweiflung an allen Glocken. Und da zunächst niemand öffnete, brüllte ich noch lauter, obwohl er mir doch gar nichts getan hatte. Die Polizei wird es mir schon entschuldigen, wenn ich sage, daß es natürlich viel schlimmer aussah, als es war. Er war auch nicht mehr hinter mir her, was doch ein richtiger Totmacher tun würde. Ich weiß nicht mehr, was ich alles geschrien habe. Hänsels aus dem zweiten Stock öffneten, weil sie erst glaubten, es wäre Alarm, und dieser besagte Herr Hänsel, der schon immer hinter mir her gewesen und auf jeden Freier eifersüchtig war, lachte mich aus und meinte, ich spinnte wieder mal, und so eine wie mich würde schon keiner anrühren. Frau Hänsel nahm mich in ihre Stube, obwohl sie mich wegen ihrem Manne haßt, wozu sie gar nicht berechtigt ist, was ich ihr auch schon mehrere Male deutlich unter die Nase gerieben habe. In der Zwischenzeit entfernte sich der Herr.

Ich muß nochmals zu Protokoll zufügen, daß er mir nicht das geringste getan hat. Es kann nämlich sein, daß ich mir dasselbe nur eingeredet hatte, denn der Herr war ein sehr feiner Herr, und ich kann mir nicht vorstellen, daß er ein Totmacher ist, nur weil er sehr traurig geschaut hat und mich am Halse angefaßt hat. Ich für meine Person habe es schon bereut, daß ich so viel angegeben habe, weil ich wohl ein bißchen zuviel auf leerem Magen getrunken habe, und wenn Perlebergs aus Parterre es nicht alles gleich der Polizei verpfiffen hätten, würde man nichts darüber erfahren haben, was wohl das richtigste gewesen wäre, denn wenn heutzutage jeder gleich zur Polizei läuft und anzeigt, weil ihm ein Herr an den Halse gefaßt hat, dann müßte man vor jedem Revier auch schon Schlange stehen.

Ich möchte daher nochmals betonen, daß ich mich nicht für überfallen beziehungsweise für ermordet halte, und daß ich dem Herrn nur das allerbeste wünsche, jedenfalls, was mich betrifft, denn ich werde mein Lebtag seine traurigen Augen niemals vergessen, was ich bitte, auch im Protokoll aufnehmen zu wollen.

Kurt Giesterburg
Kriminalwachtmeister

24. März 1944
Anna Weiß
Zeugin

Nachsatz: 1 weiße Halskette von der Zeugin Anna Weiß, unverehelicht, wohnhaft Fichtestraße 12, erhalten zu haben, bescheinigt:

Kurt Giesterburg, K'wachtm.

***

Als man der Zeugin Anna Weiß berichtet, daß soeben die Leiche einer unbekannten Frauensperson in den Drähten der Vorortbahn mit Würgemalen aufgefunden wurde, entfärbte sie sich für Sekunden, erklärt aber gleich darauf: »Mein Herr war ganz bestimmt nicht der Mörder. Dazu war er viel zu traurig!«

***

Seit drei Tagen und drei Nächten fahnden die Beamten des Morddezernats nach dem Totschläger, der die Frau in der Bahn erwürgt und auf die Strecke geworfen hat. Sie nehmen einen Michael Grote fest, weil ihn viele Fahrgäste als jenen Mann bezeichnen, der mit der Frau mehrfach gesprochen und nach der Entwarnung mit einem ihrer Schuhe herumfuchtelnd gefragt habe: »Kennen Sie den? Kennen Sie den? Den kenn' ich doch!«

Und schließlich, nach einer Woche Kreuzverhör, will sich dieser Michael Grote plötzlich an einen Herrn im blauen Mantel erinnern, der sich im Abteil eingehend mit jener Frau Helene Kuhls unterhalten habe. Die Beschreibung aber, die er gibt, ist so ungenau und so voller Widersprüche, daß man seinen Aussagen sehr mißtrauisch gegenübersteht. Offenbar benutzt Michael Grote die Taktik vieler Verdächtigter, die während ihrer Haft immer neue Einzelheiten erfinden, um auf diese Weise der Einöde der Zelle zu entkommen. Eines Morgens versichert er dem vernehmenden Kriminalkommissar, er kenne eine gewisse Näherin Anna Weiß aus der Fichtestraße. Sie sei zwar ein Mädchen mit recht zweifelhaftem Ruf, aber könne sicherlich bezeugen, daß jener Herr im blauen Mantel kurz zuvor bei ihr gewesen sei. Er habe das Paar in der Gastwirtschaft von Schwäbicke längere Zeit beobachtet, bevor er dann bald darauf den gleichen Fremden in der Bahn wieder getroffen habe. Die Näherin gibt zu, daß sie mit jenem Herrn in der Restauration gezecht habe. Die Zeugin verweist auf ihre bereits zu Protokoll gegebenen Aussagen. Als der Kommissar ihre damalige Schilderung liest, beginnt er sich doch etwas ernsthafter mit jenem Unbekannten im blauen Mantel zu beschäftigen. Er veröffentlicht die Beschreibung der Halskette, die der Fremde der Näherin Anna Weiß geschenkt hatte, im Dienstblatt und fragt, ob jemand etwas Näheres über das Schmuckstück aussagen könne. Er verweist auf den eigentümlichen Verschluß. Der erfahrene Kriminalist hat aber nur geringe Hoffnung, daß sich angesichts der furchtbaren Sorgen einer andauernd gebombten Bevölkerung jemand ernsthaft mit der Kette beschäftigen würde.

Zu seiner Verwunderung meldet sich jedoch sofort ein Hausmeister Hollermann. Er hat der Polizei schon des öfteren wichtige Fingerzeige geben können. Und auch heute ist sein Hinweis von Bedeutung. Hollermann behauptet, er habe diese Kette mit jenem seltsamen Verschluß mehrfach im Besitz eines gewissen Fräulein Inge Herrmann gesehen und bewundert. Jenes Fräulein habe zwar Selbstmord verübt, aber ihre Mutter sei am Leben und könne wahrscheinlich viel genauere Auskunft erteilen. Sie wohne in seinem Hause.

Sechzehnte Nachforschung

Einer will sühnen für seine Untat – und den Häschern entschlüpft er doch

»Karl, schlafen Sie noch? Karl!«

Keine Antwort. Frau Herrmann öffnet die Tür zum Zimmer des Dr. Rothe. Er sitzt angekleidet im Sessel und schläft. So hat sie ihn in der letzten Zeit schon öfter vorgefunden. Seit vielen Tagen aber ist sein Bett unberührt.

»Karl, entschuldigen Sie, aber zwei Herren sind da.«

Dr. Rothe schaut sie schlaftrunken zwischen halbgeöffneten Lidern an. »Karl, Polizei! Kriminalpolizei!«

Dr. Rothe rührt sich nicht.

»Zwei Herren von der Kriminalpolizei, die wollen Sie sprechen. Sie waren schon im Labor.«

Dr. Rothe blickt verständnislos.

»Hier ... wegen der Kette.« Frau Herrmann reicht ihm eine Kette. Inges Kette.

Dr. Rothe nimmt sie. Er läßt sie durch die Finger gleiten. »Nein ... nein ...«, sagt er mehr zu sich. »Noch nicht, liebste Frau Herrmann, noch nicht. Vielleicht schon morgen. Vielleicht erst übermorgen. Heute noch nicht. Zu früh.«

»Was ist zu früh, Karl?«

»Gar nichts. Haben Sie den Tee fertig?«

»Was soll ich den Beamten sagen?«

»Was sagen? Wem? Den Beamten? Hören Sie denn nicht? Heute ist zu früh. Viel zu früh.«

»Geben Sie mir die Kette zurück, Karl!«

»Welche Kette? Ach so ... die hier ... Warum?«

»Weil die Herren von der Polizei die Kette brauchen.«

»Inges Kette braucht keiner ... außer mir.«

»Karl, die Herren sind überhaupt recht merkwürdig. Die wollen den Brief sehen. Den Brief von Inge ... Sie wissen doch. Ihren Abschiedsbrief.«

»So zeigen Sie ihn doch.«

»Entschuldigen Sie, Herr Dr. Rothe, wenn wir so unangemeldet bei Ihnen vordringen. Gestatten: Hier ... Kriminaloberwachtmeister Kilians. Es handelt sich nämlich um diese Kette.«

Rothe ist plötzlich zu sich gekommen. Höflich fragt er: »Und?«

»Haben Sie diese Kette schon einmal gesehen, Herr Doktor?«

»Nein.«

»Sie kannten doch Fräulein Inge Herrmann?«

»Ja.«

»Haben Sie ihr nicht bei Lebzeiten eine solche Kette geschenkt?«

»Ja.«

»War das nicht diese Kette?«

»Nein.«

»Und woher wissen Sie das so genau?«

»Ich sehe es am Sicherheitsschloß. Der Verschluß meiner Kette war nicht so kompliziert.«

»Wo haben Sie die Kette gekauft, Herr Doktor?«

»Sagen Sie, vernehmen Sie mich eigentlich?«

»Herr Dr. Rothe, derlei Fragen gehören nun einmal zu meinen Dienstobliegenheiten.«

»Haben Sie die Erlaubnis von Oberst Winkler?«

»Die Erlaubnis? Von wem?«

»Vom Dezernat IV.«

»Was hat das Dezernat IV mit dieser Kette zu tun?.«

»Weiß ich nicht. Aber ich rate Ihnen doch, sich zuvor mit diesem Dezernat zu unterhalten.«

»Haben wir schon versucht. Herr Oberst ist aber zur Zeit verreist.«

»Stimmt. Ich warte auch auf ihn. Schon seit Wochen. Er wird aber, soviel ich weiß, jeden Tag zurückerwartet.«

»So lange haben wir leider nicht Zeit, Dr. Rothe. Das werden Sie einsehen.«

»Haben Sie eigentlich schon mit meinem Assistenten gesprochen?«

»Herr Hoesch ist auch verreist ... «

»Pech für Sie.«

»Ich verstehe nicht, warum wir auf Herrn Oberst Winkler warten müssen, um von Ihnen zu erfahren, wo Sie eine Halskette gekauft haben? Klingt das nicht ein bißchen ... nun ... ein ... «

»Nein, das klingt nicht ein bißchen ... und auch nicht sonstwie ... Nehmen Sie einfach an, ich bin gleichfalls verreist. Und nehmen Sie ferner an, ich kehre genau an dem Tage zurück, an dem einer dieser Herren ... gleich welcher ... auch wieder hier sein wird.«

»Herr Dr. Rothe, gestatten Sie uns aber wenigstens, daß wir Ihnen zwei Personen vorstellen, die behaupten, Sie zu kennen?«

»Ja.«

In der offenen Tür steht die unverehelichte Näherin Anna Weiß aus der Fichtestraße 2, vorn drei Treppen, bei Grimach.

»Kennen Sie diesen Herrn?«

Anna Weiß beschaut den Dr. Rothe ohne ein Zeichen der Erregung. Sie tritt näher auf ihn zu und blickt ihm in die Augen. Sie geht um ihn herum, mustert ihn vom Kopf bis zu den Schuhen. Dann sagt sie mit lauter Stimme:

»Nein. Diesen Herrn habe ich nie gesehen.«

»Warum brauchten Sie so lange Zeit, bis Sie antworteten?«

»Weil ich nicht verstehe, wie sich die Polizei so irren kann. Mein Herr von neulich nacht ... der war ... der ist mindestens einen Kopf größer und ... seine Haare waren schwarz ... außerdem waren sie gelockt.«

Anna Weiß verschwindet. In der Tür steht Michael Grote. Er sieht sehr manierlich aus und torkelt nicht mehr.

»Sind Sie diesem Herrn schon irgendwo begegnet?«

Dr. Rothe sitzt bewegungslos in seinem Sessel. Ihn scheinen diese Gegenüberstellungen zu belästigen.

Der andere aber stiert Rothe an. Dann tritt er näher auf ihn zu, geht um ihn herum. Er denkt angestrengt nach.

»Ja«, sagt der Grote nach einer langen Pause. »Den

Herrn kenne ich schon ... diese Augen hab' ich bestimmt schon gesehen ... ja, ja, jetzt entsinne ich mich genau. Natürlich ... den kenn' ich.«

»Von Ihrer Budike? Oder in der Bahn?«

»Nein. Den kenn' ... kenn' ich aus Uelzen. Oder ... oder vielleicht aus Stockerode. Nein, das ist nicht der ... den Sie suchen. Der war auch viel kleiner und blond.«

Mit einem Seufzer der Verzweiflung sinkt der Kriminaloberwachtmeister in einen Stuhl. Rothe hört nur noch, wie er vor sich hinstöhnt: »Größer und schwarze Löckchen ... und kleiner und blond.«

***

In den Frühlingstagen von 1944 werden die Notizen im Tagebuch des Dr. Rothe wieder etwas ruhiger und etwas klarer. Ich entziffere:

3. Mai 1944

Gut geschlafen. Im Labor erstes Experiment mit CD 56 geglückt. Professor Tivelius strahlt. Winkler angerufen. Noch immer auf Dienstreise. Abends mit Ursula Weber spazieren. Sie ist reizend.

7. Mai 1944

Oh, diese Polizei. Sie gibt nicht nach. Erschienen abends mit diesem Grote im Labor. Haben irgend etwas Belangloses gefragt. Ich nehme an, er sollte mich mal bei künstlicher Beleuchtung betrachten. Aber es hilft ihm nichts. Ich bin es nicht. Wo bleibt nur Hoesch?

11. Mai 1944

Ich fürchte, Ursula mag mich ganz gut leiden. Sie fragt mich, ob wir uns nicht duzen wollen. Angeblich, um Frau Herrmann zu ärgern. Sie haßt das olle Sie. Ich kann nicht nein sagen. Dabei ziehe ich mich von ihr unmerklich zurück. Es wird mir unsagbar schwer. Unsagbar. Aber ich will nicht. Meine Tage sind gezählt. Müssen es sein. Sobald Winkler und Hoesch da sind, muß alles zu Ende sein. Unbedingt.

(Das Wort ›Unbedingt‹ ist in endlosen Variationen auch mit Rotstift über mehrere Seiten gekritzelt und macht viele nun folgende Eintragungen völlig unleserlich. Dann:)

14. Mai 1944

Wo dieser Hoesch nur bleibt! Zeitweilig abkommandiert, heißt es. Aber mir entkommt er nicht. Nicht der Hoesch und auch nicht der andere. Das Urteil ist gefällt: Todesstrafe für alle drei. Todesstrafe für den Verführer. Todesstrafe für den Mitwisser und Todesstrafe für den Mörder. Es wird Zeit, daß das Urteil vollstreckt wird. Bisher habe ich getötet ... ohne Willen. Jetzt aber werde ich mit vollem Bewußtsein töten.

16. Mai 1944

Geburtstag. Ursula hat mir ein Kissen gestickt. Mit einer grünen Inschrift: »Nur ein Viertelstündchen«. Scheußlich. Manchmal ist sie mir doch zu naiv. Was tue ich nur, um sie abzuschrecken? Noch immer keine Spur von Winkler und vom Hoesch. Ich warte.

19. Mai 1944

Ursula schreibt Briefchen. Auf dem gleichen Papier, auf dem Inge ihre Briefchen schrieb. Sie muß es im Zimmer gefunden haben. Ich muß endlich ausziehen.

23. Mai 1944

Haha, Hollermann! Der scheint mich auch zu lieben. Gestern abend gehe ich allein spazieren, um Ursula zu entkommen. Da entdecke ich durch Zufall, wie mir der Lackel folgt. Haha! Genau wie in einer Detektivgeschichte. Drückt sich in die Nischen, klettert über Ruinenhaufen, sobald ich stehenbleibe. Hollermann kann das Bespitzeln nicht lassen! Haha! Erst neulich hat mir der Winkler erzählt, wie er ihn an die frische Luft gesetzt hat, weil er unter dem Vorwand, nach der Heizung zu sehen, in den Taschen seiner Gäste kramte. Und jetzt hat er mich vor.

Ich spiele mit ihm Versteck. Bald verschwinde ich um eine Ecke. Dann rennt der Lange. Ich beobachte ihn, wie verzweifelt er dann um sich herumschaut. Sobald ich wieder auftauche, springt er ins Dunkle. Ich werde ihn mal in Bewegung setzen. Dort durch die Straße ... zurück ... über die Wiese ... hinter den Baum ... wieder zurück ... Haha, Hollermann! Macht ja richtigen Spaß. Ich werde jetzt öfters abends mit dir Versteck spielen. Da vergeht die Zeit so nett ... bis zur Rückkehr von Winkler und Hoesch.

27. Mai 1944

Ursula ruft mich sehr früh im Labor an und singt durchs Telefon: »... die Bäume schlagen aus, da bleibe, wer Lust hat, mit Freuden zu Haus ...« Morgen hat sie schulfrei. Ob ich nicht auch mal unterbrechen möchte. Der Mai sei doch bald wieder vorüber. Draußen ist's zu schön, vor allem, wo es doch in der brennenden Stadt so häßlich geworden ist. Sie schlägt einen Ausflug ins Grüne vor. Zum Neuen Teich bis ans Grüne Forsthaus. Da ist keine Hundeseele. Nur wir beide ganz allein. Ohne die olle Frau Herrmann.

Ich sage: Nein, Ursula, nein, morgen nicht. Ich bin mitten in einem schweren Experiment. Haha! – »Lügner ... Lügner ... Lügner«, blökt sie ins Telefon. »Ätsch, hab' ja schon mit der Schlehbusch gesprochen. Deine Schlehbusch sagt auch, meine Idee ist die einzige richtige Idee.«

Ich will aber nicht. Wenn mir jetzt etwas zustößt ... ich meine, wenn ihr etwas passiert, diesem so netten Kind ...

Unausdenkbar! Da retten mich kein Hoesch und auch kein Winkler und kein Dezernat IV und niemand mehr! Apropos ... die beiden sauberen Freunde, die entkommen mir dann auch noch, wenn sie mich vorher packen ... die Polizei. Nein, liebe Ursula, ich will nicht.

2. Juni 1944

Wenn mir nur nichts zustößt, bevor sie wieder zurück sind. Ich habe heute abend Ursula aus dem Zimmer geworfen.

(Hier folgt wieder sehr viel Gekritzel.)

Siebzehnte Nachforschung

Ein Verlorener sucht einen Verlorenen

7. Juni 1944

Die Schlehbusch stürzt völlig aufgeregt an den Brutofen, an dem ich arbeite: »Herr Doktor, Herr Doktor, der Totmacher geht schon wieder durch die Stadt!«

»Wer?«

»Eben ... im Rundfunk. Da haben sie einen Vortrag unterbrochen. Der Totmacher hat heute morgen schon wieder jemand getötet. Eine neunzehnjährige Wehrmachtshelferin. Hat er im Hausflur erwürgt. Sie war aus Polen auf Urlaub hier. Grade hat man die Leiche gefunden.«

»Ja, und?«

»Aber das Schlimmste, Herr Doktor. Das Grauenvollste ... das kommt noch ... Noch bevor man das entdeckte ... heute vormittag ... da ist der Totmacher wieder in ihrem Quartier erschienen ... und hat jetzt ihre Freundin abgeholt ... angeblich, um sie zu ihr zu bringen. Herr Doktor ... Herr Doktor ... und jetzt wird er die andere auch abmurksen.«

»Ja, und?«

»Im Rundfunk, da hat man alle zur Mithilfe aufgerufen. Jeder soll nach dem Mann mit dem Mädchen suchen. Denn man fürchtet, dieser Wahnsinnige wird sie bestimmt in den nächsten Stunden auch umbringen. Fürchterlich, dieses Gefühl der Hilflosigkeit ... fürchterlich ... man weiß ... der Mord passiert vielleicht jede Minute ... aber niemand kann was tun, um es zu verhindern ...

Ich bemühe mich meine Erregung zu verbergen.

Kaum ist die Schlehbusch fort, frage ich mich: Wo war ich eigentlich heute früh? Wo war ich heute nacht? Heute nacht war ich zu Hause. Ganz bestimmt. Und heute früh? Im Labor. Da ist gar kein Irrtum möglich. Oder doch?

Nein, ich habe doch schon um halb sieben hier meine Kaninchen geimpft ... dann war ich drüben am Mikroskop ... oder nicht?

Aber jener Totmacher ist doch noch immer mit der Freundin seines Opfers unterwegs. Und ich, ich bin doch nun, darüber kann wohl kein Zweifel herrschen ... ich bin doch hier ... hier im Labor. Mein Puls ... eins, zwei, drei ... hier ist mein Gesicht im Spiegel. Bleich ist es wie ein Gespenst.

Der Pförtner wird wissen, wann ich heute morgen das Tor passiert habe. Ich rufe an. 6 Uhr 03. Wie immer. Danke.

Seit 6 Uhr 03 bin ich also im Institut. Seit 6 Uhr 03 habe ich das Labor nicht mehr verlassen. Nein, nein, nein, ich war es nicht. War es nicht. Nein.

Gott sei Dank! Gott sei Dank!

***

In Dr. Rothes Tagebuch folgen Ausschnitte aus der lokalen Presse über dieses Ereignis. Manche Stellen, an denen geschildert wird, daß der Mörder sein Opfer ausgeplündert hat, sind rotunterstrichen und haben am Rand ein Ausrufezeichen.

Die ganze Stadt fiebert. Alle Bewohner sind alarmiert. Denn jeder, der die Warnung im Rundfunk gehört hat, gibt sie sofort weiter. Überfallkommandos jagen mit ihren kreischenden Signaltönen durch die Straßen. Posten riegeln Kreuzungen und Zugänge ab. Polizeiwagen mit Lautsprecher alarmieren die Bürger, die die Kunde noch immer nicht erfahren haben. Motorradfahrer durchstreifen die Ruinengegenden. Man hat Hunde angesetzt.

Gerüchte überbieten einander an grausigen Einzelheiten. Da schleppt man ein älteres Ehepaar als vermeintlichen Mörder und sein zukünftiges Opfer fort. Dort umringt man einen harmlosen Fremden, der aber nachweisen kann, daß er schuldlos ist. Reporter telefonieren die verwegensten Meldungen.

Aber der Gesuchte und sein Opfer können und können nicht gefunden werden. Der Rundfunk unterbricht immer wieder sein Programm und berichtet über den Fortgang der Jagd:

11.00: Noch keine Spur von Bettina Färber.

11.15: Bettina Färber! Bettina Färber! Sie hat einen kleinen Gehfehler. Der rechte Fuß ist etwas kurz. Sie schleppt ihn nach. Sie trägt einen dunklen Ledermantel. Bettina Färber, wer hat Bettina Färber gesehen?

11.25: Wer hat den Totmacher gesehen? Schlank. Groß. Dunkel. Mit schwarzem Mantel auf Taille. Zerfurchte Stirn. Etwa 40. Haltet jeden Verdächtigen an! Lieber hundert falsche Festnahmen als den Verbrecher ungehindert morden lassen! Bettina Färber! Bettina Färber!

11.30: Das Paar wurde gesehen. Vor einer halben Stunde. Auf der Baumallee. Achtung! Achtung! Alle Bewohner des Vorortes Blankenstein! Achtung! Aufpassen! Der Totmacher weilt in Ihren Straßen!

Militär wird eingesetzt. Die Stadt sieht aus, als werde sie belagert. Läden werden geschlossen. Hunderte von Radfahrern sind unterwegs. Jede Sekunde, die erfolglos vorüberstreicht, kann Bettina Färbers Todesmoment sein!

Dr. Karl Rothe hat seinen Mitarbeitern freigegeben. Jeder beteiligt sich an der Jagd. Er fährt mit seinem Dienstwagen über die Ruinenwiesen und lugt durch Kellerlöcher und Gerümpel.

Erst am Nachmittag findet man Bettina Färber.

Der Rundfunk meldet: »Polizeihunde stöberten die Leiche der 23jährigen Wehrmachtshelferin Bettina Färber aus Bochum in einer Ruine auf. Vom Täter fehlt jede Spur.«

***

»Melde mich zurück, Dr. Rothe.«

»Schau mal an, der Hoesch.«

»Sonderaufgabe, Herr Doktor. Nun wieder voll zur Stelle.«

»Wo ist Oberst Winkler?«

»Auch zurück.«

»Hätt' Sie gern heut' abend bei mir zu Hause gesprochen, Hoesch. Geht's?«

»Wann, Herr Doktor?«

»Neun. Ja?«

»Werde mich pünktlich um neun zur Stelle melden, Herr Doktor.«

»Wird vielleicht ganz lustig, Hoesch.«

»Gesellschaft?«

»Nein, nur wir beide.«

***

Hoesch aber kommt nicht. Eine Frauensperson ruft an: Herr Hoesch sei dienstlich verhindert.

Also ist er beim Oberst Winkler. Um so besser, denkt Dr. Rothe. Da hat er beide zusammen. Er steckt einen Revolver in die Tasche. Seine Hand zittert. Fünf Kugeln sind's. Die letzten beiden zur Reserve. Eine oder zwei könnten danebengehen.

Nein, es kann nicht länger aufgeschoben werden. Außerdem merkt Dr. Rothe an vielen Kleinigkeiten, daß die Polizei hinter ihm her ist. In jedem Fall hält man ihn noch immer unter Bewachung. Sogar an jenem Morgen, an dem die Leiche der Wehrmachtshelferin gefunden war, hatte ein Beamter den Pförtner im Institut ausgehorcht: »Seit wann ist der Chef im Laboratorium?«

Dr. Rothe setzt sich in den Wagen und fährt los. Zur Villa des Oberst Winkler, überzeugt, daß es seine letzte Fahrt ist.

Achtzehnte Nachforschung

Eine wird, ohne es zu wollen, zur Verräterin ihrer Liebe – und versucht verzweifelt, den von ihr Verratenen zu retten

»Nein.«

»Sie duzen sich?«

»Ja, seit langem.«

»Aber keine intimere Beziehungen?«

»Ich sagte schon: Nein!«

»Hat er Sie jemals in Ihrem Zimmer besucht?«

»Nein. Verzeihung ... doch. Einmal. Ich weiß nicht mehr, wann es war. Da kam er nach einem Streit mit unserer Wirtin in mein Zimmer.«

»Und?«

»Nichts – und! Offenbar hatte er sich in seiner Aufregung in der Tür geirrt.«

»Was tat er?«

»Gar nichts tat er. Er entschuldigte sich, als er mich im Bett sah. Dann verschwand er wieder ... «

»... verschwand er wieder. Wann – dann? Nach langer Zeit?«

»Gar nicht nach langer Zeit. Er verließ mein Zimmer sofort wieder.«

»Sind Sie auf Ihren gemeinsamen Abendspaziergängen auch durch einsame Gegenden gekommen?«

»Ja.«

»Bemerkten Sie nie bei ihm eine Nervosität?«

»Nein. In meiner Gesellschaft war er immer sehr ruhig.«

»Veränderte sich nicht manches Mal sein Benehmen? Ich meine ... war er zum Beispiel an einem Abend ungewöhnlich nett zu Ihnen ... und vielleicht beim nächsten Treffen ablehnend?«

»Nein. Er war immer gleich. Unverändert. Immer gleich aufmerksam und immer amüsant, finde ich.«

»Sie sagten vorhin, er habe es immer vermieden, über seine Beziehungen zu Fräulein Herrmann zu sprechen?«

»Ja. Wenn nicht unser Hausmeister Hollermann ein paar schmutzige Bemerkungen gemacht hätte, würde ich wohl nie etwas erfahren haben.«

»Übrigens eine Nebenfrage: Haben Sie bei ihm jemals eine weiße Halskette gesehen?«

»Nein. Nicht, daß ich wüßte.«

»Überlegen Sie mal genau. Eine sehr wertvolle Kette, mit einem komplizierten Sicherheitsschloß?«

»Nein. Bestimmt nicht.«

»Ich möchte Sie nicht unnötig aufregen, aber ich halte es für meine Pflicht, Sie vor Ihrem Zimmernachbar etwas zu warnen. Natürlich höchst vertraulich. Wir haben noch keine vollen Beweise, aber unsere Beweiskette schließt sich immer enger. Sie täten gut, sich unauffällig von ihm zurückzuziehen und auf Ihrer Hut zu sein.«

»Ich versteh' nicht. Wofür haben Sie noch keine vollen Beweise?«

»Nun ... daß er der Mörder jener Frau in der Vorortbahn ist ... und auch der Mörder der beiden Wehrmachtshelferinnen ...«

Ursula Weber verstummt. Dann sagt sie sehr erregt: »Ausgeschlossen, Herr Kommissar! Ganz ausgeschlossen! Dieser Mann kann keiner Fliege etwas zuleide tun.«

»Viele Mörder züchten Tauben.«

»Dieser Mann ist doch kein Räuber!«

»Wahrscheinlich hat er nur geplündert, um den Verdacht von sich abzulenken.«

»Haben Sie jemals seine Hände gesehen? Das ist ja ganz lächerlich! Das sind doch keine Hände eines Mörders! So sieht doch kein Totmacher aus!«

»Es gibt keine äußeren Merkmale für Mörder, Fräulein Weber.«

»Aber ich wohne nun schon seit Monaten Tür an Tür mit ihm. Ich esse mit ihm fast jeden Abend. Ich gehe mit ihm stundenlang spazieren. Da müßt' ich doch wenigstens ein einziges Mal etwas gemerkt haben!«

»Warum belügen Sie uns eigentlich, Fräulein Weber?«

»Bitte?«

»Ich würde es mir als angestellte Lehrerin hundertmal überlegen, ob ich in solch einer Vernehmung die Wahrheit sage oder gewisse erwähnenswerte Vorkommnisse verschweige.«

»Wer verschweigt?«

»Sie, Fräulein Weber.«

»Was?«

»Nun, zum Beispiel die Sache mit der Kette ...«

»Welche Kette?«

»Dr. Rothe hat Ihnen einmal die besagte Halskette geschenkt, Fräulein Weber. Ich sagte: geschenkt! Nicht?«

»Die Kette? Mir?«

»Aber, Kindchen, ich kann gar nicht verstehen, daß man einem Menschen mit Ihrem schlechten Erinnerungsvermögen eine Klasse junger Menschen anvertraut.«

»Meinen Sie das Halsband ...?«

»Wenn Sie eine Viertelstunde Zeit haben, Fräulein Weber, dann lasse ich Ihre Kollegin, Fräulein Dr. Käthe Kland, noch einmal herkommen. Sie könnte dann Ihrem offenbar recht ramponierten Erinnerungsvermögen gebührend nachhelfen. Soll ich?«

»Wenn Sie diese weiße Kette meinen ... ja, ja, das stimmt. Die hat er mir mal gezeigt. Ich sollte sie anprobieren.«

»Sie haben sie doch ein paarmal getragen, Fräulein Weber?«

»Ja, vielleicht, aber nur aus Spaß. Dann traf ich einmal Hollermann auf der Treppe. Der klärte mich auf. Da gab ich sie ihm wieder zurück. Ich hatte diesen Vorgang aber wirklich längst vergessen.«

»Sie brauchen deswegen nicht gleich zu weinen, Fräulein Weber. Sie können mir beweisen, daß Sie eine außergewöhnlich gute Zeichenlehrerin sind, wenn Sie mir freundlichst hier mal aufmalen, wie das Sicherheitsschloß ausgesehen hat. Sie erinnern sich doch noch?«

»Ja.«

Ursula Weber zeichnet den Verschluß auf. Der Kommissar verbirgt seine Spannung. Er blättert interessiert in irgendwelchen anderen Akten. Aber insgeheim lugt er fasziniert auf ihre Zeichnung. Als sie fertig ist, reicht sie ihm den Bogen.

»Danke danke, mein Kind. Nun haben Sie wieder alles gutgemacht. Ich brauche Sie nicht mehr. Sie dürfen jetzt gehen.«

Ursula Weber erhebt sich. Sie hat Tränen in den Augen.

»Übrigens noch eine Bitte, Fräulein Weber. Kein Wort über Ihren Besuch und meine Fragen. Sie machen sich sonst mitschuldig.« Der Kommissar erschrickt, als er das Mädchen vor sich sieht. Es scheint Fieber zu haben. Er eilt an den Schrank. Er holt ein Glas mit Kognak. Aber Ursula wehrt ab.

»Sie können auch ruhig noch ein bißchen hierbleiben. Bis alles wieder in Ordnung ist. Ich rate Ihnen überhaupt, gehen Sie möglichst heute nacht nicht aus Ihrem Zimmer. Auch wenn es draußen recht laut werden sollte. Ich verspreche Ihnen, meine Leute werden so wenig Lärm machen wie nur möglich.«

Ohne Abschied wankt sie aus dem Zimmer. Der Kommissar ist Kummer gewöhnt. Er läutet. Ein Beamter erscheint.

»Schicken Sie mal Billinger hinter der Kleinen her. Sonst macht sie uns noch Scherben. Er soll aufpassen, ob sie nicht mit Rothe zusammenkommt. Im Notfall müssen wir beide festnehmen.«

Ursula Weber geht sehr langsam. Sie geht in den Park und setzt sich auf eine Bank. Die Zähne schlagen ihr im Schüttelfrost zusammen. Nun werden sie ihn holen. Sie wird ihn nie mehr wiedersehen. Es ist doch Unsinn, was der zusammengeredet hat. Karl ein Mörder? Das sind doch nur die üblichen Denunziationen irgendwelcher Neider vielleicht im Labor! Man wird ihn sicher quälen. Und er wird es nicht überleben. Dieser zarte Mensch. Warum hatte sie die Kette überhaupt zugegeben? Sie hätte weiterlügen müssen. Und warum hatte sie den Verschluß richtig aufgezeichnet? Nur, weil er ihr gedroht hatte ... »ich würde es mir als angestellte Lehrerin hundertmal überlegen ...« Wie konnte sie so feige sein! Jetzt ist sie mitschuldig, falls man ihn heute nacht abholen wird? Ja. Denn das Gesicht des Kommissars erstrahlte im Anblick ihrer Zeichnung so siegesgewiß. Da ist kein Zweifel mehr. Auch seine späteren Andeutungen. Kein Zweifel.

Ursula Weber erhebt sich. Für sie steht es fest: sie muß Karl warnen. Sie darf es nicht zulassen, daß sie ihn wie ein Tier einfangen. Nein. Sie wird daheim auf ihn warten. Sie wird ihn zu einem Spaziergang überreden. Schließlich ist sie ein hübsches junges Mädchen. Wäre doch gelacht, wenn es ihr nicht glücken sollte!

Ursula Weber ist zu allem bereit.

NEUNZEHNTE NACHFORSCHUNG

Ein Totmacher entdeckt, daß er nicht töten kann – und die Zeit ist völlig aus den Fugen

Dr. Rothe hält mit seinem Wagen vor Winklers Villa. Alles ruht im Dunkeln. Sogar das sonst offenstehende Gartentor ist jetzt geschlossen. Rothe klingelt. Nichts rührt sich. Aber der Oberst ist doch zurück. Sollte der Plan auch heute abend nicht glücken?

Gut, überlegt Rothe, wenn Winkler noch nicht da ist, so wird er wahrscheinlich später auftauchen. Dann kann Rothe erst einmal mit Hoesch abrechnen. Wo mag wohl Hoesch sein?

Am zweckmäßigsten: Rothe lauert ihm in seiner Wohnung auf. Aber wo wohnt dieser Herr?

Rothe ruft das Institut an. Dort muß man die Adresse wissen. Aber der Nachtpförtner hat keine Ahnung. Woher auch?

»Ach, Herr Dr. Rothe, sind Sie am Apparat? Das ist ja herrlich. Fräulein Weber hat schon zum zwanzigstenmal angerufen, Sie möchten Sie unbedingt telefonisch erreichen. Wär' sehr dringend.«

»Ist das alles?«

»Na, ja.«

»Was meinen Sie mit … ›Na, ja.‹?«

»Na, ja, Herr Doktor, wie gewöhnlich. Da waren wieder zwei Herren da. Die wollten dringend wissen, ob Sie heute nacht ins Labor kommen.«

»Sind sie weg?«

»Nein, die sind oben. Die sprechen gerade mit Herrn Hoesch.«

»Mit Hoesch? Wo ist Hoesch??«

»Herr Hoesch ist in seinem Dienstzimmer.«

»Danke … danke …«

Dr. Rothe rast ins Werk. Die beiden Herren sind schon fort. Hoesch ist noch da. Also los! Keine Müdigkeit vorschützen. Die Stunde hat geschlagen.

Rothe eilt in den ersten Stock. Vor Hoeschs Zimmer stockt er. Warum? Worauf wartet er? Es ist ja nicht sein erster Mord. O nein! Große Praxis. Gewaltig große Praxis sogar.

Weshalb öffnet er nicht die Tür, wie er es sich vorgenommen hat, zielt, drückt und eilt zurück zum anderen?

Es ist eben doch der erste Mord, der erste nämlich, den er bei klarer Besinnung ausführen will. Und es stellt sich heraus, es ist viel schwerer, als er gedacht hatte. Es ist doch nur ein Meter zur Tür. Ein einziger Meter. Nur einer. Aber Rothe findet nicht die Kraft, sich zu bewegen. Er blickt zur Treppe zurück. Dann packt ihn die Wut. Über seine Unentschlossenheit! Seine Hemmungen! Seine blöden Bedenken! War vielleicht der Bursche da drin unentschlossen, als er sich mit Inge traf? Hatte der Hemmungen, als er Liebesschwüre mit ihr austauschte? Hatte der irgendwelche Bedenken, als er … ?

Die Tür öffnet sich. Hoesch steht vor ihm.

»Herr Doktor, da sind Sie ja. Ich telefoniere grade hinter Ihnen her. Was ist denn los? Warum hat's denn die Mordkommisson so eilig, Sie zu fassen? Was haben Sie denn mit den beiden Wehrmachtshelferinnen getan?«

»Bitte, kommen Sie ins Zimmer und schließen Sie die Tür.«

»Na, hören Sie mal, Herr Doktor, erst werden die Beamten mit mir putzig ... reißen alle Schubläden auf ... da ... die Briefchen ... haben sie auch gefunden ... die Briefchen ... von Fräulein Herrmann an mich ... und dort ...«

Rothe sieht nicht auf die bunten Briefe.

Hoesch erschrickt. Er weicht verwirrt zurück. Wie sieht denn sein Chef aus?

Rothe steht vor ihm. Die Hände in beiden Rocktaschen.

Hoesch sucht die Tür zu erreichen. Rothe gibt den Weg nicht frei. Dann sagt er leise, aber es klingt wie ein Befehl: »Bleiben Sie stehen!«

Und Hoesch gehorcht. Er blickt aut Rothes Hände. »Ich dachte, Herr Doktor, das da mit den Briefchen ... und so ... das ist alles längst vergessen ... zwischen uns.«

»Alles ist vergessen. In wenigen Minuten.«

»Na, na. Nicht gleich so heftig, Doktor. Warum denn grade ich?«

»Nur Zufall, Hoesch. Sie sind der erste. Winkler ist der zweite. Der dritte bin ich. Muß es ja sein. Haben eben Pech gehabt, Hoesch, daß Sie der erste sind.«

Hoesch rührt sich nicht. Er lächelt Rothe spöttisch an: »Wissen Sie, Rothe ... natürlich., selbstverständlich ... ich könnte in dieser Situation wohl kaum etwas dagegen machen, wenn Sie mich jetzt runterknallen. Aber, sagen Sie, Doktor, haben Sie schon mal überlegt, wie Sie die Sache hinterher frisieren ... dieses Mal? Ich meine von wegen Selbstmord ... Strangulation mit einem Lackgürtel ... oder wie neulich ... bei den beiden Wehrmachtshelferinnen ... Raubmord ... gemeiner ... wissen Sie, Rothe, ich fürchte, das alles wird man Ihnen nicht mehr so recht glauben ... vor allem nicht mehr, nachdem Sie so dämlich mit der Kette rumgespielt haben.«

»Rühren Sie sich nicht!« Rothe zieht den Revolver.

Hoesch steht gelassen da. »Und was erreichen Sie schon damit?«

Rothe geht auf Hoesch zu. Den Revolver hält er auf dessen Kopf gerichtet: »Ein Stück Dreck weniger! Ein Stück Abfall dieser Zeit! Sie! Winkler! Ich! Weg mit uns! Weg! Abfall!«

»Sie erreichen gar nichts, Rothe. Gar nichts. Im Gesamtbild macht das nichts aus! Ob Sie, ob Winkler, ob ich oder ob der oder ob jener. ... meine Güte ... kein Hahn wird nach uns krähen.«

Ohne sich um Rothe und seine Waffe zu kümmern, schreitet Hoesch zur Tür, öffnet sie und läßt ihn allein zurück.

Rothe läßt den Revolver sinken. Er wankt. Er läßt sich in einen Sessel fallen. Er stöhnt. Vor ihm liegen die roten und die blauen Briefchen der Inge: »Liebster! Du! Morgen nachmittag! Immer, Liebster, die Deine! Liebster, Du! Morgen nachmittag! Er ist fort. Ich vergehe nach Dir. Du!«

Im Flur erscheint der Pförtner. »Herr Doktor ... Herr Doktor. Telefon. Da ist wieder das Fräulein.«

»Sagen Sie ihr, ich bin nicht hier.«

Wo ist dieser Hoesch? Auf so viel Unverschämtheit war Rothe nicht gefaßt gewesen. Oder hatte er nicht die Kraft gehabt, den Revolver abzudrücken?

Rothe fährt zurück zu Winklers Villa. Dort wird er Hoesch finden. Hoesch wird bestimmt auch dort sein, um den Oberst zu warnen. Das Gartentor ist auf. Er läutet. Aber auch jetzt meldet sich niemand. Abseits zwischen zwei Büschen parkt eine Ambulanz. Von der Straße her nähert sich ein großer Wagen. Vor Winklers Tür bleibt er stehen. Ein Offizier und ein Zivilist steigen aus. Der Wagen entfernt sich. Hinter einem Busch beobachtet Rothe, wie der Offizier dreimal klingelt. Einmal kurz. Zweimal lang. Die Tür wird geöffnet. Rothe hört, wie der Offizier leise sagt: »Unternehmen Babylon.«

Die Herren betreten das Haus. Hinter ihnen schließt sich die Tür.

Rothe wartet einige Minuten. Dann verläßt er sein Versteck. Klingelt dreimal. Einmal kurz. Zweimal lang. Sagt leise: »Unternehmen Babylon.« Und schon geleitet ihn eine Krankenschwester, die geöffnet hat, in die Diele.

»Ich weiß Bescheid«, sagt Rothe zur Schwester und geht in die Garderobe. Er kennt die Wohnung. Dort führt die Tür ins Rauchzimmer. Dahinter befindet sich die Bibliothek. Die Schwester hat ihn allein gelassen. Rothe geht durch beide Räume. Die Schiebetür zum Salon hat in der Mitte einen schmalen Spalt. Er hört flüsternde Männerstimmen. Vorsichtig blickt er ins Nebenzimmer.

Mehrere Herren, in Uniform und in Zivil, stehen und sitzen um einen langen Tisch. Ein älterer Herr hält offenbar eine Ansprache. Die anderen hängen an seinen Lippen. Zwischen Daumen und Zeigefinger seiner Rechten hält er so etwas wie eine kleine Pille.

Rothe interessiert nicht, was er sagt. Rothe sucht nur nach Winkler und Hoesch. Beide scheinen nicht hier zu sein. Doch ... da in der Ecke ... neben den Flaschen steht der Oberst. Gut.

Rothe lauscht, was der Redner so Gewichtiges zu unterbreiten hat. Also diese Pillen verteilt man jetzt schon in der Bendlerstraße, meine Herren ... haha! ... ein Schluck, und auf und davon ist man ... wie auf dem Zauberteppich des Diebs von Bagdad ... gewissermaßen Heldentod im Etui. Meine Herren, so sieht also die neueste hygienische Wunderwaffe der Selbstvernichtung aus ... hahhaahaahha! Ich brauch' wohl nach der Verhaftung von General von Hauff nicht mehr zu betonen, wie sehr wir alle gefährdet sind. Hätte Hauff bei seiner Verhaftung diese Kapsel bei sich gehabt, meine Herren, wir alle wären jetzt nicht im Zweifel, ob man schon unsere Namen kennt. Ehrlich gesagt, wer von uns ist schon einem ... na, sagen wir mal, einem liebevoll ausgedehnten Verhör in der Prinz-Albrecht-Straße gewachsen?

»Nee, Marquard, ich ziehe meine 0,8 einem zivilen Selbstmord vor. Sie hat bisher immer zufriedenstellend gearbeitet … sehr zufriedenstellend sogar.«

Rothe betrachtet, mit welch liebevoller Sorgfalt einer der Offiziere eine Flasche Kognak entkorkt. Ein anderer befühlt sie und sagt: »Was ist denn das? Armagnac muß doch Zimmertemperatur haben!«

Da ergreift Oberst Winkler das Wort: »Zimmertemperatur? Mensch! Beydersalm, hast du denn noch immer nicht begriffen? Meine Herren, ich will keine großen Worte machen … aber eins steht wohl fest: wir leben in Tagen, da sind wohl Privatangelegenheiten … und Reminiszenzen à la 70/71 …, braver Soldatentod und Zimmertemperatur von Armagnac … und all so was … also das müssen wir aufstecken.«

»Also offen gesagt, Winkler, ich finde deine Aufregung etwas deplaciert.«

»Auch Privatempfindlichkeiten sind nicht mehr am Platze. Im übrigen … bitte um Entschuldigung.« Winkler trinkt dem Offizier zu. Der erwidert mit erhobenem Glase: »Gewährt.«

»Na, ja, meine Herren«, spricht Oberst Winkler weiter: »Zwistigkeilen privater Art wirken heutzutage geradezu läppisch!«

Rothe nickt. Ja, der Oberst hat recht. Privatangelegenheiten und Empfindlichkeiten sind nicht mehr am Platz.

Im Nebenzimmer fährt Oberst Winkler in seiner Rede fort: »Nach alledem, meine Herren, was wir gehört haben, bin ich dafür, daß wir unserem Freunde, Oberstleutnant Marquard, folgenden Entschluß mit auf seine Reise geben: Trotz der vielen Bedenken und gerade deshalb sind wir für die Vorverlegung des Datums. Je eher mit diesem Wahnsinn der Selbstvernichtung geendet wird, um so mehr Menschenleben retten wir, und wer weiß, wieviel Städte wir vor der Zerstörung bewahren.«

Die Abstimmung ergibt völlige Einigkeit.

»Ich danke Ihnen, meine Herren. Prosit auf Unternehmen Babylon!«

Die Herren stoßen an.

Marquard tritt auf Winkler zu und reicht ihm die Hand: »Danke, meine Herren, danke. Ich habe es nicht anders erwartet. Ihre Haltung ist grandios.«

Das Telefon klingelt. Der Oberst geht durch die Räume in die Diele und nimmt den Hörer ab. »Hallo! Hoesch? Sie? Was ist denn los? Hat das nicht Zeit bis morgen, Menschenskind? Sie wissen doch, daß meine Frau schwer erkrankt ist. Was? Wer? Rothe? Nein, der ist nicht bei mir. Sind Sie verrückt, Hoesch? Was in aller Welt soll Rothe mitten in der Nacht bei mir? Was hat er Sie? Bedroht? Mit einem Revolver sogar? Warum denn gleich so heftig? Ach, deswegen! Immer noch? Na, und was soll ich da tun? Wie? Mich will er auch? Na, dann man los. Hab' keine Angst. Ja, ja, ich höre. Was haben Sie? Zwei Beamte geschickt? Zu wessen? Zu meinem Schutz? Ist ja rührend. Ihre Sorge um mich. Aber ich brauche keine Bewachung, Hoesch, nein, wirklich nicht. Mit dem Doktor werde ich schon alleine fertig. Der schießt nicht. Kann der ja gar nicht. Nee, Hoesch, behalten Sie ruhig Ihre

Beamten bei sich. Schon unterwegs? Mann, was Sie auch immer anstellen! Also gut. Einverstanden! Ich sehe Sie morgen im Amt, Hoesch. Gute Nacht.«

Winkler knallt den Hörer nieder.

Rothe steht vor ihm.

»Wie sind Sie denn hereingekommen?«

»Sehr einfach, Herr Oberst: Babylon.«

»Und was wollen Sie hier? Noch dazu um diese Zeit?«

»Ach, mein Grund ist ganz einfach. Der Hoesch hat's Ihnen wohl schon angedeutet. Ich bin hergekommen, um Sie und Hoesch zu erschießen.«

»Na, und?«

»Ich hab's mir überlegt. Sie werde ich nicht erschiessen.«

»Äußerst zuvorkommend, Rothe. Wirklich.«

»Das ist Ihre Schule, Herr Oberst. Wie sagten Sie doch vorhin: Es ist nicht mehr die Zeit für läppische Privatangelegenheiten.«

»Jedenfalls darf ich um Ihre Garderobe ... ich meine ... Ihren Schießprügel bitten?«

Rothe reicht ihm die Waffe: »Aber, bitte, wiedergeben, Oberst. Ich brauche das Ding noch. Wegen Hoesch. Sie verstehen.«

Winkler öffnet eine Tür und ruft: »Lilly.«

Die Krankenschwester kommt.

»Paß mal auf, Lilly. Da kommen zwei Leute vom Dezernat ... na, von diesem Hoesch. Laß sie rein. Aber höchste Vorsicht. Gehören nicht zu uns. Ohne Parole. Verstehst schon.«

Zwanzigste Nachforschung

Eine Zeit der Kolportage bricht an … Aber manche ihrer Helden sterben, wie nur wirkliche Helden sterben

Da klingelt es auch schon. Die Schwester geht, um zu öffnen. Winkler wendet sich wütend an Rothe: »Und diesen Besuch da verdanke ich Ihnen. Was Schönes haben Sie mir da eingebrockt, Doktor.«

»Kann ich nicht mehr ändern, Oberst. Sie haben mir ja auch mal was eingebrockt. Sind wir eben quitt.«

Dann stehen zwei Zivilisten in der Diele. Der eine ist dürr, lang und hager. Der andere ist dick und viel kleiner. Mit gierigen Blicken mustern sie alles. Wie Aasgeier. Der Große hat bereits die noch nicht abgeholten Mäntel entdeckt, die noch in der Garderobe hängen.

Beide nehmen gleichzeitig ihre Hüte ab … wie zwei Marionetten, und der Lange sagt harmlos … so harmlos: »Hier sind wir, Herr Oberst. Herr Hoesch hat wohl schon mit Ihnen gesprochen?«

»Ja. Nehmen Sie bitte in der Diele Platz. Wie Sie sehen, ich habe unerwarteten Besuch.« Winkler öffnet die Tür zum Rauchzimmer. »Bitte, Herr Dr. Rothe, treten Sie ein und machen Sie es sich bequem. Ich komme gleich.« Schnell schließt Winkler die Tür und wendet sich den Beamten zu: »Gefahr vorbei, meine Herren. Habe ihm sofort den Revolver abgenommen. Keine Affäre. Ich glaube, Sie können wieder heim. Der Mann ist völlig ungefährlich.«

»Wie Herr Oberst befehlen«, meint der Kleine. Aber sein Partner wehrt ab: »Es ist wohl besser, Herr Oberst, wir bleiben. Bei solchen Fanatikern kann man nie wissen.«

Sirenen.

»Auch das noch«, stöhnt der Kleine und blickt beunruhigt zur Decke und auf die Glasfenster.

»Na, also. Jetzt können Sie sowieso nicht gleich fort«, meint Winkler. »Bitte, machen Sie sich's hier bequem.«

Winkler geht ins Rauchzimmer. Rothe blickt auf die Straße. Scheinwerfer erleuchten gespenstig den dunklen Himmel. Die ersten Einschläge lassen den Boden erzittern. Der Kronleuchter schwingt leise klirrend durch die erschütterte Luft.

»Heut' kriegen wir's wieder mal gründlich«, meint Winkler. Es ist allerhöchste Zeit, daß uns diese überflüssigen ...«

Er beendet den Satz nicht, aber Rothe nickt. Er ist wütend auf sich. Wie war es möglich, fragt sich Rothe, ohne die Antwort zu finden, daß er den Revolver nicht abdrücken konnte? Es erfordert doch nur einen winzigen Zug des Zeigefingers. Den Rest verrichten das mehrfach goldprämiierte Konstruktionswerk und die Kugel automatisch.

An der Gartentür läutet es Sturm. Schwester Lilly sieht den Oberst fragend an. »Nein«, sagt der Oberst, »ich erwarte niemand, aber sehen Sie mal raus, wer in diesem Trubel noch auf der Straße ist.«

Lilly kommt wieder, zieht Winkler beiseite und flüstert: »Vom Morddezernat ... Kriminalpolizei ... Sie haben gehört, Rothe sei hier. Sie suchen ihn.«

Winkler geht ans Gartentor: »Nee, meine Herren. Der ist schon fort ... vor einer halben Stunde.«

»Da steht aber sein Wagen.«

»Kaputt. Wie sein Herr. Er ist zu Fuß gegangen. Was wollt ihr eigentlich von ihm?«

Die Beamten zucken die Achseln.

»Oh ... so schlimm ist es! Na, so eilen Sie nur! Sonst ist er rascher als Sie!«

Die Beamten eilen.

Winkler tritt zurück in die Villa. Im Rauchzimmer kommt er auf Rothe zu: »Sie sind ja die reinste Pestbeule, Doktor. Nun hetzen Sie mir auch noch die Mordkommission ins Haus.«

»Meinen Sie, ich sehne mich nach denen? Erst möchte ich Hoesch wieder gesehen haben. Muß doch den Herren einen Grund geben für ihren Besuch.«

»Nun ruhen Sie sich erst mal ein bißchen aus, Rothe, bis alles vorbei ist ... und dann können wir unsere Lage mal gemeinsam besprechen. Ich muß zu meinen Freunden nebenan.«

Winkler erscheint im Salon. Erwartungsvolle Blicke treffen ihn. »Kleine Panne passiert. Und ausgerechnet heute nacht. Herr Hoesch hat mir zwei seiner Herren hergeschickt. Nette Leutchen. Sitzen schon draußen in der Diele. Beinahe hätten wir auch die Mordkommission im Hause.«

»Von der Feuerwehr ist noch niemand hier, Winkler?«

Schallendes Gelächter. Man nimmt es mit Humor. Seit der Verhaftung des General von Hauff ist man auf alles gefaßt. Vielleicht ist sogar schon die Villa umstellt? Keiner fürchtet um seinen Kopf. Man ängstigt sich höchstens, daß man ihn verlieren könnte, bevor die Aufgabe durchgeführt ist.

Winkler mahnt: »Das wichtigste ist ... Marquard muß unauffällig aus der Stadt. Und zwar schnellstens. Er hat die Verbindung mit Stuttgart aufzunehmen. Aber wie?«

»Ich glaub', meine Herren, ich habe eine Idee. Ist ein bißchen Kolportage.«

»Macht gar nichts, mein Bester. Wir leben in Zeiten, in denen sogar die Weltgeschichte Kolportage wird ... Stimmt doch ... Ein Staatsoberhaupt wird entführt von Fallschirmjägern ... und ein anderer landet nachts heimlich mit einem Flugzeug in Feindesland ...«

»Hast recht ... alles Kolportage ... Eine Regierung fälscht Milliarden ausländischer Währungen ... und ein Staatsoberhaupt plündert Museen wie ein Straßenräuber ... Wenn das nicht reinste Kolportage ist ...«

»Und was ist Ihre Idee, Herr Oberst?« unterbricht einer der ungeduldigen Zuhörer.

»Zunächst mal ... nichts überstürzen. Wir haben ja jetzt leider die ganze Nacht Zeit. Wenn Sie bedenken, daß unsere Herren Wissenschaftler oft Jahrhunderte benötigten, nur um ...«

Schwester Lilly steckt den Kopf durch den halboffenen Spalt der Schiebetür. Sie winkt Oberst Winkler zu sich und flüstert ihm ins Ohr:

»Marquard ist fort.«

»Na, um so besser, meine Herren«, verkündet der Hausherr seinen Gästen, »... dann darf ich mich ja kürzer fassen ... also Sie entschuldigen schon, ich bin wie ein Schauspieler äußerst abergläubisch ... und da wollt' ich meinen Plan erst erzählen, nachdem er bereits durchgeführt ist. Jetzt ist er es. Gott sei Dank. Wir haben in aller Stille unseren Freund Marquard auf die Tragbahre der Ambulanz gelegt ... sorgsam eingewickelt ... und als die erkrankte Gattin des Herrn Oberst Winkler aus dem Hause tragen lassen ... sehr behutsam ... wie es eben gelernte Krankenträger machen ... unter Aufsicht meiner Tochter ... unserer erprobten Schwester Lilly. Sie sehen, wir haben an medizinischer Sorgfalt nichts unterlassen.«

»Und?«

»Und? Nun ganz einfach. Jetzt fährt die Ambulanz meine erkrankte Frau in die Klinik von Professor Thimm ... und ... nun ... inzwischen habe ich bereits den Fahrer des wartenden Maybachs anweisen lassen: Sobald die Ambulanz über die Brücke fährt, hängen Sie sich an den Krankenwagen an, fahren hinter ihm her. Die Ambulanz findet das Gartentor der Klinik geöffnet – meine Herren, Sie erkennen, wie ich bereits vorhin so treffend feststellte: Kolportage ... Kolportage ... Von einem anständigen Armeeoffizier kann ein zeitgenössischer Autor eine

Menge lernen. Wo bin ich denn stehengeblieben? Ach, ja, – am geöffneten Krankenhaustor … Und der fährt nach in den Park der Klinik. Dann schließen sich natürlich die Tore – falls etwa sonst noch jemand mitkommen wollte. Man kann ja heutzutage nie wissen. Der muß dann eben leider draußen bleiben … oder sich beim Pförtner als Besucher anmelden. Der muß halt warten … warten nämlich, bis Marquard von der Tragbahre 'runterkommt, gemütlich in seinen Maybach umgestiegen ist, und erst mal durch das Hintertor in das Fabrikgebäude von Knorr geschleust und auf der Weserbergstraße abgehauen ist. Kolportage, wie gesagt … nichts wie Kolportage. Dann eventuell könnte ja der Pförtner dem vielleicht noch immer Wartenden den Zutritt zur Klinik gestatten … Das geht nun mal nicht rascher in einem Krankenhaus mit prominenten Parteibonzen … ja, ja, so streng sind dort die Bräuche …«

Wenn man nicht Rücksicht auf die beiden Herren in der Diele zu nehmen hätte, so würde man wahrscheinlich dem sonst so ruhigen Herrn Oberst applaudiert haben. Man zwinkert ihm zu. Man erhebt das Glas auf sein Wohl. Und auf die ›Kolportage‹. Man ist sogar guter Dinge, denn es läuft trotz aller aufgetauchten Schwierigkeiten programmgemäß in Richtung Ziel.

Schwester Lilly schleppt noch einige Mäntel aus der Garderobe herbei und legt sie zu den anderen in den Salon.

»Die Galgenvögel da draußen schnüffeln überall umher. Der eine telefoniert dauernd. Abscheulich.«

Ein naher Einschlag läßt das Haus in seinen Fugen erzittern. Ein zweiter folgt. Der Himmel ist rot gefärbt.

»Wir wollen Sie nicht länger stören«, meint ein jüngerer Herr mit einem etwas erzwungenen Lächeln. »Man soll ja beim ersten Besuch nie länger als höchstens eine halbe Stunde bleiben, und ich bin heute nacht schon über sieben Stunden hier, Herr Oberst. Werden Sie mir diesen gesellschaftlichen Fauxpas vergeben können? Gute Nacht ... und ich hoffe ... auf Wiedersehen.« Sein Humor klingt sehr gequält.

Nach und nach verlassen die Gäste das Haus. Sie gehen über den Balkon, durch den Garten, an der Garage vorbei ... durch das Hinterpförtchen. Um die beiden Herren in der Diele nicht unnötig zu stören. Niemand sieht sie. Das Bombardement zieht alle Aufmerksamkeit auf sich.

Einundzwanzigste Nachforschung

Einer, der gestorben war, lebt dennoch weiter

»Ja, Hoesch, sechzehn sind's ... insgesamt. Nein, nur neun in Zivil. Nein, keine Ahnung. Kenne niemand. Nein. Sind fort. Erst der Oberstleutnant. Jawohl, ja, in der Ambulanz ... ganz richtig ... ja, ja ... Und nun die übrigen, einer nach dem anderen. Wer? Bleschke ist schon hier? An der Garage? Gut. Nein, einzeln. In kleinen Grüppchen. Aus dem Salon ... übern Balkon ... durch den Garten ... an der Garage vorbei, durch das Hinterpförtchen. Wohl, um uns in der Diele nicht zu stören. Rücksichtsvolle Herren. Ja. Nein ... die Schwester ... ist ein Aas. Schnüffelt immer bei uns 'rum. Nein, nein, Hoesch, wir benehmen uns wie zwei blinde Gentlemen. Wirklich, auf Ehrenwort. Wir sitzen in der Diele mit gefalteten Fingern. Nein, jetzt ist nur noch der Alte hier. Ja, natürlich, die Schwester. Ist in Wirklichkeit seine Tochter. Natürlich. Die lassen wir nicht aus den Augen. Ja, stimmt, der Rothe ... ja, der ist auch hiergeblieben. Sollen wir ihn nehmen? Wie? Hoesch ... Getrennt. Ich fragte, sollen wir den Rothe im geeigneten Moment in unseren Wagen tun? Nein, ganz unauffällig. Nein, der Winkler, der braucht ja gar nichts zu merken. Na, schön, Herr Hoesch, wenn Sie Angst haben, der Winkler schöpft zu früh Verdacht ... stimmt schon, schlauer Hund ist er ja, und immerhin aus unserer Branche. Haben Sie die Ambulanz inzwischen, Hoesch? Ach, Sie kommen jetzt auch her? Um so besser. Ist ja großartig. Ja, genau gegenüber. Da sind drei Büsche, da stehen auch schon Zobel und Belling. Gut … gut. Hallo! Hoesch, ich muß unterbrechen. Winkler kommt.«

Und schon sitzt der lange Dürre auf dem Bänkchen in der Diele neben dem Dicken und dreht gelangweilt mit ihm Daumen.

»Haben Sie gehört, meine Herren?« fragt Oberst Winkler und blickt dem Hageren tief in die Augen. Der wird rot bis zur dünnen Stirn.

»Was habe ich gehört?«

»Eben. Vorhin. Entwarnung. Nun brauche ich Sie auch kaum mehr. Sie können sich selbst davon überzeugen. Herr Dr. Rothe und ich, wir waren uns noch nie so einig wie heute nacht. Stimmt doch, Doktorchen?«

»Noch nie, Oberst … noch nie. Wirklich«

Die beiden Galgenvögel aber bleiben sitzen.

»Bitte, meinetwegen, sitzen Sie ruhig bis morgen abend hier, wenn es Ihnen bei mir so gefällt. Ich für meine Person, ich gehe zu Bett. Habe morgen Dienst, und der Herr Dr. Rothe fährt wohl nach Hause?«

»Ganz wie Herr Oberst wünschen. Nur möchten wir gern die paar Stunden hier noch sitzen dürfen, bis es hell wird. Das ist nämlich so … Dann ist unser Dienst zu Ende … und wir dürfen gleich heimfahren. Herr Oberst werden verstehen.«

»Ich sagte Ihnen ja, mir ist alles recht. Und Sie, Rothe, gute Nacht. Kommen Sie gut heim. Wissen Sie, Doktor,

Sie können mir noch einen Gefallen erweisen. Ich bin doch sehr unruhig, wie es meiner Frau im Krankenhaus ergeht. Bringen Sie mich freundlichst hin. Es ist keine Viertelstunde von hier. Man schläft doch ruhiger. Gute Nacht, meine Herren. Bin ziemlich bald zurück.«

Kaum hat sich die Tür hinter dem Oberst und Dr. Rothe geschlossen, da ist der Dürre schon am Telefon. Er schlägt auf die Gabel. Aber nichts rührt sich. Nur die Stimme der Schwester Lilly dringt aus dem Nebenzimmer: »Bemühen Sie sich nicht. Der Apparat ist kaputt.«

Die beiden hören deutlich den Hohn.

»Gehen wir vielleicht besser zu Fuß«, schlägt Winkler vor. »Ihr Wagen scheint mir doch zu stark im Brennpunkt des allgemeinen Interesses zu stehen.«

»Oberst ... heute nacht, ich weiß nicht ganz recht, für wen sich wer am brennendsten interessiert? Ich fürchte, wir beide halten uns die Waage ...«

Die Stadt steht in Flammen. Die Luft ist verpestet mit Rauch. Die Straßen sind noch immer menschenleer. Nur die Feuerwehrwagen jagen vorbei. In der Ferne vernimmt man das Krachen zusammenfallender Gebäude. Dazwischen übertönen einzelne unverständliche Rufe den Lärm. Die Luftschutzwarte haben sicher wieder alle Hände voll zu tun. Ganze Straßenzüge sind gesperrt. Endlich erreichen Winkler und Dr. Rothe die verabredete Brücke. Verlassen liegt sie da im fahlen Dämmer des versengten Morgens.

»Rothe ... um Himmels ... willen! Da steht ja noch immer der Maybach ...«

»Oberst … halt! Auf keinen Fall hingehen. Der wird doch längst bewacht.«

»Verdammt! Alles geplatzt!«

»Pst, Winkler. Hinter uns. Da drüben, den Schatten … jetzt bewegt er sich.«

Der Schatten wird größer. Dann kommt der Mann.

Winkler flüstert: »Ach, das ist doch einer von Hoesch seinen Leuten.«

»Ruhe, Winkler, wir kriegen ihn. Mir entkommt der Hoesch nicht mehr.«

»Mir auch nicht, Rothe. Mir auch nicht.«

»Wo ist nur die Ambulanz?«

Sie hören: Tatüh-tata!

Es wird schnell lauter und lauter.

»Dort, da … da ist ja unser Krankenwagen.«

»Wo war er denn nur?«

»Er wird verfolgt.«

»Das ist doch der Maybach.«

»Nein, der Maybach steht ja noch auf der Brücke.«

»Pst!«

Tatüh-tata! Tatüh-tata!

»Da sind ja drei Autos hinter der Ambulanz her.«

»Ja, das Überfallkommando auch.«

»Aufpassen, der Kerl vom Hoesch kriecht uns an.«

»Pst!«

»Mensch, Rothe, sagen Sie doch nicht immer: Pst!«

»Da, hinauf auf den Hügel … da kann uns keiner sehen.«

»Es geht schon. Der Sand ist so heiß. Das ist ja Asche.«

»Was ist denn los? Da, die Ambulanz, die fährt ja gar nicht zur Klinik.«

»Der Wagen dreht … kommt zurück, pst!«

»Jetzt hören Sie aber auf mit dem Pst!« Durch Rothes Hirn schießt plötzlich die Erinnerung an die alte Frau Herrmann: mit ihrem ewigen Pst!

»Die Tür der Ambulanz öffnet sich. O Himmel. Marquard springt heraus … phantastisch. Hoffentlich gelingt es ihm … da läuft er.«

»Ja, aber die Wege sind versperrt … überall Polizei.«

»Jetzt rennt er zum Fluß. Großartig. Dieser Marquard!«

»Da … das ist doch der Dürre, der vorhin noch in der Diele saß. Der schreit hinter Marquard: Halt! Er zielt: Bestie … mein Gott! Armer Marquard!«

Und wie sich Rothe umsieht, da ist der Oberst verschwunden. Sirenen künden schon wieder Entwarnung. Rothe hatte den neuen Alarm völlig überhört.

Auf der Brücke aber parkt immer noch der einsame Maybach.

***

Da sind noch ein paar zerknitterte Seiten des Tagebuches. Sie sind mit Kreuzen, mit kleinen und großen, stehenden und liegenden und mit vielen schrägen ausgefüllt. Auf einer Seite lese ich in deutscher Schrift: »Mutter, wo bleibt der Gurkensalat?« Und darunter in lateinischen Druckbuchstaben:

»TEXT UND MUSIK SIND VON MIR.« Ich versuche, die verständlichen Sätze aus dem wirren Durcheinander zu schälen:

Mittwoch oder Freitag … auf keinen Fall war's ein wünschenswerter Tag. Ich spucke. Spucke. Spucke. Asche. Dreck. Äh! Morgen graut. Grauer Morgen graut. Noch grauenvoller. Augen verklebt. Herz weg. Auch meine Straße weg. Und das Haus auch weg!

Da steht auch ein Greis. Hände verbunden. Augen verbunden. Darüber eine schwarze Brille. Kritzelt zitternd mit Kreide auf einen Mauerrest: »Paschke jetzt bei …« Wie er mich hört, hält er inne, schiebt den Verband etwas über die Augen und fragt: »Jemand da? Ach, sagen Sie, können Sie mir 'n Gefallen tun? Können Sie hier was aufschreiben? Kann nämlich nichts sehen … reinweg gar nichts. Rauchvergiftung. Schreiben Sie hier hinter Paschke: jetzt bei Zillich, draußen im Uhrental. Ja, meine Frau und ich … haben auch alles verloren … aber auch alles …«

Ich frage den Mann: »Wissen Sie, wo Frau Herrnann geblieben ist?«

»Herrmann?« sagt er nachdenklich, »Herrmann? Alle weg! Frau Herrmann weg, und das Fräulein Weber weg, das bei ihr wohnt. Dabei sollte die Kleine noch gestern nachmittag zu ihrer Tante über Land. Aber die muß ja im Hause dableiben, weiß der Teufel, warum eigentlich, und dann dieser Dr. Rothe … alle weg … Und der Hollermann auch, dieses Ekel … entschuldigen Sie … weg … weg … und da waren auch noch vier von der Polizei, die warteten auf jemand, weg … weg … aber die alle sind selber schuld. Warum sind Sie nicht in den Keller gegangen?«

Haha! selbst dran schuld – nicht in den Keller gegangen, die vier von der Polizei … und dieser Rothe … hahahaha! …

Ich nehme die Kreide und schreibe, was er will. Dann schreibe ich noch die Namen der Frau Herrmann, der Ursula Weber und des Hollermann auf die Mauer und male jedem ein schönes dickes Kreuz.

»Danke … danke«, sagt der Alte mit der Rauchvergiftung. »Aber vergessen Sie nicht den Rothe.«

Ich zeichne auf die Wand: »Dr. Karl Rothe« … und auch vor meinen Namen mache ich ein hübsches dickes Kreuz.

So bin ich also gestorben, ohne gestorben zu sein.

Einer, mit dem bereits abgerechnet wurde, erlebt die Abrechnung nicht mehr

»Also, wie lange, Schwester?«

»Viertelstunde. Höchstens, Herr Rechtsanwalt.«

»Nicht doch, Schwester. Ich brauch' ihn frisch … sagen wir … mindestens zwei Stunden.«

»Ausgeschlossen. Wird der Arzt nie zulassen.«

»Aber ich kenne dieses Kaliber. Er wird nicht eher gestehen. Zwei Stunden.«

»So lange lebt der auch nicht mehr, Herr Rechtsanwalt.«

»Aber, Schwester, jede Minute, die wir uns hier unterhalten, ist für mich von größtem Wert. Wir werden den Arzt fragen.«

»Ja. Warten Sie bitte. Ich werde ihn anrufen.«

»Nein, Schwester. Ich möchte gern selber mit ihm reden. Wo erreiche ich denn den Arzt?«

»Da drüben … sehen Sie die Ruine …. da ist das Red Cross von den Amis. … und da über die Wiese in der Baracke … da sind wir. Kabine 5.«

Der Anwalt hastet zum Arzt. Der Doktor weiß sofort Bescheid, obwohl er über hundert dringende Fälle bearbeiten muß. Ja, das ist der Chemiker Hannes Nowak aus

Kattowitz. Aus dem Flüchtlingslager. Der mit dem Bauchschuß. »Den wollen Sie ganze zwei Stunden sprechen? Aber, lieber Herr Rechtsanwalt, das ist ganz unmöglich. Der Nowak, der ist eigentlich schon längst tot. Wenn Sie ihn noch zehn Minuten bei klarer Besinnung vorfinden, haben Sie Glück gehabt. Sind Sie eigentlich sein Rechtsvertreter?«

»Nein, Herr Doktor, aber ich bin der Anwalt eines Mannes, der statt seiner sitzen muß. Die Amis glauben nämlich, der Nowak hier ist in Wirklichkeit der Hoesch, und ich bin sogar davon überzeugt. Und wenn ich es beweisen kann, dann kommt mein Klient frei. Und deshalb bin ich hier!«

»Schau an, was für prominente Kundschaft sich bei mir einfindet. Der Hoesch soll es sein ... Das ist doch der Irre, der noch in der letzten halben Stunde vor Kriegsende die drei Offiziere und die zwei Mann an der Brücke von Holzburghausen niederknallte, weil sie nicht mehr sprengen wollten?«

»Ja, dieser Hoesch ist der da drüben. Ganz bestimmt.«

»Na, kommen Sie, Herr Rechtsanwalt. Ich bin zwar kein Richter, aber, wenn sich's um einen Unschuldigen handelt, der für den da büßen muß, da nehme ich die Verantwortung auf mich.«

Und so darf der Anwalt ans Krankenbett. Man hat eine Spanische Wand aufgestellt, damit die beiden ungestört miteinander reden können.

»Also, aus Kattowitz stammen Sie, Herr Nowak?«

Er nickt.

»Welche Straße, Herr Nowak?«

Der Patient antwortet nicht. Der Rechtsanwalt wiederholt seine Frage. Keine Antwort.

»Verstehen Sie mich, Herr Nowak?« Er nickt.

»In welcher Straße haben Sie in Kattowitz zuletzt gewohnt, Herr Nowak? Ich bin nämlich zufällig auch aus Kattowitz. Da freut man sich doch, einen Landsmann zu sprechen. Nich?«

»Bahnhofstraße ...«

»Ach, in der Bahnhofstraße? Und ... bitte ... Herr Nowak, entschuldigen Sie, wenn ich Sie in Ihrem Zustand mit derlei Formalitäten belästigen muß ... welche Nummer in der Bahnhofstraße? Nummer? Hausnummer? Das Haus muß doch eine Nummer gehabt haben?«

»27.«

»Ach, 27 ... beim Regierungsrat Kohl im Hause? Guter Bekannter von mir. Nun auch inzwischen tot. Beim Einmarsch der Russen. War doch der letzte noch lebende Reiter von Gravelotte. Aus dem Kriege 1870 und 71. Famoser alter Herr. Kannten Sie Regierungsrat Kohl, Herr Nowak?«

Er nickt.

»Kannten Sie ihn sehr gut?«

Er nickt.

»Nun passen Sie mal auf, mein lieber Nowak. Ich glaube, wir haben nicht mehr allzulange Zeit ... ich meine ... uns hier ungestört miteinander zu unterhalten. Entschuldigen Sie schon, wenn ich ein wenig deutlich werde. Sie sind nicht aus Kattowitz. Sie waren noch nie in Ihrem Leben in Kattowitz gewesen. Denn sonst müßten Sie wissen, daß es zwar in jeder Stadt mit Bahnverbindung auch eine Bahnhofstraße gibt ... nur nicht in Kattowitz ... das wissen die Kinder in der Klippschule ... Also gibt's auch keine Nummer 27 ... also gibt's auch keinen Regierungsrat Kohl ... und auch keinen Reiter von Gravelotte ... Wie heißen Sie wirklich?«

»Nowak. Hannes. Chemiker. Ich bin doch aus Kattowitz.«

»Also schön, Nowak. Dann erzählen Sie mir freundlichst, wie Sie aus Kattowitz ausgerechnet hierhergekommen sind. Immerhin 845 Kilometer ...«, frug ihn der Rechtsanwalt.

»Russen. Angst. Ich lief. Dann fuhr ich.«

»Nicht so rasch, lieber Herr Nowak. Wohin liefen Sie? Und wohin fuhren Sie? Und wohin kamen Sie?«

»Eisenbahn. Güterzug. Elbe.«

»Wie?«

»Schwamm ...«

»Und dann?«

»Hier.«

»Was heißt denn ... hier?!«

»Schwester ... Schwester ... Wasser ... Wasser ...«

»Lassen Sie doch den Mann in Ruhe sterben. Sie sehen ja, daß Sie aus ihm nichts mehr herausbekommen werden.«

»Schwester, geben Sie ihm bitte Wasser, und dann lassen Sie mich mit ihm allein. Ich habe die Erlaubnis.«

»Sagen Sie, Nowak, kennen Sie Preefke?«

»Hm!«

»Was heißt: Hm?«

»Preefke ... Im Lager. Ja. Kenn' ich! Alter Freund.«

»Na, also die Freundschaft muß ja nicht von langer Dauer sein. Sie haben ihm doch ein Fahrrad geschenkt. Und darauf hat er Ihnen versprochen, daß er sich für Sie bei Dr. Neumeister verwendet. Stimmt's?«

»Hm. Preefke ... bat ... Doktor ... so wurde ... ich bei ... Doktor im Lager ... wurde ich ...«

»Ja, wurden Sie im Lager Heilgehilfe. Gewissermaßen als Provision. Kannten Sie den Lagerverwalter Preefke von früher?«

»Nein.«

»Aber den Dr. Neumeister?«

»Nein. Nein. Nie gekannt!«

»Na, regen Sie sich mal nicht gleich so auf. Wissen Sie, wie dieser Lagerarzt heißt?«

»Hm. Neumeister. Dr. Karl Neumeister.«

»Ich fragte Sie nicht, wie er sich nennt. Ich will wissen, wie er heißt?«

»Neumeister.«

»Nannte sich dieser Dr. Neumeister immer so?«

»Weiß nicht. Wirklich.«

»Sie wurden also bei ihm im Lager Heilgehilfe?«

Er nickt.

»Obwohl er Sie vorher noch nie gesehen hat? Und gleich am ersten Abend nahm er Sie mit zum Essen in die Lagerkantine? Sie! He! Sie! Schlafen Sie jetzt nicht.

Sie dürfen mir nicht einschlafen. Hören Sie mich? Ich frage Sie, ob Sie den Neumeister zum erstenmal beim Impfen trafen ... und dann nur noch in der Kantine wiedergesehen haben? Nie wo anders gesprochen oder gesehen? Nie?«

»Nie. Wirklich nicht. Ging in Kantine zu ihm. Und dann plötzlich Knall. Weg.«

»Ohne eine Unterhaltung schoß er auf Sie? Völlig ohne Grund, Nowak?«

Er nickt.

»Herr Rechtsanwalt, der Herr Doktor läßt Ihnen bestellen, Sie möchten sich beeilen.«

»Schwester ... schlafen ... Mann fort ... Schmerzen.«

»Also, Herr Nowak, Sie bleiben dabei. Sie haben Herrn Dr. Neumeister bisher nur zweimal gesehen? Einmal beim Impfen und zum zweitenmal in der Kantine, bevor er auf Sie schoß?«

»Ja ... ja ... So quälen Sie mich doch nicht so ...«

»Gestatten Sie, Herr Nowak, daß ich Sie darauf aufmerksam mache, Sie müssen sich irren.«

»Wasser ... Schwester. Ich kann nicht mehr ... Der Doktor möchte kommen. Wasser.«

»Können Sie hierher sehen, Nowak? Erkennen Sie das Fräulein, das an Ihrem Bett neben mir steht?«

»Inge ... Inge ...«

»Nein ... nein ... keine Inge ... Dieses Fräulein ist eine Polin. Sie wohnt im Lager. An jedem Abend brachte sie dem Dr. Neumeister einen Krug mit Ziegenmilch ans Fenster. Stimmt's, Fräulein Iwanja?«

»Ja, Herr Doktor. Gestern auch.«

»Und was haben Sie nun gestern abend gesehen, als Sie dem Herr Dr. Neumeister seine Milch brachten?«

»Ich habe gesehen ... Herrn Dr. Neumeister ... armen, lieben Herrn Doktor ... im Sessel ... in seinem Privatzimmer in Baracke 13 ...«

»Und?«

»Und der da ... ja ... der Mann hier im Bett da ... Er saß am Schreibtisch und schüttete sich einen Kognak runter ...«

»Und? Erzählen Sie nur alles ...«

»Die beiden sprachen miteinander.«

»Worüber? Nun berichten Sie doch noch einmal alles, was Sie mir heute früh gesagt haben.«

»Nicht mehr so recht wissen, Herr Rechtsanwalt. Armer Mann da im Bett tut mir auch so leid ...«

»Herr Nowak, Sie sind überführt. Sie haben mich belogen. Sie waren mit Herrn Dr. Neumeister oder wie er nun wirklich heißt, auch in seinem Privatzimmer zusammen.«

Er nickt.

»Schön. Und worüber haben Sie sich so erregt unterhalten? Sie, der fremde Sanitätsgehilfe ... und er, der stets so menschenscheue Lagerarzt?? Worüber?«

»Nichts von Wert.«

»Finde ich gar nicht. Ich halte dieses Gespräch für äußerst interessant. Sehen Sie, Herr Nowak, ich habe hier noch einen Zeugen. Herr Krikoer. Ist der Bräutigam von Fräulein Iwanja. Treten Sie nur näher, Herr Krikoer. Herr Krikoer war nämlich schon lange auf den Herrn Dr.

Neumeister eifersüchtig. Wie das so ist. Na, und Eifersüchtige haben immer die besten Ohren und die zuverlässigsten Augen. Und da hat Herr Krikoer nun was gehört?«

»Ich kann nur sagen, was die purste Wahrheit ist. Wir Krikoers haben's immer mit der Wahrheit am ehrlichsten ...«

»Erzählen Sie mal, lieber Herr Krikoer, was Sie belauscht haben?«

»Ja, der Herr hier im Bett da ... der Herr sagte zu dem Doktor ... Die Dinge, die zwischen uns zur Sprache kommen, sind nicht angenehm für Sie und mich. Ja, das sagte er.«

»Nichts wahr! Erlogen! Er lügt!«

»Weiter, Herr Krikoer. Was hörten Sie noch?«

»Der Herr da im Bett ... der sagte ... und er war dabei so aufgeregt wie jetzt ... der sagte: Ich möchte bitten, Ihr Schweigen als eine dauerhafte und zuverlässige Abmachung zu betrachten. Ja, das sagte er wörtlich.«

»Herr Anwalt, ich komme vom Doktor. Ich muß Sie bitten, mit all Ihren Herrschaften das Zimmer zu verlassen. Aber sofort. Die Sprechzeit ist abgelaufen.«

»Schwester, ich beschwöre Sie. Sie wissen nicht, welche Schuld Sie auf Ihr Haupt laden. Wenn dieser Mensch uns jetzt wegstirbt, ohne gestanden zu haben ... dann bekomme ich den falschen Hoesch nicht frei ... und bei den jetzigen Zuständen kann es sowieso noch Monate dauern ... Bedenken Sie, Schwester, auch die Lebenden haben ein Recht. Die Frau vom falschen Hoesch ist im sechsten Monat. Bitte, Schwester, nur noch zehn Minuten …«

»Ja, und dann stieß meine Braut mit ihrem Milchtopf ans Fenster, wo der Herr Dr. Neumeister mit dem Herrn hier sprach, und da fuhr dieser Mann ängstlich hoch … und der Dr. Neumeister fragte höhnisch … Sie ahnen nicht, wie höhnisch der sein kann … und der fragte: ›Haben Sie Angst? Vor der kleinen Iwanja?‹«

»Erinnern Sie sich jetzt wieder, Herr Nowak?«

»Nichts wahr …«

»Aber, Herr Nowak, ich sah es doch mit meinen eigenen Augen. Und ich sah mehr. Ich sah, wie dieser Dr. Neumeister mit einem Revolver spielte. Er warf ihn von einer Hand in die andere. Und er betrachtete den Mann da mit einem … ich weiß nicht, wie ich es ausdrücken soll … mit einem lauernden … mit einem von Haß entstellten Gesicht … Ich hätte unsern Doktor nicht wiedererkannt … so verändert sah er aus.«

»Herr Nowak, nun gehen Sie doch in sich. Bald werden Sie vor Ihrem ewigen Richter stehen … Sprechen Sie doch. Wer sind Sie in Wirklichkeit? Und wer ist dieser Dr. Neumeister?«

»Nichts … nein … alles falsch …«

»So reden Sie weiter, Herr Krikoer. Vielleicht entsinnt sich Herr Nowak doch noch …«

»Ja, und dieser Mann da erwiderte: ›Gott, wissen Sie‹, sagte er, ›ich habe keine Angst. Eher so eine Art vorsichtiger Angewohnheit von mir.‹ Ja, das sagten Sie, mein Herr. Was Wahrheit ist, muß Wahrheit bleiben. Und dann ärgerten Sie sich, weil der Herr Dr. Neumeister nicht aufhören wollte, sich über Ihr Zusammenzucken zu amüsieren. ›Schau an‹, sagte der Herr Doktor, ›... schau an. Gefühle hat er. Menschliche Gefühle. Angst hat er. Sie beginnen mir direkt sympathisch zu werden‹, sagte der Doktor. Und der Herr da sagte: ›Immerhin, kann schon sein, daß die letzten Jahre und vor allem die letzten Monate nicht ganz spurlos an mir vorbeigerutscht sind.‹«

»Herr Nowak, so nehmen Sie doch Vernunft an. Ich weiß gar nicht, wem Sie mit Ihrem Leugnen noch helfen wollen. So sprechen Sie doch! Wie heißen Sie?«

»Nowak. Wirklich. Nowak.«

»Haben Sie schon einmal etwas von einem Herrn Winkler gehört. Winkler ... ja, Oberst Winkler? Bitte, denken Sie doch scharf nach ... Winkler ... er war im Dezernat IV.«

»Nie.«

»Also, Herr Krikoer, dann versuchen Sie doch mal auch hier den Herrn Nowak an seine eigenen Worte zu erinnern.«

»Sie sagten doch ganz deutlich: ›Erinnern Sie sich noch an Winkler?‹ Und dann schaute der Herr Dr. Neumeister mit gierigen Augen ... ja, mit ganz gierigen Augen auf Sie ... Und dann sagten Sie: ›Den hat's erwischt. Das heißt, der hat sich selbst erwischt. Wir haben aus ihm alles herausgeholt, was er wußte. Hat sich 'ne Kugel vor den Kopf geknallt, als sie ihn hängen wollten.‹ Ja, das haben Sie gesagt.«

»Herr Rechtsanwalt, möchte Sie allein sprechen ...«

»Sie wollen mich allein sprechen, Nowak? Ja, aber Herr Krikoer wollte Ihnen doch noch etwas Interessantes berichten. Wie Sie nämlich sagten: ›Der Winkler, der hatte auch den Namen gewechselt ... Ja, auch ... auch ... auch haben Sie gesagt, auch!‹«

»Ja, und dann hörte ich noch, wie dieser Mann da zu unserem Dr. Neumeister sagte: ›Wer von uns hat schon Papiere? Passen Sie auf, Doktor, Sie haben es damals nicht wahrhaben wollen, daß wir beide im selben Boot sitzen.‹ Ja, das haben Sie wörtlich zum Dr. Neumeister gesagt. Warum soll ich denn lügen, wo Sie doch demnächst vor dem Allmächtigen Herrn stehen werden. Nein, jedes Wort ist die reinste Wahrheit. Und dann sagten Sie noch: ›Ich glaube nicht, daß einer ohne den anderen aussteigen könnte. Sehen Sie, wir beide haben nach dieser Katastrophe doch beide den Namen gewechselt.‹ Ja, mein Herr, ja, das habe ich mit meinen eigenen Ohren aus Ihrem Munde gehört. Habe ich!«

»Herr Anwalt ... allein mit Ihnen sprechen.«

»Also gut. Bitte, warten Sie beide draußen auf mich.«

»Herr Anwalt ... möchte Ihnen alles anvertrauen ... wie es war.«

»Na, endlich. Es ist doch das Beste für Sie. In Ihrer hoffnungslosen Lage.«

»Aber, will Neumeister sehen ... erst ... Nicht eher. Dann werde ich reden.«

»Wieso, Nowak?«

»Muß ihn sprechen. Kleine Abrechnung ... Erst er ... später Sie! Wo ist er?«

»Nowak, das geht nicht. Das wird die Polizei nie gestatten. Nie.«

»Schade. Für Sie. Werde nicht reden.«

»Bedenken Sie doch, Hoesch, in zwei Stunden stehen Sie vor Ihrem Herrn.«

»Ich … ich bin nicht Hoesch. Nein. Hoesch ist tot.«

»Aber Sie kannten ihn?«

»Vielleicht. Wo ist Neumeister?«

»Was wollen Sie denn von ihm?«

»Nur sein Bestes. Sehen Sie, er schenkte mir eines Nachts den Winkler und alle andern. Danken … danken möchte ich ihm jetzt. Danken. Wo ist er?«

»Also kannten Sie doch den Winkler …?«

»Abrechnung … folgt … folgt. Inge. Abrechnung. Ich und Inge. Hahahaha! Winkler … in Ambulanz … Inge … Inge.«

»Schwester, kommen Sie doch bitte mal herein. Ich fürchte, der Mann da redet …«

***

Und so endete die Vernehmung des vermeintlichen Heilgehilfen Hannes Nowak aus der Bahnhofstraße 27 zu Kattowitz. Es endet auch sein Leben, das eigentlich recht anständig begann und in dessen Verlauf er teils durch äußere Anlässe und Verlockungen, teils auch durch Veranlagung, aber ohne eigene Schuld, wie so viele andere die Grenze der Sauberkeit überschritt.

Es endet glücklicherweise auch die Leidenszeit jenes kurz erwähnten falschen Hoesch, denn nunmehr war es dem Anwalt auf Grund weiterer Aussagen möglich, den verstorbenen Nowak als den richtigen Hoesch zu identifizieren.

Es endet gleichzeitig dieser Tatsachenbericht aus düsteren Tagen, dieser Bericht aus einer Zeit, die aus den Fugen geraten war, einer Zeit, in der die Kolportage tolle Sprünge wagte, wobei höchstens der Vollständigkeit halber hinzugefügt werden muß, daß die frischen Blümchen auf dem einsamen Wiesengrabe hinter der neuen Wohnkolonie im ehemaligen Auffanglager E. D. von der Polin Iwanja stammen, die ihm allabendlich seine Ziegenmilch zu bringen pflegte. Das einfache Holzkreuz auf dieser letzten Ruhestätte trägt immer noch die Inschrift: »Dr. Karl Neumeister, Lagerarzt, verunglückt 2. Oktober 1945«, obwohl jeder längst weiß, daß es in Wirklichkeit der steckbrieflich gesuchte Frauenmörder Dr. Karl Rothe gewesen war, über den allsonntäglich im Goldenen Kruge der Streckenwärter für eine frische Runde Bier mit immer gleichen Schauern berichtet, wie er sich an jenem unheilvollen frühen Morgen mit dem Rücken zum anbrausenden Zuge auf die Schienen gestellt und von der Lokomotive hatte zermalmen lassen.

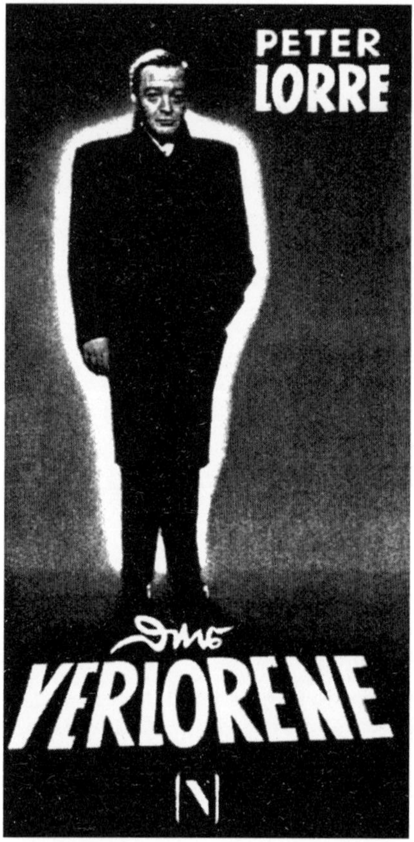
PETER
LORRE
VERLORENE

Anhang

Karl John
Peter Lorre
Der Verlorene

Friedemann Beyer

Verloren in Deutschland

(Fiktives) Journal einer Heimkehr

Partenkirchen, Anfang Januar 1950

Lange geschlafen. In der Nachmittagsdämmerung aufgewacht. Draußen Tauwetter. Der schwere Schnee dämpft die Geräusche.

Vom Ort hört man verwehtes Glockengeläut. In der Ferne das Echo schwerer Militärlaster.

Wiggers Kurhotel liegt abgeschieden. Schöner Blick auf Hausberg und Wetterstein.

Gestern ausführliche Untersuchung. Der Arzt ist nicht zufrieden mit den Leberwerten. Gesichtshaut und besonders Augäpfel immer noch sehr gelb.

Den Stirnhöhlen geht es angeblich besser. Ich spüre wenig davon. Nach wie vor starker Eiter.

Schlafmittel gegen die Qualen des Entzugs. Den Jahreswechsel verschlafen. Es gibt nichts zu feiern.

1949: ganze zwei Filme, *Lorre Inc.*pleite, das Haus in Hollywood verloren, meine Solo-Tourneen durch England, dann, nach 15 Jahren, wieder in Deutschland. Endlose Trümmerfelder. Tingeltangel durch Gefangenenlazarette und Amerikahäuser. Ehe mit Kaaren kaputt. Zusammenbruch, Krankheit.

15. Februar

Gesamtbefinden besser, aber noch schwach. Gelbsucht ist überstanden, Stirnhöhlen wieder in Ordnung. Sehe den Doktor zur Nachuntersuchung. Er ist soweit zufrieden. Hofft, daß Entzug vorhält.

Egon Jacobson hier. Ganz der alte. Erzählt von einer Zeitungsnotiz: Mysteriöser Selbstmord eines Lagerarztes: Im Auffanglager E.D. …

Der Mann hatte zuvor seinen Assistenten erschossen und sich dann selbst vor einen Zug geworfen.

Die beiden hatten während des Krieges gemeinsam medizinische Experimente im Auftrag der Nazis durchgeführt. Zufällig trafen sie sich in dem Lager wieder, unter falschem Namen. Womöglich aus Angst verraten zu werden, drehte der Arzt durch.

Später mit Jacobson im Kino: *Nach Regen scheint Sonne.*

Verwechslungskomödie vor Schwarzwaldkulisse. Reichlich bemüht. Immerhin ein schönes, junges Gesicht: Renate Mannhardt.

1. März

Ausflug nach Mittenwald. Auf jeden der 4.000 Einwohner kommt eine Displaced Person: Ausgebombte, Vertriebene aus dem Osten, ehemalige KZ-Häftlinge.

In einem neu eröffneten Lederwarengeschäft eine Aktenmappe gekauft.

Der jüdische Besitzer erzählt, wie die Einheimischen versucht hätten, ihn wieder loszuwerden. Briefe kamen nicht an, ständig waren neue Anträge zu stellen, Formulare auszufüllen.

»Mach deinen Laden woanders auf, hier brauchen wir sowas wie dich nicht«, sagte ihm der Bürgermeister.

Depressionen. Kaaren fehlt. Was suche ich hier?

An Jacobsons Selbstmord-Story gedacht. Vielleicht geeigneter Filmstoff. Damals, 1930, ließ sich Lang durch seine B.Z.-Reportage über den Kindermörder und die Unterwelt zu *M* anregen.

15. März

Richte mir im Zimmer eine Büroecke ein: Papier, Bleistifte, Federhalter, Heftklammern.

Eggebrecht zu Besuch. Erzähle ihm von meiner Idee. Er fängt sofort Feuer. Wir entwickeln ein Exposé.

28. März

Fahre nach München, wo ich Eggebrecht treffe.

Später gemeinsam bei Pressburger in Geiselgasteig, um ihn für den Stoff zu gewinnen. Er setzt auf meinen Namen. Möchte, daß ich die Hauptrolle spiele und Regie führe. Sagt, er habe mich schon in Amerika als Regisseur einsetzen wollen.

Gegen die Geschichte macht er Einwände geltend, möchte erst das fertige Buch lesen. Ihm schwebt eine Art »Reportage-Spielfilm« vor.

Pressburger akzeptiert Eggebrecht als Autor, sofern Benno Vigny dazu kommt.

12. April

Arbeit am Buch. Eggebrecht hilft.

Immer wieder kommen wir auf alte Berliner Zeiten zu sprechen. Auf unser Kaspar-Hauser-Projekt, das im Frühjahr '33 so gut wie perfekt war, und dann durch die Flucht zunichte gemacht wurde.

Mir fehlen fünfzehn Jahre Leben in Deutschland.

Schwierig, über Alltag im Bombenkrieg mitzureden. Axel erzählt von den gleißenden Lichtgarben (»Weihnachtsbäume«), die sich, zur Markierung, gespenstisch ruhig auf die abgedunkelte Stadt herabsenkten, ehe die ersten Bomben krachten.

Der Hauptteil des Buches spielt von Sommer 1942 bis 1944.

3. Mai

Gute Fortschritte. Wir arbeiten acht Stunden täglich.

Der Plot: Ein Frauenmörder in Hitlers Mörderstaat. In einer Zeit allgemeinen Sterbens fällt er nicht weiter auf. Ja, er wird von oben gedeckt, weil man ihn als Forscher braucht.

Sozusagen die umgekehrte Variante meines Abschiedstelegramms im Frühjahr '33: »Für zwei Mörder wie Hitler und mich ist in Deutschland kein Platz.«

Abends todmüde.

25. Mai

Erste Fassung fertig. Benno Vigny schreibt an den Dialogen mit. Arbeitstitel: Der Totmacher.

Pressburger möchte parallel eine amerikanische Fassung (mit anderen Nebenrollen) drehen.

10. Juni

Pressburger will Änderungen. Politische Dimension.

Machen uns an Überarbeitung. Überlegen, daß Rothe in Widerstandsaktivitäten verwickelt wird.

2. Juli

Erneut bei Pressburger, der noch nicht zufrieden ist. Wir beginnen die dritte Fassung. Arbeit bis zur Erschöpfung.

Rückfall.

12. August

Pressburger will Produktion vorbereiten, verlangt aber nochmals Änderungen. Drehbeginn: Ende September bis Anfang November.

München (Geiselgasteig) und Hamburg (Bendestorf). Diskutieren Besetzungsvorschläge. Wegen Finanzierungsschwierigkeiten drehen wir zunächst nur deutsche Fassung.

5. September

Besetzung steht: Karl John (Hoesch), Helmut Rudolph (Winkler), Renate Mannhardt (Inge Hermann), Johanna Hofer (Frau Hermann), Eva-Ingeborg Scholz (Ursula Weber).

16. September

Schlimme Presse. Tenor: »Lorre dreht einen Film mit dem Titel DAS UNTIER.« Von sieben Morden und einem Selbstmord ist die Rede. Pressburger läßt sofort dementieren.

Wirkung bleibt verheerend. Mittlerweile fünfte Fassung fertig. Neuer Titel: Der Verlorene.

23. September

Erneut leichte Gelbsucht, durch unsauberes Spritzbesteck. Drehbeginn verschoben. Mutlos, schwach.

3. Oktober

»Takt ist, neben der Klugheit, das Hauptvermögen dieses Mannes mit den zwei Gesichtern: das Schauspielergesicht, glatt von lauernder Intriganz und satanischer Intelligenz. Das Privatgesicht: etwas müde, suchend, völlig uneitel und immer interessiert.« (*Der Spiegel* v. 27. 9. 50)

18. Oktober, Partenkirchen

Brecht besucht mich, zusammen mit Ruth Berghaus, Jakob Geis und Emil Burri. Er möchte, daß ich nach Berlin komme, bei ihm den *Hamlet* spiele. Vertröste ihn unter Hinweis auf Film.

6. November, München

Endlich: Innenaufnahmen in Geiselgasteig. Vor und hinter der Kamera zu stehen beschwingt. Viel Spaß mit

Schauspielern. Intensive, gute Teamarbeit. Ich rege an, statt anzuordnen, entwickle viel aus dem Gespräch.

13. November

Wir kommen gut voran.

28. November

Arbeit wegen Erkrankung Karl Johns unterbrochen. Umso ärgerlicher, weil kurz vor Beendigung unseres München-Pensums. Zu spät für Umbesetzung. Schwierige Verhandlungen mit Versicherung, Bavaria.

9. Dezember

John noch immer krank. Krisenstimmung bei Team und Schauspielern. Pressburger verärgert.

16. Dezember

Johns Befinden besser. Trotzdem können wir erst Anfang Januar weiterdrehen. Zwangspause total lähmend. Versuche, die Zeit irgendwie zu füllen. Übertragung des Drehbuchs in Romanform. Eggebrecht hilft schreiben.

28. Dezember, Garmisch

Gute Fortschritte beim Roman. Pressburger verspricht sich einiges durch parallele Veröffentlichung mit Film.

7. Januar 1951

Wir drehen wieder. Arbeit läßt sich nach der langen Unterbrechung zäh an.

15. Januar

Die meisten Innenaufnahmen beendet. Umzug nach Hamburg. Pressburger hat durch die Verzögerung viel Geld verloren. Schwierigkeiten auch bei der Motivsuche. Die Stadt ist übel zugerichtet, nur einige Außenbezirke haben weniger abbekommen. Hoffen, etwas in Altona zu finden.

21. Januar

Team und Schauspieler sind wieder eingespielt. Abends Mustersichtung. Es entstehen sehr starke Szenen. Etwa im Treppenhaus mit Gisela Trowe als Prostituierter. (»Also so einer bist du: Totmacher! Totmacher!!«)Vaclav Vichs Bilder nur aus Licht und Schatten. Und darüber das Ticken der Zeitschaltuhr. Lasse gleichzeitig Rohschnitt montieren.

27. Januar

Abgedreht. Ein wenig erschöpft. Wir sitzen am Schnitt. Möchte bis Mitte Februar fertig sein.

12. Februar '51

Durch Feuer im Kopierwerk ist die fertige Arbeitskopie, die dort für den Negativschnitt lag, verbrannt. Fünf Wochen Arbeit umsonst. Negativ zum Glück nicht betroffen. Müssen mit dem Schnitt nochmal von vorn beginnen. Zeitplan für Postproduction total durcheinander. Pressburger erkrankt.

17. Februar

Pressburger überraschend gestorben. Fertigstellung des Films ungewiß. Mir bleibt nichts erspart.

21. Februar

Mühsam rekonstruieren wir ursprüngliche Fassung. Obwohl Tagesberichte und Schnittlisten vorliegen, kommt mir beim zweiten Mal alles schlechter vor.

8. April

Endfertigung trotz Pressburgers Tod endlich gesichert. Der Verleih (National Film) springt ein.

7. Juni

Erste interne Vorführung von *Der Verlorene.* Weiß nicht mehr, ob ich mit dem Film zufrieden sein soll. Wir versuchen, auf die Biennale nach Venedig zu kommen.

3. August '51

Probleme mit Biennale, deren offizielles Programm bereits steht. Reise selbst nach Venedig und buche ein Kino für die erste Septemberwoche. Danach Deutschlandpremiere. Verhandlungen mit der *Münchner Illustrierten,* den Roman *Der Verlorene* in Fortsetzung zu drucken.

10. September, Venedig

Premiere gut gelaufen. Großer Andrang, Beifall, aber laue Presse: »Downbeat story, arty treatment and fine technical aspects and thesping slant this for slotting in special U.S. situations. Expressionistic handling plus a mixture of melodramatics make the film a bit implausible but film has the Lorre name to help sell it.« (*Variety*)

21. September, Frankfurt

Heute abend Deutschlandpremiere im Turmpalast.

Der Verleih hat das Foyer mit einem großen Schattenmann aus schwarzer Pappe dekoriert.

Weitere Stationen: Hamburg, München, Berlin.

24. September

Katastrophale Zahlen. In manchen Vorstellungen nur 5 Besucher.

5. Oktober

Das Ende. Film nach nur zehn Tagen auch in Berlin wieder abgesetzt.

»Man muß diesen hoffnungslosen Film hinsichtlich Buch, Regie und des Dargestellten ablehnen.« (*Deutsche Woche*)

21. Oktober

Keine Regieangebote. Auch Brecht meldet sich nicht. Ich werde es von mir aus nicht tun.

8. November

Niedergeschlagenheit. Habe einige Auslandsangebote bekommen, Mördergeschichten, das Übliche.

Entschluß, Deutschland wieder zu verlassen.

25. November

US-Army organisiert im Rahmen der Truppenbetreuung ein paar Einsätze des Films. Neben deutschen Standorten u.a. in Italien, Griechenland, Nordafrika. Bekomme dafür ein Ticket Rhein-Main-Air-Base/New York.

4. Januar '52

Verlasse Deutschland mit Handgepäck und einer Kopie des *Verlorenen.*

Felix Hofmann

Aus der Zeit

Peter Lorre in Hamburg, Deutschland

Als er in Hamburg ankommt, beginnt er sofort mit der Arbeit. Er ist freundlich und zuvorkommend mit allen Mitarbeitern seines Films. Aber kaum einer unter ihnen steht ihm wirklich nahe. Daß er ein Star in Hollywood war, hält er nicht für der Rede wert. Seine Vergangenheit zählt nicht. Sie hatte sich ohnehin immer nur als Behinderung erwiesen. In diesem Film, den er jetzt machen will – als Drehbuchautor, als Hauptdarsteller, als Regisseur – soll seine Vergangenheit enden, soll sich sein Leben konzentrieren. Wenn er redet, geht es immer um diesen Film.

Ein einziges Mal, seinem Schnittmeister gegenüber, mit dem er sich anfreundet, erwähnt er den Beginn seines Exils, wie schlecht es ihm ergangen ist, ohne Geld und ohne Aussichten auf Arbeit, Teil einer Gruppe von Flüchtlingen, die elend in einem kleinen Hotel in Paris kampierten. Damals hat er sich einer abgrundtiefen Verzweiflung erwehren müssen. Vielleicht fühlt sich seine Situation jetzt ähnlich an und läßt ihn von Vergangenem erzählen, um das Loch im Kontinuum, das Loch in der Zeit zu schließen. Vielleicht auch, weil er sich ganz anders fühlt, denn damals war er ein Flüchtling, jetzt ist er ein Heimkehrer.

Was er mit keinem Wort erwähnt: Daß er einmal in immerwährender Sonne gelebt hat, mit Blick auf den Pazifischen Ozean. Daß er Pferde besessen und über Chauffeur und Gärtner geboten hat. Hier und Jetzt, zwischen den Ruinen der kriegszerstörten Stadt, gibt es keinen Grund, es zu erwähnen.

Diese Ruinen konfrontieren ihn noch mit einer anderen Vergangenheit, mit der jüngsten Geschichte des Landes, das ihn einst vertrieben hat. Und der Film, den er machen wird, muß diese beiden Vergangenheiten zusammenbringen. Nur beide zusammen können einander auflösen: eine exemplarische Situation. Er versucht, alles in diesen Film hineinzupacken, was er aufzubieten hat. Ein definitives Statement soll es werden, von dem aus ein von allem Ballast befreiter, neuer Anfang möglich sein wird. So radikal er mit seinem eigenen, aus dem Ruder gelaufenen Leben brechen will, so radikal soll auch der Schnitt durch die Geschichte dieses Landes sein.

Völlig isoliert und zurückgezogen lebt er mit seiner neuen Freundin, die er später heiraten wird, in einer hübschen, aber bescheidenen Wohnung auf der 4. Etage eines Hauses in der Magdalenenstraße. Er gibt keine Gesellschaften, er geht nicht aus, auch nicht ins Theater, er hat kein Geld. Das Leben in teuer bezahlter Annehmlichkeit liegt weit zurück, und es ist auch nicht mehr in seinen Wünschen. Einen einzigen Film schaut er sich an. Alle sprechen von diesem Film, und er mag herausgehört haben, gegen diesen einen würde er bestehen müssen: *Die Sünderin.* Im Kino sieht er, das hat mit ihm und seinem Anliegen nichts zu tun.

In einem Raum läßt er sich eine Arbeitsplatte auf zwei Holzböcken aufstellen. Er hat ein Faible für Büromaterial. Wenn er irgendwo einen Leitzordner sieht, muß er ihn haben. Das eigene Leben selbst verwalten. Über sich selbst verfügen. Das Büromaterial ist unbenutzt, die Aktenmappen leer. Er will nicht Buchhalter seines Vorlebens werden, er wird die Zukunft organisieren. Er beginnt mit dem Ordnen der Außenwelt. Auf dem Tisch liegt, fein säuberlich schnurgerade parallel nebeneinandergelegt und mit Linealen gepaart, eine ganze Reihe Bleistifte aller Härtegrade. Sein Schnittmeister, der oft bei ihm zu Hause ist und dem dies alles nicht entgeht, empfindet das als kleine Verrücktheit, umso mehr als er ihn für ein Genie hält, das einzige, mit dem er je zusammengearbeitet hat.

Lorre selbst hält sich nicht für ein Genie. Er will zu Diensten sein mit seiner akkuraten Sammlung von Werkzeugen. Er will anderen Arbeit abnehmen. Sein Arrangement soll allen zugute kommen. Er diskutiert jeden Tag mit allen Mitarbeitern, um alles an diesem Film zu verbessern. Er will Kontrolle über sich selbst und über den Film, nicht über Personen. Und wenn er anderer Meinung als seine Mitarbeiter ist, bringt er jedesmal eine Entschuldigung heraus, bevor er seine Gedanken darlegt. Entschuldigungen sind ein Zeichen von großer Höflichkeit oder von großer Distanziertheit. Entschuldigt, daß ich mich einmische, aber ich muß das tun, sonst werden wir uns nicht verbessern. Er war nie devot, und ist es auch jetzt nicht. Devot ist man gegenüber einer höheren Ordnung, man muß dazu die höhere Ordnung anerkennen. Er hat Rangordnungen immer mit Renitenz oder Frechheit oder Parodie unterlaufen, er erkennt sie, aber er erkennt sie nicht an.

Höflich oder unterwürfig, das hätte ihn ohnehin nicht beschäftigen müssen. Er sieht keine Rangordnung diesmal, nicht bei seinem Film, deshalb muß er auch nicht, wie er es in den Jahren zuvor praktiziert hat, sich wehren und den Clown spielen. Und diesmal gibt es nichts, was ihn zu faulen Kompromissen zwingt, deshalb muß er auch nicht, wozu er sich in den Jahren zuvor genötigt sah, eine Rechtfertigung nach der anderen lostreten, um seinen Ruf zu wahren.

Diesmal, zum ersten Mal in seinem Leben, ist die Fremdbestimmtheit weg. Ein Film, der ganz in seinen Händen liegt. Er übernimmt die Regie über sich selbst und alles sonst. Endlich eine Arbeit, die nicht von seiner Person getrennt ist.

Ein Schauspieler ist es gewohnt, sich von der eigenen Person zu entfernen, oder die eigene Person als ein zumindest teilweise von sich getrenntes Wesen zu betrachten und zu gebrauchen, oder den eigenen Körper und die Sinne als Werkzeug zu benutzen. Ein Schauspieler, der vor die Kamera geht, tritt einen halben oder einen ganzen Schritt neben sich. Das macht ihn erst zum Schauspieler. Wenn die Kamera am Ende der Aufnahme abgeschaltet wird, kann er sich wieder zurückverwandeln. Aber das liegt außerhalb der Arbeit, außerhalb des Films. Ein Schauspieler, der sein eigener Regisseur ist, kehrt noch innerhalb der Arbeit zu sich selbst zurück. Als Schauspieler kontrolliert er die Figur, die er darstellt, aber als Regisseur kontrolliert er auch den Auftritt dieser Figur und den Gesamtzusammenhang, in dem im fertigen Film die vielen voneinander getrennten Einzelauftritte erscheinen werden. Das ist nicht der Schritt von der Typisierung zur großen Heldenrolle, sondern der von der Gängelung zur Selbstverantwortung, von der Marionette zum autonomen Spieler.

Diesmal ist er der Chef. Doch als Machtposition gegenüber anderen ist ihm das gleichgültig. Die Befehlsgewalt lockt ihn nicht. Sich selbst unter Kontrolle zu nehmen, das ist ihm das erstrebenswerte Ziel. Nur was mit der Arbeit zusammenhängt, interessiert ihn, das Vorankommen der Produktion, die Qualität des Ergebnisses, die Aussichten auf ein Leben für Filme, die Kunstwerke sein werden, nicht Konfektionsware. Bisher hat er von seinem Beruf gelebt, jetzt und in Zukunft wird er für seinen Beruf leben. Und er will den Beruf erweitern: ein Ensemble gründen. Dieser Film soll dafür das Fundament setzen. Ein demokratisches, selbstbestimmtes Ensemble, das sich auf seine Erfahrung und seine Dienste verlassen kann.

Das Drehbuch wird täglich umgeschrieben, anstrengend und angestrengt; einen Feierabend nach getaner Arbeit gibt es selten. Zusätzliche Szenen werden konzipiert und gedreht, auch nach bereits erfolgter Rohschnittkontrolle. Das verzögert den Fortgang der Arbeit, aber der Produzent macht mit, schlechtgelaunt. Die vielen Änderungen setzen sich fort, ein Hinweis auf ungenügende Vorbereitung und darauf, daß die Filmhandlung nicht zu Ende gedacht ist, aber auch die Selbstbestätigung der Ensemble-Idee. Manchmal verläßt er während solcher Besprechungen plötzlich den Raum, bleibt eine Weile weg und kommt schließlich kraftstrahlend zurück.

Seit seiner Jugend ist er abhängig vom Morphium, es half und hilft ihm, Druck auszuhalten. Seine Mitarbeiter wissen, daß er etwas nimmt, aber sie wissen nicht, was und auch nicht, woher er es bezieht. Sie wissen auch, so hat man es im *Spiegel* lesen können, von seinem langen Aufenthalt in Wiggers Kurheim in Garmisch-Partenkirchen. Später, im Presseheft des Verleihs, wird es als Erholungskur von den Nachwirkungen einer schweren Gelbsucht ausgegeben. Es war eine Entziehungskur, eine von vielen, vergeblich wie alle.

Wer Rauschmittel braucht, ist ein Fremder in seinem eigenen Körper. Wer ein Fremder in seinem eigenen Körper ist, braucht Rauschmittel. Lorre ist auf beiden Seiten des Dilemmas, und er hat große Übung im Umgang mit beiden Teilen. Er ist doppelt süchtig, Morphinist und Kettenraucher. Die sprunghafte Energie, die aus dem Morphium kommt, verwandelt er mit Kettenrauchen in einen gleichmäßigen Strom.

Gelegenheitsraucher sind Trostsuchende. Auf dem Rauch einer Zigarette versuchen sie, in die Vergangenheit zurückzuschweben, bis hinunter in jenen Zustand, bevor das Denken begann. Die gelegentliche Zigarette entzündet den Wunsch nach einem Leben vor allem Wissen. Eine Zigarette nach der anderen hingegen soll die Metaphysik der Wünsche vertreiben und den Weg in die Zukunft ebnen. Kettenraucher schwelgen in der Vorstellung, immer wieder von vorn zu beginnen. Sie sehnen sich nach einem Leben ohne Ideal und ohne Hoffnung. In der Kette von Zigaretten inhalieren sie das Gegengift zu einem Leben in Zweifel.

Das Morphium nicht, aber die Zigarettenkette ist ausgiebig im Film dokumentiert.

Der Versuch, sich selbst zu entkommen, ist nicht neu in seinem Leben. Er hat immer schon daran gearbeitet, in der Gegenwart anzukommen, um endlich die Zukunft beginnen zu können. Die Vergangenheit, seine vielen Vergangenheiten haben ihn stets nur geschädigt und betrogen. Aber das Morphium ist ein gefährliches Mittel. Es macht ihn hochkonzentriert und hilflos zugleich. Es ist eine jener Behinderungen der Vergangenheit, die er nicht los wird. So sehr er die Klarheit in seinem Kopf verschärfen kann, so sehr es ihm gelingt, diese Klarheit auf seine Arbeit zu übertragen, an dieser Stelle, an der die Sucht sitzt und ihren Tribut verlangt, zahlt er einen hohen Preis. Er zahlt mit Entfremdung. Oder von der anderen Seite: Die Unfähigkeit, von der Sucht loszukommen, kann auch darauf deuten: die Entfremdung, die Nichtzugehörigkeit, die geistige und emotionale Heimatlosigkeit sind das Primäre, und das Morphium ist sein Mittel, das Außenseiterdasein, das ja nichts ist als eine innere Disposition, in seinen schlimmsten Momenten zu ertragen.

Er bleibt immer der Einzelgänger, der von außerhalb die Dinge sieht, wie sie sind, aber sie nur zeigen, nicht in sie eingreifen kann. Der Einzelgänger wird dadurch definiert, daß die Belohnungen ihn nicht beeindrucken, die die Gesellschaft für jeden bereithält, der sich in sie einreiht, sei es auf der Seite der Macht oder auf der der Ohnmacht. Die Mächtigen leben besser, sie beeinflussen den Gang der Dinge, aber wenn es schiefgeht, werden sie zur Verantwortung gezogen. Die Ohnmächtigen leben schlechter, sie lassen sich vom Gang der Dinge, auch wenn er ihnen schadet, durchs Leben tragen, aber sie werden nicht für das zur Verantwortung gezogen, was sie in ihrer Passivität durchgehen lassen. Der Einzelgänger ist der scharfsinnige, sensible Aufspürer dieses fatalen Zusammenhangs, doch für ihn sind nur die Nachteile bestimmt. Da er Rangordnungen nicht anerkennt, kann er weder auf der Seite der Macht noch auf der der Machtlosen leben. So bleibt er ohne Einfluß und zugleich ohne öffentlichen Schutz.

Lorre ist noch unter den Einzelgängern ein Paria, und er zahlt den Preis des Paria, der immer im Gefängnis der privaten Existenz verharrt, sich nie zu einer politischen Existenz befreien kann. Aber er hat nicht die robuste, widerstandsfähige, stabile Natur des Einzelgängers, die nötig ist, das lebenslange isolierte Dasein zu meistern, ohne verrückt zu werden, ohne destruktiv oder selbstzerstörerisch zu werden, ohne zu resignieren. Er ist eine sanfte Natur, deshalb reiht er sich am Ende, ein wenig von der Selbstzerstörung infiziert, in die Gruppe der Resignierenden ein.

Er weiß um seine Neigung, sich der Resignation zu überlassen, und er benutzt diesen Film, um sich selbst zu beweisen, daß man die eigene Geschichte selbst macht, daß man nicht das wehrlose Protozoon der eigenen Schwächen und Grenzen ist. Es ist die erste Gelegenheit in seinem Leben, diesen Beweis überhaupt anzutreten. Und vielleicht ahnt er, daß es keine zweite geben wird. Auch das ein Grund, alles, was er aufzubieten hat, in diesen einen Versuch hineinzulegen.

Genau dies ist es, was sein Film erzählt, die Geschichte einer Selbstbefreiung. Die Parabel von der Sprengung der Fesseln der äußeren Realität und der eigenen, inneren Abhängigkeiten.

Lorre fängt eine Grundsatzdiskussion an, eine, die sich ganz auf der Höhe der Zeit bewegt. In den vergangenen 15 Jahren sind 50 Millionen Menschen umgekommen, eine Massenvernichtung, ausgelöst von den Menschenjägern, vor denen er selbst, gerade noch rechtzeitig, die

Flucht ergriffen hat und in deren Land er nun zurückgekehrt ist. Er gilt als Darsteller von Mörderfiguren. Das ist falsch, aber so ist es in den Köpfen der Kritiker und des Publikums. In seinem eigenen Film wird er wieder einen Mörder darstellen, und dieser Film ist diese Grundsatzdiskussion. Er geht inhaltlich auf seine Figur ein: Was ist ein Mörder? Was ist ein Mord?

Der Nationalsozialismus und die Verbrechen, die er entweder selbst beging oder bei anderen auslöste, haben den Einzelmord entwertet. Seine Dramatisierung ist fragwürdig geworden angesichts von nicht mehr zählbaren Arbeitslagern, Internierungslagern, Konzentrationslagern, Vernichtungslagern, angesichts von Millionen Kriegstoten, angesichts des auf dem höchsten Stand industrieller Technik betriebenen Völkermordes. Auf einen Mord mehr oder weniger kommt es vielleicht immer noch an, aber er ist inzwischen zu einem Substrat geworden, an dem das ethische Problem nicht mehr in traditioneller Reduktion auf den geschichts- und gesellschaftslosen, zwischenmenschlich genannten Privatbereich darstellbar ist. Lorre versucht, die überlieferte Idee wenigstens teilweise zu retten, er versucht, den traditionellen Ansatz immanent zu überwinden. Die Hauptfigur, die er selbst darstellt und über die er während der Produktion stets in der dritten Person Singular spricht, läßt er als verstörten Triebmörder beginnen, führt sie dann in einer logischen Entwicklung weiter zu einem vorsätzlichen Mord, und macht sie schließlich, ebenso folgerichtig, zum Selbstmörder. Um diese Hauptfigur herum konzipiert er mit seinen beiden Drehbuchautoren Benno Vigny und Axel Eggebrecht eine Geschichte, die es mit einem ganzen mörderischen Volk aufnehmen soll. Er ist der erste, der sich auf diese zeitgemäße Weise mit dem Mord auseinandersetzt, deshalb hat er es am schwersten, denn er muß das intellektuelle Risiko einer Grundidee allein tragen.

Die Geschichte spielt in den letzten Kriegsjahren und in der darauf folgenden Nachkriegszeit. Ein unpolitischer Naturwissenschaftler (Lorre), ein Mann, der ganz und gar mit kontinuierlicher Arbeit, Kaffee und Zigaretten zufriedenzustellen ist, ein harmloser und naiver Mann also, wird ohne sein Wissen und ohne sein Zutun in Politik, in eine Spionage-Sache verwickelt. Seine Verlobte, die für ihn Schreibarbeiten erledigt, reicht die Arbeitsergebnisse an eine fremde Staatsmacht weiter. Der Labor-Assistent des Wissenschaftlers findet das heraus. Er ist Agent der Gestapo, und er ist der Geliebte der Verlobten, die ihm vertrauensselig ihren Verrat gesteht. Diese Ereignisse, die plötzliche Erkenntnis, unter der Oberaufsicht der geheimen Staatspolizei zu arbeiten, und der doppelte Betrug seiner Verlobten, stürzen den Wissenschaftler in größte Verwirrung. Er bringt die Frau, die er liebt, um. Dafür wird er nicht zur Verantwortung gezogen. Niemand verlangt Rechenschaft von ihm. So macht ihn die Staatsmacht ein zweites Mal zum Komplizen. Der Staat ist an einem Einzelmord nicht interessiert. Die Arbeit des Naturwissenschaftlers ist ihm wichtiger. Der Mord wird vertuscht, zum Selbstmord umgelogen, mit allem gebührenden bürokratischen Ordnungswahn selbstverständlich. Der Staat beansprucht nicht nur das Tötungsmonopol, auch das Lebensmonopol. Privatsachen gibt es nicht mehr. Das Unterwerfungsgebot unter die national(sozialistisch)en Interessen ist eine so große Idee, daß das Leben und Sterben Einzelner darin nicht zu zählen hat.

Der Wissenschaftler will sich aus dieser Verstrickung lösen, will seine Tat büßen. Er sucht selbst den Tod. Geht bei Fliegeralarm nicht mehr in die Luftschutzkeller. Alle um ihn herum sterben. Ihm gelingt es nicht. Seine Angstzustände bringen ihn fast um den Verstand. Er wiederholt seine Tat, bringt noch eine Frau um. Die Angst in dieser Frau, die ihm in der S-Bahn gegenübersitzt, treibt seine eigene zum Paroxysmus, der sich dadurch auflösen will, daß er zu seinem Urgrund zurückgeht, zum ersten Mord, zum erneuten Mord. Die Angst tötet jedes andere Gefühl. Angst tötet. Nur eine Prostituierte, mit dem Instinkt der Professionellen, erkennt die Gefahr, erkennt den Totmacher in ihm, und schreit es heraus. So entkommt sie ihm, und fast erlöst sie ihn mit ihrem Schrei. Für einen Moment spürt er zumindest Erleichterung, zeigt ein verquältes Lächeln. Langsam läßt ihn die Angst los, und er taucht aus seinem Trauma wieder auf, beginnt die Dinge in ihren Zusammenhängen zu begreifen. Er beschließt, den Assistenten und seinen Oberst zu erschießen. Dabei gerät er, passiv und überfordert, in eine diffuse Widerstandsgeschichte. Die endet mit der

Zerschlagung der Gruppe. Er verliert den Assistenten und den Oberst aus den Augen. Der Krieg geht weiter, und er nutzt eine sich bietende Gelegenheit, für tot gehalten zu werden. Allmählich beginnt er zu vergessen. Er begibt sich auf den Weg, ein Anderer zu werden.

In einem Flüchtlingslager, kurz nach Ende des Krieges, arbeitet der Wissenschaftler unter einem neuen Namen als Arzt. Jetzt heißt er Neumeister, denn darum geht es, das neue Leben zu meistern, wenigstens besser als das alte. Er ist der gute Geist der Flüchtlinge, die ihn verehren und achten, denn er heilt und beschützt sie. Und er ist überarbeitet, soll eine Hilfe bekommen. Als sein neuer Helfer mit einem Flüchtlingstransport ankommt, sieht er: es ist der alte, es ist sein ehemaliger Assistent aus dem Labor. Auch er mit einem neuen Namen unterwegs in die ungewisse Zukunft. Der neue/alte Chef nötigt den neuen/alten Assistenten zur Aussprache. Er will das Vergangene in seiner ganzen Tragweite klären, um sich endgültig daraus zu lösen. Er weiß, dies ist der Moment dafür, und er hat eine Entscheidung getroffen. Er muß nur noch herausfinden, ob dieser Mann, der für sein Verhängnis verantwortlich war, sich geändert hat, so wie er selbst sich geändert hat, ob er weiß, welche Schuld er auf sich geladen hat, und ob er dabei ist, diese Schuld durch ein menschenwürdiges Leben, ein Leben für, nicht gegen die anderen wiedergutzumachen, oder ob er geblieben ist, was er war, ein skrupelloser Verächter von Gefühlen, ein kalter Hantierer mit Menschenleben.

Die beiden Kontrahenten der Geschichte sind allein in der Lagerkantine. Sie bereden die Vergangenheit. Der Arzt steht vor ihm im Raum und versucht, seinem am Tisch sitzenden Gegenüber klarzumachen, was dieser angerichtet hat, als er damals seine Harmlosigkeit und Naivität so gewissenlos ausnutzte und ihn ins Verderben stieß. Mal redend, mal zuhörend, eine endlose Kette von Zigaretten rauchend, geht er vor ihm auf und ab. Er reicht ihm die Henkersmahlzeit, und er gibt ihm die mildernde letzte Zigarette. Doch das entgeht diesem, denn er will nicht wahrhaben, was da mit ihm geschieht, er begreift nicht, was das Aufrechnen von Schuld und Sühne überhaupt soll. Aber er begreift dumpf, daß er sich verteidigen muß, und macht seinerseits eine Rechnung auf, in der er als der Wohltäter des anderen dasteht. Denn er war es doch, der den gutmütigen Wissenschaftler mit Arbeit, Kaffee und den schwer zu beschaffenden, unentbehrlichen Zigaretten versorgt hat. Er war es doch, der den später verstörten Wissenschaftler vor Verurteilung und Strafe bewahrte. Mehr kann man für einen anderen in so einer wirren Zeit doch gar nicht tun. Es macht ihn langsam nervös, daß er nicht herausfindet, was dieser Unglücksvogel, den er schon damals für einen Trottel gehalten hat, von ihm will. In den früheren Morden sieht er nicht das geringste Problem. Er ist angeekelt von so viel Schwäche und Selbstzweifel. Er ist noch immer der Herrenmensch, der einst über Waffen und Zigaretten gebot. Waffen zum Drohen, Zigaretten zum Überleben. So etwas wie Selbstzweifel hat er nie gekannt und wird er niemals in seine Nähe kommen lassen. Er will die Vergangenheit nicht klären, sondern begraben, er will sie einfach überdauern. Der neue Name bedeutet nichts, ist nur ein anderes Etikett. Wie zuvor pflegt er seine Henkersknecht-Natur und wartet auf die neuen Machthaber, um auch ihnen zu assistieren.

Der Arzt holt eine Pistole aus seiner Rocktasche hervor. Es ist noch immer die Waffe, mit der er einst den Assistenten, der jetzt wieder vor ihm sitzt, erschießen wollte. Und sie hatte diesem gehört. Der Assistent findet es ulkig, auf eine so merkwürdige Art seiner ehemaligen Waffe wiederzubegegnen. Es dauert noch eine Weile, bis er begreift, daß jetzt er der Bedrohte ist, von seiner eigenen Waffe, in den Händen seines einstigen Opfers, das nun an ihm zum Täter werden wird.

Es gibt kein Vergessen. Man kann nur dann ein Anderer werden, wenn man die angefangene(n) Geschichte(n) zu Ende führt. Der Arzt bringt den Assistenten um.

Als dieser tot von seiner Sitzbank fällt und am Boden liegt, beugt sich der Arzt zu ihm und wirft die Pistole neben ihn hin. Dann nimmt er sich eine letzte Zigarette aus dem Päckchen. Auch das Zigarettenpäckchen wirft er zu ihm hin. Beides ist Eigentum des Toten, des Gebieters über Waffen und Zigaretten, Tod und Überleben. Sein Eigentum soll mit ihm begraben werden. Wie bei den Pharaonen. Man muß mit den Toten begraben, womit sie im Leben das Geschäft der Herrschaft betrieben. Dann verläßt der Arzt den Raum. Draußen beginnt das Morgengrauen. Er geht zum Schienenstrang und setzt dem eigenen Leben ein Ende.

Auch wenn die Zeitungskritiker nur in Andeutungen darauf zu sprechen kommen, diesen Schluß des Films, Hinrichtung und Selbsttötung, nehmen ihm die Deutschen übel. Einen Kriminalfilm über einen Triebtäter, so wie sie es von ihm erwarteten, hätten sie hingenommen, aber keine Politik. Dieser Film formuliert die Überzeugung, daß man die Schuldigen unbedingt stellen muß, daß man herausfinden muß, ob sie sich geändert haben, ob sie inzwischen einsehen, daß sie ungeheure Verbrechen begangen oder gedeckt oder geduldet haben, und daß sie, wenn sie sich dieser Einsicht verweigern, das Recht weiterzuleben verwirkt haben. Kein anderer Nachkriegsfilm ist in derartig deutlicher Art auf diesen Punkt zu sprechen gekommen. Das ist es, wovor sie sich in jenen Jahren am meisten fürchten: daß jemand kommt und sie, nicht nur die Großen, auch die Kleinen und die Mitläufer, auf eine so drastische Art mit ihrer Verantwortlichkeit konfrontiert. Und viele fürchten sich so sehr vor dieser Möglichkeit der Verurteilung, daß sie sich selbst richten. Andere können tatsächlich irgendwann nicht mehr mit der Erinnerung an ihre Untaten leben und entscheiden sich ebenfalls für den Tod durch eigene Hand. Tatsächlich gibt es Tausende von Rachemorden in den Nachkriegsjahren, Rache der Gepeinigten, die irgendwie überlebt haben und jetzt ihre ehemaligen Peiniger töten, wenigstens den einen, den sie noch genau identifizieren und ausfindig machen können. Und es gibt Tausende von Selbstmorden, die man ebenso schnell zu den Akten legt wie die Morde. Das Presseheft der Verleihfirma, die den Film in die Kinos bringt, wühlt genau in dieser Wunde, indem es den Informationen über die Dreharbeiten, den Produktionsstab, die Schauspieler den Artikel eines Hamburger Oberstaatsanwaltes zur Seite gibt, in dem jene Mordserien der ersten Nachkriegsjahre behandelt werden.

Überall im Land sind die Ansichten zu Lorres Film geteilt. Die Bandbreite reicht von »Kunstwerk« bis »Machwerk«. Der überwiegende Teil der Kritiken ist geladen mit bösartigen Unterstellungen und verletzender Häme. Die beiden perfidesten Abqualifizierungen kommen aus München. Dort wird die in seiner Person vereinigte dreifache Arbeit (Autor, Hauptdarsteller, Regisseur) als »verhängnisvolle Trinität« hingestellt. Und in einem anderen Blatt erhebt sich der altbekannte Vorwurf, wer das Deutschland jener letzten Kriegsjahre nicht erlebt habe, könne es auch nicht schildern. Der Film wird ästhetisch gewürdigt, indem man der Regie Inspiration und der Kameraführung Atmosphäre zugesteht, aber inhaltlich und darstellerisch mit den Worten Spekulation und Suggestion empört zurückgewiesen. Jeder damals weiß, wie er solche fast objektiv klingenden Zuweisungen zu verstehen hat. Lorre ist weder der erste noch der letzte Rückkehrer aus der Emigration, der so massiv angegriffen wird. Es ist der endlos (noch bis heute) wiederholte, infame Generalangriff auf alle zurückkehrenden Emigranten: Sie hätten doch gar keine Ahnung von Deutschland und sollten lieber das Maul halten und am besten gleich wieder verschwinden. Er ist ein Ausländer, denn er hat im Exil die amerikanische Staatsbürgerschaft angenommen, und er ist zugleich einer von jenen, die einmal mit ihnen gelebt und gearbeitet haben, bis sie als Untermenschen zum Freiwild erklärt wurden. Er ist ihnen doppelt verdächtig und doppelt unwillkommen. Der Größenwahn sitzt tief. Zwar hat sich die Größe für jedermann sichtbar verflüchtigt und Trümmerhaufen zurückgelassen, aber am komplementären Teil, am Wahn, halten die neuen Deutschen fest. Sie wollen die Verantwortung für ihre Untaten nicht übernehmen. Sind sie nicht durch die Hölle gegangen? Sind sie nicht mißbraucht, verführt und mißhandelt worden? Sind sie nicht Besiegte, und wie können Besiegte Täter sein? Sind nicht ihre Leiden der letzten Kriegsjahre Beweis genug für ihren Opferstatus? Und waren sie nicht schon immer Opfer der Weltgeschichte? Und sind sie es nicht jetzt schon wieder, Opfer der übelnehmenden und übelwollenden Weltöffentlichkeit? Diese ganze Welt dort draußen soll das gefälligst begreifen und aufhören, in der Asche herumzustochern. Und damit die ganze Welt das begreift, setzen sie dieses neue Selbstbildnis mit derselben Sturheit, derselben Schroffheit, derselben Verschlossenheit, derselben Feindseligkeit durch, mit denen sie schon jenes alte Selbstbildnis als auserwählte Herrenrasse durchgesetzt haben. Wäre er damals vor fast zwanzig Jahren nicht geflohen, hätten sie ihn dem Tod überantwortet. Jetzt, nachdem er zurückgekehrt ist, sprechen sie ihm das Recht ab, ihre Taten zu kommentieren. Sie wollen von niemandem belehrt werden, von keinem heutigen Ausländer, und auch von keinem ehemaligen Inländer, der ihre Überzeugungen und Handlungen zum Fürchten fand. Die neuen Deutschen, auch wenn sie nun nicht mehr über Internierungslager verfügen, sind die alten. Sie wollen so welche wie ihn nicht haben. Seine bloße Anwesenheit ist schon zu viel Erinnerung an die Vergangenheit. Das lassen sie ihn bereits bei seiner Ankunft wissen. Aber er erkennt nicht die Tragweite des Ressentiments, er glaubt wirklich, diese Kälte mit Takt und Freundlichkeit bald aus der Welt schaffen zu können. Und er begeht den tödlichen Fehler, sich mit seinem Film in ihre inneren Angelegenheiten einzumischen.

Nach den Zeitungen gibt ihm auch das Publikum in aller Deutlichkeit zu verstehen: Er gehört einfach nicht zu ihnen. Vorgestern nicht, gestern nicht, heute nicht und morgen auch nicht. Er soll sich wieder davonmachen. Und sie bekommen ihren Willen. Wie zuvor. So ist das in diesem Land. Du darfst nicht bleiben, du darfst nicht gehen, du darfst nicht wiederkommen – alles ist gleichermaßen Grund, dich zu annullieren.

Es gibt keine vorurteilsfreie Diskussion um seinen Film, es gibt kein Publikum für seinen Film, es gibt keine aufrichtige Auseinandersetzung mit seiner Person, es gibt keine neue Arbeit für ihn, und es gibt keine Solidaritätsbekundungen in den Reihen der Filmbranche. Halb wird er totgeschwiegen, halb ekeln sie ihn hinaus. Und nicht einmal, nachdem er weg ist, gibt es jemanden, der sein Bedauern darüber ausdrückt, daß man ihn schon wieder verloren hat.

Er hatte in der Mitte Europas begonnen, seine Kreise zu ziehen. Ungarn, Rumänien, Österreich, Schweiz, Deutschland. Dann hatte das dutzendjährige Weltverwüstungsreich ihn aus der Spur gestoßen, und er mußte sich danach mit beschädigter Navigation im Universum der Heimatlosigkeit zurechtfinden. So war er Rollen spielend über imaginäre Kontinente gezogen und hatte deren imaginäre Nationalitäten durchprobiert, er wurde Franzose und Russe, Engländer und Holländer, Mexikaner und Amerikaner, Ungar und Spanier, Marokkaner und Südafrikaner, Chinese und Japaner. Das alles hatte ihm nicht weitergeholfen, er ging zurück, um die Schande seiner Vertreibung zu beenden. Und es mußte eine Beendigung auf beiden Seiten sein, um wirklich eine Zukunft zu konstituieren. Er hatte nicht wahrhaben wollen, daß seine einstigen Mitbürger und Nachbarn noch immer in Ungeist und Selbstgerechtigkeit verharrten. Er wollte die Versöhnung, aber er wollte sie nicht im Vergessen herbeiführen, sondern auf einem realistischen Boden, als überzeugende Abgrenzung gegen die Vergangenheit, nicht als deren Verleugnung.

Jetzt mußte er es wahrhaben: Das schwarze Loch in seiner Umlaufbahn war an derselben Stelle geblieben, wo Deutschland liegt, und es hatte ihn erneut verschluckt. Es hatte sich geographisch verkleinert, aber es fraß noch immer Lebensenergie.

Alles löst sich aufs unfreundlichste auf. Rechnungen, nicht beglichen. Abschiede, versäumt. Sein Film und seine Person, verachtet und verleumdet, und nach wenigen Wochen inexistent. Bei Nacht und Nebel verschwindet er, ruiniert und gebrochen. Er fällt zum zweiten Mal aus der Zeit. Beschämt und schweigend kehrt er diesem Ort für immer den Rücken.

Stephen D. Youngkin

M – wie Morphium

»Wenn die Zeit dafür kommt, unter eine Brücke zu ziehen«, sagte Lorre einmal zu Burl Ives, seinem besten Freund in Hollywood, »werden wir das tun. Aber bis dahin leben wir Erster Klasse.« Diese Zeit kam früher, als er dachte. Im Juni 1946 erneuerte Warner Bros. seinen Vertrag nicht mehr und beendete damit eine fünfjährige Beziehung, in der sie zusammen mehr gefeierte Meilensteine des Kinos gesetzt hatten, als es in den meisten Märchenbüchern romantische Abenteuer- und Liebesgeschichten zu finden gibt: *The Maltese Falcon, Casablanca, Passage To Marseilles, Three Strangers, The Verdict.* Knapp drei Wochen später gründete Lorre, mit Mickey Rooney als Partner, seine eigene Management Firma. Unter der Ägide von *Lorre Inc.* plante er, als Schauspieler, Regisseur und Produzent zu arbeiten.

Aber Lorre hatte keinen Geschäftssinn. »Er hatte keinen Begriff vom Wert des Dollars«, sagte sein Freund und Anwalt Jonas Silverstone. »Er ging verschwenderisch mit Geld um, wenn er welches hatte. Und er ging verschwenderisch damit um, wenn er keines hatte.« Lorre liebte das Geldausgeben. Er vergeudete es, warf es einfach hinaus. Er war freigiebig mit seinem eigenen Geld und geradezu großzügig mit dem von anderen. Er gab Dinner Parties und zahlte für andere die Zeche; zudem verlangte er von seiner Frau, der deutschen Schauspielerin Karen Verne, ihren Beruf aufzugeben, um nur noch die Rolle der Hausfrau und Gastgeberin zu spielen, und überzog seinen ohnehin gehobenen Lebensstil so sehr, daß sein Zuhause auf der Mandeville Canyon Ranch in die roten Zahlen abrutschte. Die selten gewordene Arbeit in Filmen – zwischen 1946 und 1949 trat er nur dreimal vor die Kamera – zwang ihn auf die Bühnenbretter einer Vaudeville Tour. Im Februar 1947, bei einem Auftritt im Roxy Theater in New York, wurde Lorre von Beamten der Bundespolizei wegen Übertretung der Drogengesetze festgenommen. Er hatte die Wahl: entweder ein Strafverfahren oder sich einer Behandlung in einem staatlichen Hospital in Texas zu unterziehen. Er entschied sich für letzteres.

Lorre gab als Beginn seiner Abhängigkeit das Jahr 1928 an, als eine Lungentuberkulose bei ihm diagnostiziert wurde und er große Mengen Morphium verschrieben bekam. Einem Arzt zufolge, der ihn 1947 behandelte, erschien hinter der langen Reihe von Heilungen und Rückfällen »eine Vorgeschichte aus Depressions- und Angstzuständen, die durch Krankheiten und berufliche Überanstrengung verstärkt und verschlimmert worden waren«. Um es kurz zu sagen, Lorre war körperlich und psychisch abhängig von Opiaten.

Medizinische Lehrtexte beschreiben den typischen Süchtigen als »gequälte, bedrückte und gemarterte Person«, die darunter leidet, »sich für schlecht und unfähig zu halten und sich von der Umwelt mißbilligt, abgelehnt und zurückgewiesen zu fühlen«. (Alfred R. Lindesmith, *Addiction and Opiates*, Chicago, 1947, S. 41 und Sachindra N. Pradhan, Hg., *Drug Abuse: Clinical an Basic Aspects*, Saint Louis, 1977) Im schlimmsten Fall ist er oder sie ein Psychopath, ein Soziopath oder ein Schizoider. In *Comedy Of Terrors*, einem seiner letzten Filme, faßte Lorre sein Leben vielleicht am besten zusammen, als er seinen Kopf auf den Tisch schlägt und in wimmerndem Ton ein improvisiertes »Ich bin so empfindsam« von sich gibt.

Hat er die Tragik, die Frustration, das Mißlingen im Leben heftiger und einschneidender empfunden als andere? Waren seine Rationalisierungen eine wirkliche oder nur eine vorgeschobene Vernebelung, um menschliche Schwäche zu verdecken? Vergleicht man die Zeiten seiner Drogenabhängigkeit und drogenfreien Phasen mit den Höhen und Tiefen in seinem privaten und beruflichen Leben, gerät man in unauflösbare Widersprüche. Während seiner produktiven ersten Jahre in England und Amerika machte Lorre ausgiebigen Gebrauch von Morphium, Dilaudid und Pantopan, um den Anforderungen und Anstrengungen des Filmens standzuhalten. Andererseits charakterisieren eine gesunde, sportliche, drogenfreie Lebensführung seinen erfolgreichen Einsatz bei Warner Bros. Anfang bis Mitte der 40er Jahre.

Erst nach 1946 beginnt seine Krankengeschichte sich dem Lehrbuch-Profil anzugleichen. Wegen schmerzhafter Stirnhöhlenbeschwerden, die von künstlichem Nebel auf einem Filmset verursacht wurden, hatte ein Arzt

Lorre, auf dessen Drängen, den Morphium-Ersatz Dilaudid verschrieben. Sein neuerlicher Gebrauch von Drogen und Karens Trinken trieben sich in ihrer zerbrechenden Ehe gegenseitig in die Höhe, jeder machte den anderen für die eigene Sucht verantwortlich. Im Mai 1949 brach alles zusammen, seine Partnerschaft bei der Management Firma, seine wacklige finanzielle Situation und sein Traum von beruflicher Unabhängigkeit.

Lorre war bankrott. Er stand ohne Aussicht auf Filmarbeit da, so verließ er Hollywood und ging mit seiner Bühnenshow auf Tour nach England. Karen fuhr weiter nach Garmisch-Partenkirchen, um ihre Schwester zu besuchen. Sie glaubte, ihre Ehe wäre vielleicht doch noch zu retten, wenn sie Peter von den Drogen wegbekommen könnte. Als sie ihn jedoch am Münchner Flughafen abholte, sah sie die Symptome und brachte ihn sofort in Wiggers Kurheim unter, einem Sanatorium für Entziehungskuren.

Lorre gab an, er wäre nach Deutschland zurückgekehrt, um Freunde zu besuchen. Dahinter lag jedoch das unbewußte Bedürfnis, Kontakt mit der Vergangenheit aufzunehmen und aus ihr das herauszuholen, was Hollywood ihm verweigert hatte: eine zentrale Rolle in einem künstlerischen Film.

Was er wollte, war noch einmal so etwas wie *M*, einen Filmklassiker, der ihn an die Spitze seiner Profession zurückbringen würde. Als Gegenleistung würde er Deutschland Verständnis und Mitgefühl entgegenbringen. Das klang nach einem guten Handel, fast genau wie der, den er 1931 vor dem Femegericht in *M* vorgeschlagen hatte. Und warum nicht. Seine Drogenabhängigkeit war ihm ja auch damals nicht im Weg gewesen.

Wenn man auf Morphium ist, so erklären es die medizinischen Lehrbücher, »erscheinen die Dinge plötzlich einfach, die vorher schwierig schienen«. (Lindesmith, S. 28)

Lorre versprach dem Produzenten Arnold Pressburger, »er würde das Zeug nicht nehmen«, erinnerte sich sein Sohn Fred, der nach dem Tod seines Vaters die Produktion des Films weiterführte, »aber ich glaube nicht, daß das lange anhielt«. Früher oder später beschwatzte Lorre fast jeden, der ihm zuhörte. Vom Erfolg solcher Gespräche hing oftmals ab, ob es ihm gelang, neuen Stoff zu kaufen. Unglücklicherweise hatte Lorre zusätzlich zu seinem Gehalt noch ein Spesen-Konto zur Verfügung. »Er hatte, glaube ich, etwa 200 Mark Spesengeld pro Tag«, erinnerte sich C.O. Bartning, der Schnittmeister des Films. »Ich weiß noch, daß uns das damals unerhört hoch erschien, aber das Geld war immer alle.« In einem Moment von offenbar großer Verzweiflung bot Lorre F.A. Mainz, der den Film mitfinanzierte, die Auslandsrechte zum Kauf an, die er gar nicht besaß. Als er dies schließlich erfuhr, verlangte Mainz die $ 5.000 zurück und bedrängte Pressburger. Der antwortete ihm kurz und bündig, er wäre gerade von allem Glück verlassen und hätte keinen Pfennig in der Tasche.

Daß Lorres Morphiumsucht die Produktion des *Verlorenen* behinderte, ist wohlbekannt. Sogar diejenigen unter den Darstellern und im Produktionsstab, die nicht eingeweiht waren in dieses Geheimnis, das man kaum eines nennen kann, redeten über seine offensichtliche Krankheit und die nicht zu übersehende Anwesenheit eines Arztes an seiner Seite. Für alle, die ihm nahestanden, war seine Abhängigkeit überdeutlich. Tatsächlich versicherte er Pressburger, daß er seine Veranlagung unter Kontrolle hätte, »und er sagte, wenn man Drogen nimmt, muß man sich absondern, denn andernfalls ist man einfach verloren«.

Aber wo zieht man die Trennungslinie bei dem Einfluß, den die Abhängigkeit als zuträglicher oder abträglicher Faktor in der Produktionsgeschichte des *Verlorenen* hatte? Im *New York Medical Record* (1935) merkt Dr. Ivan Ostromislensky dazu an: »Das Phänomen des Morphinismus erscheint von außen gesehen als eine chaotische Mixtur aus seltsamen und offensichtlich unlogischen Fakten, scheinbarem Unsinn und verschiedenen Paradoxen«. (Ivan Ostromislensky: *Morphirism*; New York Medical Record, 1935).

Seinen Mangel an Regie-Erfahrung einmal beiseitegelassen, gelang es Lorre einfach nicht, den Film als Ganzes zu sehen, er war zu sehr mit Details beschäftigt, besonders mit der Inszenierung der Schauspieler, und das ging auf Kosten des Erzählens.

Was er mit seinem Film sagen wollte, blieb offen. »Das Hauptproblem war das Drehbuch«, behauptete Pressburger, »denn es war nicht richtig klar, wovon der Film handeln sollte.« Die ursprüngliche Idee – ein Motiv, das aus einer Novelle von Guy de Maupassant geborgt ist, in der ein Mann sich an seiner Verlobten rächt, nachdem diese ihn betrogen hat – schien vertraut und leicht zu bewältigen. Lorre aber wollte der Zeit einen Spiegel vorhalten und ein »ungeschminktes Bild der Wirklichkeit« entwerfen. Dann traf er auf den Journalisten Egon Jacobson, der eine Zeitungsmeldung über einen Arzt hatte, der sich in der Nähe eines Flüchtlingslagers vor einen Zug geworfen hatte, nachdem er seinen Assistenten erschossen hatte. Lorre änderte nicht so sehr seine Richtung, sondern erweiterte den Umfang, den Horizont der Geschichte. »Das Untier«, einer der vielen Arbeitstitel des Films, stellte die gewaltige Staats-Kriminalität dem Schicksal eines einzelnen Menschen gegenüber, einem Mörder, der das Opfer einer mörderischen Zeit wird.

»Wenn mein Film auch nur einem einzigen Menschen hilft, sein Gewissen zu erleichtern«, erklärte Lorre in einer Pressemitteilung, »dann habe ich ihn nicht umsonst gemacht.« Obwohl das Drehbuch mit jeder Änderung immer deutlicher und aktueller wurde, blieb er weiterhin dabei, daß dies ein psychologischer Film über Menschen wäre, nicht Politik.

Leider begnügte sich Lorre nicht damit. Die Konfrontation mit der Nachkriegsrealität verschärfte sein politisches Wahrnehmungsvermögen. »Peter war bis Ende der 40er Jahre«, sagte Axel Eggebrecht, einer der Autoren des Films, »ein unpolitischer Mensch. Dann änderte sich das durch Gespräche mit vielen Menschen, auch mit mir. Und natürlich durch das Erleben dieser deutschen Nachkriegswelt, mit ihrem Unwillen, das überstandene Verbrecher-Regime zu kapieren, mit ihm gründlich abzurechnen. Ich meine, daß Peter nicht plötzlich, sondern nach und nach zu politischen Einsichten kam. Bei alledem darf man nie vergessen, welche Rolle das Problem Morphium ständig spielte.« Genau vor seinen Augen entdeckte Lorre, daß der Geist des Faschismus noch immer lebendig war, wenn nicht gar gesund und munter; und fester verwurzelt, als er sich aus der Entfernung je vorgestellt hatte. Er entdeckte ein verwüstetes und demoralisiertes, aber auch zynisches und selbstmitleidiges Volk, das sich weigerte, die Verantwortung für das Geschehen der jüngsten Vergangenheit zu übernehmen. Die Ent-Nazifizierung behandelte nur die Oberfläche, wie eine Gesichts-Creme, mit der man für eine kurze Weile die Fältchen glätten kann. Die alten Ideologien hatten überlebt.

Nazis gingen durch die Straßen, lehrten in Schulen, besetzten Posten in Stadtverwaltungen und Geschäftsbüros, unverändert und unwillig, mit der Vergangenheit zu brechen. Einige Jahre später gab Lorre zu, daß er Deutschlands Wunsch nach »Vergebung« nie hatte hinnehmen können, und daß er niemals die Lektionen der Nazi-Ära vergessen würde.

»Selbstverständlich sollte der Film eine Metapher für Deutschland sein«, erklärte Fred Pressburger. »Er war Deutschland gegenüber sehr feindselig eingestellt. Er verabscheute die Nazis und ihre Verbrechen, und so sagte er, nun, das bin also ich, wie ich durch Zufall und in einem Anfall von Zorn eine Frau ermorde, und ich finde Gefallen daran. Und das war wirklich seine Idee von einer Metapher auf Deutschland.«

Lorre arbeitete mit einem unfertigen Script als Vorlage, das sich erst im Laufe der Dreharbeiten entwickelte. Täglich, manchmal stündlich, nahm er Änderungen vor. Er ließ bis in die Nächte hinein neue Szenen für die Dreharbeiten des folgenden Tages schreiben, und er ermunterte seine Schauspieler, Dialoge zu improvisieren, wo auf dem Papier keine waren. Die Löcher im Drehbuch ließen Lorres und Eggebrechts politischer Zeitkritik Raum, sich einzuschleichen. Plötzlich findet Dr. Rothe (Lorre) sich in eine politische Verschwörung verwickelt, die an die Vorbereitung des Attentats auf Hitler vom 20. Juli erinnert. Mitarbeiter und Kritiker empfanden gleichermaßen, daß dies die Glaubwürdigkeit über Gebühr strapazierte und wirkte, als sei es dem Film im nachhinein aufgezwungen worden.

»Er wollte einfach alles«, sagte C.O. Bartning, »alles sollte hineingepackt werden.« Der Story von einem psychisch getriebenen Mörder wurde ein Motiv von Maupassant hinzugefügt, außerdem das schwere Geschütz einer, von manchen als schwerfällig gewerteten, politischen Botschaft, und auch noch die Idee des Schillerschen tragischen Helden, den Lorre in Dr. Rothe sah. Aber wie Friedrich Schiller verirrte sich auch Lorre inmitten der vielfältigen Einflüsse, die sich in einem politischen und literarischen Labyrinth aus guten Absichten gegenseitig verzerrten. Die wechselnden Perspektiven im *Verlorenen* verwirrten die Bedeutung der Metapher. Welche Hoffnung, welches Verständnis Lorre auch immer anbot – für Deutschland, für Rothe, für sich selbst – in der quälenden Schlußszene, als er vor die herannahende Lokomotive trat, wurde das zerstört.

Falls die lockere Entwicklung des Drehbuchs ein Spiegel von Lorres eher wechselnden Gemütsverfassungen war – in der einen Minute Melancholie, in der nächsten ein wuchtiger Ausbruch – so zeigte seine Schauspielerführung jedoch eine bemerkenswerte und unerwartete Konzentriertheit. »Lorre liebte seine Schauspieler«, sagte Lotte Rausch. »Er war besorgt um sie, und dieses Besorgtsein kam natürlich als Echo auf ihn zurück ... Er befahl nie, er überzeugte, er hörte sich andere Meinungen an und diskutierte ruhig, sich fast entschuldigend, daß er anderer Meinung sei. Er gewann sie alle zu Freunden.« Obwohl er schlank war und fast zerbrechlich wirkte, »erfüllte Lorre den Raum mit einer Aura«, erinnerte sich Gisela Trowe. »So etwas hatte ich zuvor noch nie erlebt«. Mit seiner entwaffnenden Wärme erzeugte er eine Offenheit, die alle Zurückhaltung beiseiteschob. »Wenn du Lorre zuhörst, bist du nicht fähig zu lügen.«

In fertiger Form hatte Lorres Film noch keinen Titel. Axel Eggebrecht schlug *Der Verlorene* vor. »Natürlich reflektierte dieses Thema Peters ganze bedrückte Situation.« Allein, besiegt, in sich zurückgezogen und äußerst fatalistisch – sind Lorre und Rothe nicht voneinander zu trennen. Gegen laute Geräusche empfindlich, baute der Schauspieler und Regisseur sich eine schalldichte Kammer innerhalb des Aufnahmestudios, in die er sich zu den Konsultationen mit seinen Autoren und Schauspielern zurückzog. Er begann mittags mit der Arbeit, zu der er unrasiert erschien und so eine panische Suche nach einem Friseur auslöste. Er ging fast nie zum Essen aus und sprach selten über sich. Lotte Rausch zufolge »war eine Aura von Unnahbarkeit um ihn. Und jeder respektierte diesen Wunsch nach Isolierung«. Wenn ihn depressive Gefühle befielen, entschuldigte Lorre sich und kam ein paar Minuten später in wiederbelebtem Zustand zurück. »Erneut der Einfluß jener furchtbaren Spritzen«, merkte Eggebrecht dazu an.

Die Kunst imitiert das Leben, wenn Rothe, die dunkle Silhouette seiner Gestalt gegen den grauen Himmel abgehoben, allein durch die Landschaft geht. Er legt fast nie den schützenden Mantel ab, ein Kleidungsstück, mit dem das Bild von einem Mann evoziert wird, der sich verfolgt fühlt und versteckt, immer bereit, die Flucht zu ergreifen. Rothe bewegt eine hölzerne Spielzeugfigur, indem er an den Schnüren an beiden Enden zieht, so wie er von einer namenlosen Macht in seinem Inneren kontrolliert wird. Lorre richtete die Kamera in Großaufnahme auf Rothe, aber er rahmte damit ein Selbstbildnis, das eines verlorenen, einsamen Mannes, der in einem dunklen Kampf gefangen ist und nach einem Ausweg sucht. Er war, wie Herbert Timm ihn am 17. November 1951 im Bremer *Weser-Kurier* beschrieb: »... die müde Traurigkeit seiner Augen, das resiginierende Zucken des Mundes, der nicht mehr lachen kann; eine verlorene Geste, ein hoffnungsloses Heben der Schultern. Wie er seinen Dr. Rothe spielt, sparsam in der Bewegung, mit einem hingeworfenen Wort Abgründe aufreißend, wie im scheinbar Nebensächlichen sich eine Welt von Gedanken aufbaut – das ist einmalig.«

Es war ein Selbstportrait, nicht das eines Mörders, sondern das eines Mannes, der sich aus dem Zugriff der Vergangenheit zu lösen suchte, um schließlich doch erkennen zu müssen, daß es kein Vergessen gibt. Ebenso wie Rothe sich nicht aus einem unwiderruflichen Schicksal befreien konnte, so konnte auch Lorre nicht seine Sucht oder die Dämonen abschütteln, von denen diese Abhängigkeit herrührte.

»Wir wollen einen neuen Realismus erschaffen«, sagte er. »Es soll ein künstlerisch verdichteter dokumentarischer Spielfilm werden.« Lorre verlieh dem Film eine innere Realität, die sich wie ein dicker Nebel über die Produktion legte. *Der Verlorene* war, vor allem anderen, ein persönlicher Blick in ein privates Leben. Seine Zurückweisung zermalmte ihn. »Es war eine Fehlgeburt«, sagte Peters Tochter Catharine. »Für ihn war der Film gelungen. Er repräsentierte in jeder Hinsicht seine schöpferischen Fähigkeiten. Sehr, sehr viel seiner Energie war verbraucht.«

In der Tat besiegelte der Mißerfolg des *Verlorenen* Lorres eigenes Schicksal. Er blieb den Spätherbst und frühen Winter 1951 in Deutschland und hoffte, der Film würde doch noch an Popularität gewinnen und ihm so weitere Regieangebote einbringen.

»Wir saßen in seinem kleinen, trostlosen Hotelzimmer am Münchener Karlsplatz«, erinnerte sich der Journalist Manfred George. »Er sprach von seiner Enttäuschung. Er war müde und deprimiert, und alles schien sehr weit weg ... Lorre saß da und wartete, daß ein Hotelangestellter ihm telephonisch die Ankunft von Filmproduzenten und -verleihern mitteilte. Es meldete sich niemand.«

Fritz Göttler

Kolportage braucht Kaloderma

Eine Zeit der Kolportage bricht an ... Der Illustriertenroman ist ausgestorben. Alles ist ganz anders heute. Was mittlerweile geschieht zwischen Texten und ihrem kommerziellen Umfeld (exemplarisch in den Werbeblöcken des Fernsehens), bedeutet eine Wendung um einhundertundachtzig Grad. Und hat also, evidenterweise, mit den alten Techniken (des Schreibens, der Vermarktung, des Lesens) nichts mehr zu tun.

Der Verlorene im Buch ist nicht *Der Verlorene*, wie er in der *Münchner Illustrierten* war. Der Roman hat sich genetisch verändert, in seiner Substanz. Eine Permutation überhaupt, ihn als Roman zu lesen. Wobei dieses Lesen – auch in der neuen, der reinen Form, bleibt *Der Verlorene* generell, dem Genre nach, ein Kolportageroman – viel zu tun hat mit der materiellen Konsistenz: dem Papier und seiner Dichte, dem neuen feinen Weiß, der Schrifttype. Der Konsequenz, mit der der Text »fortlaufend« gemacht wurde.

»Meine Herren, Sie erkennen, wie ich bereits vorhin so treffend feststellte: Kolportage ... Kolportage ... Von einem anständigen Armeeoffizier kann ein zeitgenössischer Autor eine Menge lernen.«

Kolportage hat ihr Kolorit. Kolportage funktioniert nicht ohne Kontext. Es muß fortwährend die Gefahr bestehen, das Risiko, daß der Leserblick abgelenkt wird und nicht mehr zurückfindet zum Punkt seines Abschweifens.

Kolportage, das schließt immer den Blick ins Nebenan ein, fordert ihn gerade heraus. Der Kolportageroman weiß, er steht nie im Zentrum des Interesses. *Der Verlorene* ist klassische Lektüre für den Zerstreuten, für die Orte der Zerstreuung.

Kino braucht Kolportage. Kolportage ist Kino und war es bereits, als die Technik der bewegten Bilder noch nicht vorgegeben war. Denn das Kino ist primär – siehe Eisenstein, Dickens, Griffith und wir – eine Form von Erzählung, und das Unabhängige von Abbildung und Photographie.

Nur die einfachsten Stoffe, mit dem Blick auf die Formel, auf die *headline* erzählt. Kolportage ist immer »unter Niveau« – und deshalb mehr als Literatur.

Ein eigentümliches Material, brüchig und gebrochen: das Leben selbst, aber keineswegs wie es so spielt. Die Kolportage kennt keinen Blick dahinter, sie sucht nicht nach Sinn, ihre Erzählmaschine ist, der Erzählführung und dem Erzählrhythmus nach, programmiert auf Recycling. Ein Kreislauf – zwischen Leben und Schreiber, zwischen Text und Leser.

Kolportage, Montage:

Einer stellt sich dumm und ist schlau …

Glatteres, bequemeres Rasieren mit Palmolive Rasierseife. Das haben Millionen Männer festgestellt …

Inge tat immer, was ich wollte. Und sehr bald hatte ich die ersten Kopien der so wertvollen Versuchsreihen. Frisch aus der Schreibmaschine. Soeben von Herrn Dr. Rothe meiner Tochter diktiert. Der brillante Diagnostiker Dr. Rothe … merkte gar nichts. Na ja, Verliebte merken ja nie etwas.

Ein Blick ins Traumland ist verheißungsvoll. Ein wenig träumen – wer täte das nicht gern? Im praktischen Leben aber heißt es, auf dem Posten zu sein: Tag für Tag. Kluge erfahrene Frauen wissen auch während der kritischen Tage den Widrigkeiten des Daseins ein Schnippchen zu schlagen! Niemals verzagt und immer zuversichtlich wirken sie auch dann stets liebenswürdig und anziehend, denn die millionenfach bewährte CAMELIA-Hygiene ist für sie die Brücke zum Wohlbefinden und zur Selbstsicherheit. Viele Lagen feinster flaumiger CAMELIA-Watte (aus Zellstoff) garantieren höchste Saugfähigkeit. CAMELIA bewahrt Sie vor jedem inneren Druck- oder Staugefühl. Abgerundete Ecken sorgen für beschwerdeloses und unauffälliges Tragen.

Warum? Ich hatte mir längst abgewöhnt, etwas zu entgegnen oder zu fragen. Ich gehorchte und kassierte. Deshalb markierte ich auch nachts im Treppenflur einmal eine Herzattacke.

Berufe, die NERVEN kosten: Der Börsenmakler. Gute Nerven – das sind aber lecithinreiche Nerven. Dr. Buer's Reinlecithin ist wirklich konzentrierte Nervennahrung.

Wenn möglich bleibe ich beim Aquavit. Der stärkt mein Erinnerungsvermögen. Ja, beim Nervenkrieg waren wir stehengeblieben. Und dann befahl mir einmal mein Kontaktmann: Locken Sie den Dr. Rothe in Ihr Haus.

Zehn Divisionen schweigen.

Verfolgen Sie unseren großen Spionage-Roman über den Frauenmörder Dr. Rothe.

Die *Münchner Illustrierte* setzt hier ihre Veröffentlichungen über Kennzeichen, Photos und Feldpostnummern vermißter Soldaten fort, die ihren Angehörigen aus den ehemaligen Kampfräumen Norwegen, Dänemark, Holland, Belgien, Luxemburg, Frankreich, Italien, Afrika, Westdeutschland und zur See ein letztes Lebenszeichen gegeben haben. Wir bitten unsere Leser um zweckdienliche, zuverlässige Hinweise bei dieser verantwortungsvollen Aufgabe. Bitte richten Sie Ihren Brief an die MÜNCHNER ILLUSTRIERTE mit dem Vermerk »Zehn Divisionen schweigen«. Die Nachrichten werden von uns sofort an den Suchdienst Rastatt weitergeleitet.

Das Haus nannte ihn einen Strolch und bedauerte sein Opfer, die Gattin, noch tiefer als bisher, was sich gelegentlich bis zur Überlassung von Milch an Mieze steigerte.

Kolportage braucht Kaloderma.

Die Seife gehört zu den vorrangigen Produkten, für die um den *Verlorenen* herum geworben wird. Ein Gedanke der Reinheit, der mit hineinspielt in den Text des Romans. Der Tod gewinnt eine andere Wertigkeit dadurch, eine andere Endgültigkeit.

Der Verlorene ist völlig deplaziert: im Werbewunderland der Reklame eine Geschichte von wandelnden Toten in den Bombennächten des untergehenden Reiches.

Die Reklame ist mehr als der Rahmen, der Roman mehr als die Füllung der Reklame. Sie sind ineinander verhakt, zwischen beiden findet eine Kommunikation statt, die einen schwindeln macht, mehr als der raffinierteste erzählerische Kunstgriff es vermöchte.

Bezeichnend, daß so etwas nicht funktioniert im anderen Medium, im Fernsehen, mit seinem product placement und seinen Werbeblöcken. Die bleiben immer außerhalb, die Grenze ist undurchlässig.

Im *Verlorenen* findet in der *Münchner Illustrierten* die neue Welt des Konsums ihr Spiegelbild – und zeigt darin, was weiterragt aus den Jahren, die überwunden schienen, in die Zukunft.

Zeitgeschichte aktuell, kein Historiker könnte es anschaulicher. Was unmöglich schien, ist eine einfache Frage der Evidenz. Man vibriert, wenn man die Sätze des Romans liest, als Echos einer weiter präsenten Welt.

Im Roman plaziert, Produkt Nr. 1:

»Nee, Marquard, ich ziehe meine 0,8 einem zivilen Selbstmord vor. Sie hat bisher immer zufriedenstellend gearbeitet ... sehr zufriedenstellend sogar.«

Im Roman, Produkt 2;

Rothe betrachtet, mit welch liebevoller Sorgfalt einer der Offiziere eine Flasche Kognak entkorkt. Ein anderer befühlt sie und sagt: »Was ist denn das? Armagnac muß doch Zimmertemperatur haben!«

Da ergreift Oberst Winkler das Wort: »Zimmertemperatur? Mensch! Beydersalm, hast du denn noch immer nicht begriffen? Meine Herren, ich will keine großen Worte machen ... aber eins steht wohl fest: wir leben in Tagen, da sind Privatangelegenheiten ... und Reminiszenzen à la 70 ... 71 ..., braver Soldatentod und Zimmertemperatur von Armagnac ... und all so was ... also das müssen wir aufstecken.«

Daneben:

Henkell. Ein KLASSIKER des Weinkellers.

HENKELL TROCKEN: Eleganter, reifer Sekt, dessen vornehmer Charakter den Ruhm des Hauses Henkell begründete.

HENKELL PRIVAT: Rassige, blumige Art. Aus feinsten Kreszenzen hergestellt und in besonders langer Lagerung gereift.

HENKELL NATUR »1942er«: Spitzenerzeugnis des Hauses. Ausschließlich aus erlesenen Champagne-Weinen des Jahrganges 1942 hergestellt. Herbrassiger, edler Sekt von großem Format und höchster Eleganz.

Daneben:

»Rühren Sie sich nicht!« Rothe zieht den Revolver und geht auf Hoesch zu. Den Revolver hält er auf dessen Kopf gerichtet: »Ein Stück Dreck weniger! Ein Stück Abfall dieser Zeit! Sie! Winkler! Ich! Weg mit uns! Weg! Abfall!«

Die Knappheit der Lebens-Mittel, das ist das Thema des Romans, die Versorgung zu Kriegszeiten: mit Liebe auch und mit Geborgenheit und Sex. Der Kaufrausch ist der richtige Kontext dazu, die neue völlige Verfügbarkeit.

Hier ist der eigentliche Diskurs zu suchen, den der Roman bietet, da werden die Fragen von Handlungsführung, von Psychologie oder Dramaturgie obsolet. *Der Verlorene* bietet Soziologie in ihrer ursprünglichen Form, selbsterlitten, selbsterlebt.

Vergleichbar ist, wie der Lorre-Roman hier funktioniert, mit dem, was im Kino bei Fassbinder passiert: das Individuum zerfällt in die Reflexe der Welt drum herum, eine Reklame für's synthetische Ich. Peter Lorre Biberkopf: *Der Verlorene* ist die Nahtstelle zwischen *Berlin Alexanderplatz*, dem Roman, und der *Ehe der Maria Braun.*

Einer, der ... die Formel, die den Roman von Lorre durchzieht, das ist auch der Satz, auf den Fassbinder seine Filme hintrimmen wird. »Einer, der eine Liebe im Bauch hat, der muß nicht am Flipper spielen, weil eine Liebe schon genug mit Leistung zu tun hat, daß man die Maschine nicht braucht, gegen die man doch nur verlieren kann. Wenn eine Frau im Regen steht und weint, dann hat sie der Geliebte verlassen. Und – er hat sie verlassen, weil sie es nicht geschafft hat, ihn an sich zu fesseln. Es ist schon eine Anstrengung dabei, bei der Liebe, das ist eben so. Begrenzungen machen frei. Terror kann nicht so grausam sein wie die Angst vor dem Terror. Oder – verlassen zu werden, kann nicht so einsam machen wie die Angst vor dem Ende, denn die Angst vor dem Ende schafft ein Klima, in dem hast du Angst vor dem Terror. Alles in Einzelteile zerlegen und neu zusammensetzen, das müßte schön sein. Man kann immer nur ausgehen von dem, was ist. Keine Utopie ist eine. Und die Vorstellung von einer schönen Liebe ist eine schöne Vorstellung, aber die meisten Zimmer haben vier Wände, die meisten Straßen sind gepflastert, und zum Atmen brauchst du Luft. Ja – die Maschine ist ein perfektes Ergebnis des Kopfes. Ich hab mich entschlossen, ich spiele wieder Flipper und laß die Maschine gewinnen, egal – der letzte Sieger bin ich.« (März 1971)

Ich will nicht mehr, daß ihr mich liebt: Die Geschichte vom Frauenmörder Dr. Rothe ist die von einem Menschen, der verführt und verraten werden will. Und der deshalb eingerahmt gehört von einer Galerie koketter, verführerischer Frauen. Frauen vor dem Spiegel, am schönsten die in der Werbung mit der Art-deco-Kienzle-Uhr, oder die mit der Kaloderma-Margerite im Ohr. Ihr Blick geht nach draußen, kein Leser kann ihn einfangen. Unberührbare Frauen, Frauen, die uns nicht gehören werden.

Leben und Tod, die Begriffe decken einander. Die Toten leben, und die Existenzweise der Liebenden ist dem Tode verwandt. Auch das eine Fassbinder-Formel der Siebzigerjahre. Misanthropie, Melancholie, Verzweiflung: im Kolportageroman sind sie eine Frage des Handwerks, nicht der Aussage oder der Stimmung.

Das Vertrauen von Millionen moderner Frauen zur CAMELIA-Hygiene gründet sich vor allem auf die unbedingte Gefahrlosigkeit für die Gesundheit, denn die naturgemäße CAMELIA-Hygiene stört oder beeinflußt die körperlichen Vorgänge in keiner Weise. Verantwortungsbewußte Frauen ziehen diese Sicherheit jeder anderen Lösung vor.

Kolportage ist product placement pervers: Nicht das Werbeprodukt wird eingeschmuggelt in den fortlaufenden Text, der Text selbst infiltriert die Konsumwelt, in der er zirkulieren soll. Er ist der Eindringling, der Fremde, der Verlorene.

Eine Zeit der Kolportage bricht an …

Aber manche ihrer Helden sterben, wie nur wirkliche Helden sterben.

DER
VERLORENE

DIESER FILM
IST NICHT FREI ERFUNDEN
DEN VORGÄNGEN LIEGEN
TATSACHENBERICHTE
AUS DEN LETZTEN JAHREN
ZU GRUNDE

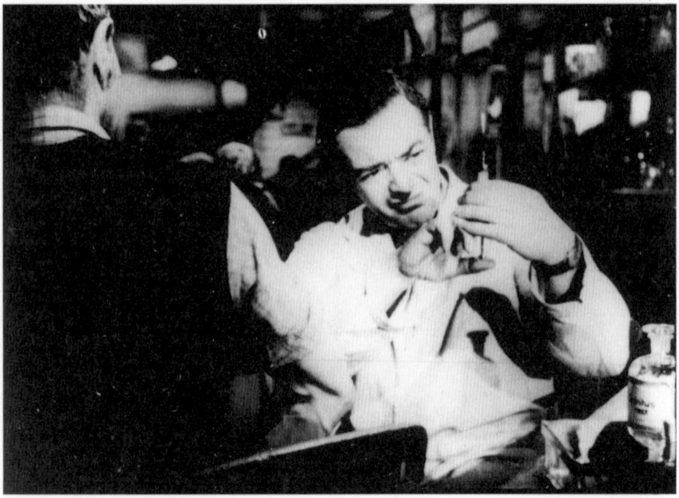

1

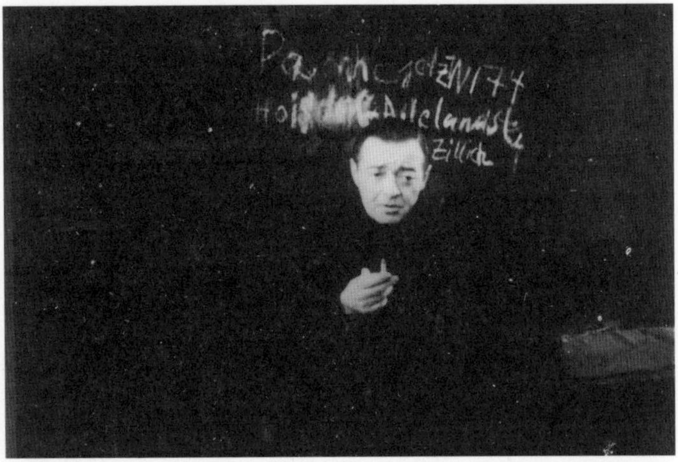
Zillich

Friedhelm Werremeier

Alle tot

Ein unguter Vorfall und die möglichen Ursachen

Es war die Zeit, in der man in der Hamburger S-Bahn noch rauchen durfte, ist also schon sehr lange her. Morden, allerdings, durfte man in der Hamburger S-Bahn wie in allen anderen Bahnen der Welt noch nie, schon gar nicht im Zweiten Weltkrieg, in dem es in Berlin ein gewisser Ogorzow tat und folgerichtig zwangweise zu Tode kam; deswegen nimmt auch diese melodramatische Geschichte aus der ersten Hälfte unseres Jahrhunderts, in der nicht nur in der S-Bahn ständig geraucht wird, erwartungsgemäß ein reichlich ungutes Ende. Alle tot, wie bei gänzlich anderer Gelegenheit ein Blondchen lakonisch sagte – dann nämlich, als die junge Dame ihren ersten Stierkampf erlebt hatte und gefragt worden war, wie's denn gewesen sei.

Tun wir ihm unrecht mit solcher Art Ironie? Sammeln wir hämischer- und zudem unnützerweise glühende Kohlen auf das ebenfalls längst, seit 1964, tote Haupt Peter Lorres? Wäre nicht ein bißchen mehr an Respekt für seinen Film *Der Verlorene* angebracht und/oder Ehrensache, jenes Werk, das sich der Kettenraucher selbst auf die Lunge geschrieben hatte, bei dem er erstmals selbst

Regie führte und zum ersten Male als Skript- und Romanautor wirkte, seinen schier verzweifelten und letztlich gescheiterten Versuch, nach den gar nicht immer ganz bitteren Jahren der Hollywood-Emigration anno 1950 wieder Fuß zu fassen im neuen Deutschland? Sollte man der Sache nicht etwas mehr an *hardboiled melancholy* wenn nicht unterlegen, so doch wenigstens unterstellen? Deutlicher darauf hinweisen, daß nach der profunden filmhistorischen Überzeugung von Ulrich Gregor und Enno Patalas »der (damals) moderne Pessimismus mit Lorres *Verlorenem* seinen konsequenten Stil fand«, effektiv einen, »der an den Nachexpressionismus der frühen Tonfilmjahre anknüpfte«?

Fragen über Fragen beim Betrachten und Bedenken des von Leo Kirch als Videokassette wieder in den Handel gebrachten Streifens, aber auch beim Lesen des gleichnamigen Romans, aus dem Archiv der alten *Münchner Illustrierten,* die ihn vorabdruckte, herausgefischt und hier zum ersten Mal als Buch veröffentlicht. Nicht uninteressant, wenn auch nicht umwerfend, damit ließe sich die Sache abtun und ablegen – es hat ja alles seinen historischen Platz, wie dieser wunderschöne Satz lautet, mit dem man heute Autoren der ehemaligen DDR-Mittelklasse sofort zufriedenstellt, wenn sie unbedingt wissen wollen, was man von ihrer Arbeit hält. Wenn da nicht dieses eine wäre: dem Kriminalschriftsteller von heute ist eine posthume Rezension aufgegeben worden. Und mit so was läßt sich nichts glattbügeln, damit treibt einer, aus

Gewissensgründen, kein unernstes, gefälliges, allzu konziliantes Schindluder.

Wohlan, immerhin: die gute Nachricht zuerst. Peter Lorre, der Mann aus Transsylvanien, der bis 1921 Ladislav Löwenstein hieß, erhielt 1931 die Hauptrolle in Fritz Langs weltberühmten Film *M.* Der untersetzte Bühnenschauspieler mit den hervorstehenden Augen, ein in der Tat unverwechselbarer Typ, erlebte seinen Durchbruch zum Filmschauspieler als Mörder, und das Image wurde er später auch in Komödien nicht los und nicht in sieben Hollywood-Rollen als Detektiv Mister Moto. Und wie es sicher kein Zufall war, daß er sich, zwanzig Jahre später, bei seinem Deutschlandneuanfang wieder für einen Mörder entschied, so wurde es von Lorre sicher zumindest billigend in Kauf genommen, daß *Der Verlorene* immer dann am eindringlichsten ist, wenn er *M* am ähnlichsten ist. Ein »Reportage-Film« der eine wie der andere, *Der Verlorene* mehr noch als *M.* Hartes expressionistisches Schwarzweiß hier wie dort, Lorres statuarisches, »graphisch« gewordenes Gesicht (fast) immer präsent, formal das Beste seit Kriegsende – man kann der Kritik von 1951 uneingeschränkt zustimmen. Lorres Lakonie in Bild und Dialog, an dem er dieses Mal immerhin mitgewirkt hat – hier ist sie. In Reinkultur.

Kein Wunder, wenn man bedenkt, daß er so auch Hollywood zwar nicht erobert, aber weitgehend überzeugt hat. Beinahe 50 Hollywood-Filme, Rollen in *Casablanca,*

Der Malteser Falke, *Arsen und Spitzenhäubchen*, *Die Maske des Dimitrios* – besetzt von Regisseuren wie John Huston, Alfred Hitchcock, Jean Negulesco, William Dieterle, und, und, und. Menschlich: ein Schatz. »Sie bewunderten Peter Lorre sehr«, heißt es in einem jüngeren Kriminalroman von George Baxt, »so ziemlich jeder in der Branche mochte diesen gnomenhaften Schauspieler mit dem schrägen Sinn für Humor«. Künstlerisch: Lorres nur scheinbar statuarische, manchmal groteske Einsam- und Einmaligkeit, jetzt, in seinem deutschen Film *Der Verlorene*, sogar at it's best. Wie er killt – noch beeindruckend, wenn das Killing unsichtbar bleibt. Wie er schießt. Wie er guckt. Wie er immer noch guckt und genießerisch süchtig qualmt. Wie er stirbt. Und dennoch scheitern jetzt die Lakonie und das Werk. Die schlechte Nachricht.

Der Verlorene ist, nach meiner Überzeugung, vom Drehbuch her eines der verworrensten, quasi ver-lorrensten Werke, die die Filmhistorie aus den Archiven des Transsylvaniers kennt; davon, zwangsläufig, gibt's etliche bei insgesamt 79 Lorre-Streifen. Daran ändern auch die Tatsachen nichts, daß Peter Lorres Arbeit das Prädikat »Wertvoll« und eine »Lobende Anerkennung« des Deutschen Filmpreises erhielt sowie nicht unerfolgreich auf der Biennale von Venedig 1951 gezeigt wurde. Auch der »ungute Stern« über den Dreharbeiten, den uns Lorre-Biograph Friedemann Beyer überliefert, wirft kein milderes Licht auf das Produkt: Lorres Gegenspieler Karl John fiel wochenlang wegen Krankheit aus, Produzent

Arnold Pressburger starb, als ihm das Geld knapp wurde, Lorre lebte in Scheidung, er verliebte sich eben neu, die Rohschnittkopie verbrannte. Und eher bedenklich, vor allem, stimmt es, daß gestandene Profis wie jener Preßburger, der Starreporter Egon Jacobson (wie bereits bei *M*) und die Autoren Axel Eggebrecht und Benny Vigny nach Zeitungsclips die True-crime-Vorlage lieferten und ihre Hände am Filmskript hatten: hat denn tatsächlich keiner der Herren gemerkt, daß das Leben bekanntermaßen die unglaublichen Geschichten, aber weiß Gott nicht immer die besten Drehbücher zu schreiben imstande ist? Daß man gefälligst dran drehen muß, bevor man dann schließlich dreht?

Die Plot-Konstruktion kann so nicht funktionieren: ein Triebtäter, der sich ständig einredet, seine mehr und mehr auflaufenden Blutschulden wiedergutmachen zu müssen, in Personalunion mit einem von den Nazis protegierten Wissenschaftler, einem Serumforscher, dessen kriegswichtige Arbeit Tausenden anderer Menschen den Tod bringen soll. Dazwischen, als modische Garnierung, der beinahe operettenhaft naive deutsche Widerstand und die gleichfalls nicht gerade superschlaue Gestapo-Staatsgewalt. Sie jubelt dem Forscher, Peter Lorre, den skrupellos miesen V-Mann Karl John unter und ins Labor, aber eben nicht, um weiteres Morden zu verhindern, sondern um herauszukriegen, wer denn nun, verdammt noch mal, ein paar besonders brisante Forschungsergebnisse an den englischen Kriegsgegner verraten hat. Bißchen viel auf einmal, möchte man im Verlauf des Filmes immer wieder spontan sagen. Und sagt's am Ende, wenn das Video durch ist, sogar noch deutlicher: viel zuviel auf einmal!

Rückblende um Rückblende im übrigen, die dem Schauspieler viel abverlangt, aber dem Zuschauer nicht sehr viel bringt und so gekonnt daherkommt, daß es ihn zuweilen verwirrt. Nach Kriegsende treffen sich der als Flüchtlingslager-Arzt untergekommene Wissenschaftler und sein agent provocateur, der einen Heilgehilfen mimt, zufällig (!!) wieder; man kann sich in diesem Kontext, im belletristischen *belleville*-Buch, manche Details sparen. Die große feucht-unfröhliche Abrechnung jedenfalls zwischen Lorre und John. Alles, was wir inzwischen doch schon zumindest ahnten, kommt nun auf den Tisch. Lorre schießt John über den Haufen. Lorre läßt sich von einem Zug auf der Bahnstrecke überrollen, die man – wir vermuteten spontan Böses – schon anfangs sah. Seine arme Seele – alle Triebtäter, bestimmt gerade die politisch in der Wolle gefärbten, sind ja arme Seelen – hat endlich Ruhe. Der Film ist zu Ende. Alle tot außer der Polin Iwanja; lesen Sie's selbst, dann wissen Sie, welche Rolle sie spielt und was es mit ihrer Ziegenmilch auf sich hat.

Schade drum, unter dem Strich. Und schade, ebenso, um Lorres »Roman zum Film«. Er erzählt collagenhaft und nicht ungeschickt, aber von vorne bis hinten und zwischendurch auch verwirrend wie heutzutage allenfalls noch der Herr Ransmayr das ohnehin viel zu Viele, das erzählt werden soll. Wo blieb die lektorierende, die ordentliche Handschrift der Profis, die ihren Freund, sollte man annehmen, todsicher auch hier nicht völlig alleine im Regen stehen ließen? Und am Ende möchte man dann eigentlich nur noch erfahren, wer denn nun die einzige wirklich Perle jenes Prosaskripts geschrieben hat, den buchstäblich letzten Absatz. Der, immerhin, ist wunderwunderschön. Endlich *hardboiled melancholy*, die so oft vermißte. Wollen wir uns verständigen: das war Peter Lorre himself and alone!

Der Kriminalschriftsteller von heute wird sich den Film *Der Verlorene* gleichwohl nicht zum letzten Mal angeschaut und das Lorre-Buch gleichen Namens eines Tages sicher nicht bloß einmal gelesen haben. Sei es als lehrreiches Beispiel dafür, was man und wie man es nicht macht, sei es mit einem ehrlichen Bedauern, hier sei einfach zuviel verschenkt und versäumt und zuwenig gestrichen worden, sei es aber auch und vor allem, fast klinisch präzise und gleichzeitig ehrlich gerührt, zu beobachten, wie ein Protagonist noch in der vertracktesten Rolle er selbst bleibt. Nicht als eine Scheinexistenz, wie der sonst so zugewandte Friedemann Beyer sagt, quasi als das eigene Selbstzitat. Nicht als einer, der sich, wie behauptet, mit seiner Festlegung zum Massenmörder der Leinwand deswegen nahezu widerspruchslos einverstanden erklärte, weil er »zum Bösen selbst Nähe verspürte«. Sondern, viel simpler, als einer, der immer wieder sensationell viel Erfolg, unter anderem aber vielleicht auch eine Menge zu schludriger und egomaner Freunde hatte. Sollte ausgerechnet einer wie Bert Brecht, der bis jetzt hier nicht vorgekommen ist, der sich gescheiterweise aus dem *Verlorenen* raushielt und der Lorre eher von seinem Projekt abhalten wollte, sollte dieser Drei-Groschen-Brecht, der rechtens nicht als der Edelste seiner Clique und seiner Zeit gilt, anno 1950 der einzige wirklich Wohlmeinende im Krisen-Umfeld des Peter Lorre gewesen sein?

Claudia Kaiser

Peter Lorre alias Mr. Murder

Ein Doppelgänger zwischen Europa und Amerika

»Die neue deutsche Filmkunst hat den Kampf begonnen, die Weltgeltung wieder zu erringen, die ihr einst die im Ausland unvergessenen Klassiker des deutschen Films erfochten haben.« (*Abendpost,* Frankfurt a. M.). »Was soll uns heute dieser abseitige Fall, dieser filmisch zweifellos unerhört eindrucksvolle Exkurs über einen pathologischen Menschen, dessen Schicksal etwas verwirrend mit den deprimierenden Verhältnissen und Begebenheiten der letzten zehn Jahre in Beziehung gesetzt wird. Dieser Kult des Quälenden ist nur schwer zu ertragen.« (*Westfälische Nachrichten*). Die Presse war gespalten wie selten.

Die einen lehnten den *Verlorenen* ab, weil er einen unrealistischen Kriminalfall mit dem deutschen Kollektivschicksal verband. Und das Schiedsgericht des deutschen Filmpreises sprach dem Film zwar eine Anerkennung aus und lobte, »die mutige Auseinandersetzung mit den zerstörenden Kräften der jüngsten Vergangenheit«, einen Preis wollte es dem Film aber dennoch, oder wahrscheinlich gerade deshalb nicht verleihen.

Die anderen lobten Peter Lorres Film über den grünen Klee und klopften sich stolz auf die Brust: »Ein lang vermißtes Beispiel, daß wir Filme machen können. Ein Vorbild«, schrieb die *Zeit.*

Das Publikum aber war sich einig, es blieb den Aufführungen des *Verlorenen* fern.

Peter Lorre kehrte frustriert nach Amerika zurück. »Wir haben mit ihm erneut einen Mann verloren, der der internationalen Geltung der deutschen Produktion hätte nützlich werden können«, schrieb eine Münsteraner Zeitung. Man schämte sich ein wenig. Lorre war schließlich in Amerika ein Star, das wurde stolz vermerkt, ein Mann, nach dem sich die amerikanischen Soldaten in Deutschland auf der Straße umdrehten und von dem sie Autogramme verlangten. Ein Mann, von dem Charles Chaplin gesagt hatte, er sei der markanteste lebende Schauspieler.

Was in Deutschland tunlichst verschwiegen wurde, war das Genre, in dem es Lorre in Amerika zu Ruhm gebracht hatte. Er war zum Synonym geworden für dubiose, dem Wahnsinn verfallene Gestalten in vielen kleinen und wenigen großen Filmrollen.

Lorre selbst beteiligte sich an der Verleugnung seines Rufs: »Nach *M* habe ich mir geschworen, nie wieder Mörderfilme zu machen, habe Schwur fast 20 Jahre gehalten.« Daß dies nicht der Wahrheit entsprach, zeigt schon der Name, den Hollywood ihm verliehen hatte: »Mr. Murder«.

Peter Lorre war ein klassisches Opfer des *type-casting* geworden. In Amerika hatte er diese Ernennung zum Bösewicht immer wieder bitter beklagt. Obwohl er sich vehement dafür einsetzte, sein Talent auch in anderen

Sparten beweisen zu können, entkam er den kommerziellen Mechanismen der Filmindustrie nicht. »Sein Können wurde von Hollywood nur sporadisch genutzt«, schreibt Rudolf Ulrich über ihn. »Peter Lorre blieb ein skuriles und hochbegabtes Sinnbild einer ganzen Filmepoche, die sich an abseitig-Dämonischem und Neurotischem und deren genialsten Interpreten genüßlich delektierte.«

Als er nach Deutschland zurückkehrte, stand es mit seiner amerikanischen Filmkarriere nicht zum Besten. Arnold Preßburger bot ihm die Chance, seinen ersten eigenen Fim zu drehen. Lorre sollte selbst Regie führen, darüberhinaus schrieb er eifrig am Drehbuch mit und spielte die Hauptrolle.

Was für eine Chance für den gebrandmarkten Peter Lorre, sich seine Traumrolle auf den Leib zu schneidern. Und dennoch wählte er wieder die Figur eines psychopathischen Frauenmörders. War es tatsächlich nur die Koketterie eines eitlen Schauspielers, wenn er sich über das *type-casting* beklagte? Warum wieder diese Rolle, wenn er sie doch so sehr verabscheute?

Es scheint mehr gewesen zu sein, als nur ein faszinierender Stoff, was ihn dazu bewog, diesen Film zu realisieren. Mörder ist eben nicht gleich Mörder, und Lorre nutzte die Möglichkeit, die Figur, die er schon so oft verkörpert hatte, auf eine neue Art zu präsentieren.

Lorre hatte seine größten Hollywood Erfolge in den 30er und 40er Jahren, der Zeit der großen Horrorstars. Die

Monster und wahnsinnigen Mörder, die dem Publikum einen Schauer über den Rücken jagten, wurden meist von europäischen Schauspielern dargestellt. Bela Lugosi stand für Dracula, Boris Karloff für das Frankenstein-Monster und Peter Lorre für Wahnsinn schlechthin. Diese Ikonen des Horror wurden nicht besetzt, weil sie unheimlicher aussahen als amerikanische Schauspieler, sondern weil das Böse und Bedrohliche mit ihrer Hilfe klar von der amerikanischen Realität und Gesellschaft abgegrenzt werden konnte.

Ihr Akzent, ihr Aussehen und vor allem ihr europäischer Schauspielstil, der sich stark von den Konventionen des Hollywoodkinos unterschied, weil er viel exaltierter und übertriebener war, gab ihnen das Flair des Andersartigen. Sie paßten sich nahtlos in die Struktur der damaligen Horrorfilme ein, in denen das Grauen in einer fremdartigen Welt angesiedelt war, die durch ihre Realitätsferne für den Zuschauer nie zur Bedohung werden konnte.

Die stereotypen Horrorfiguren dienten dabei als negativ besetzte Außenseiter der Gesellschaft und ideale Projektionsflächen für die Ängste der eigenen Kulturgemeinschaft. Der Schurke war eine groteske, verrückte und von der Gesellschaft isolierte Figur.

In *Stranger on the Third Floor* oder als der verrückte Arzt Dr. Gogol in *Mad Love* war Peter Lorre so ein Fremder, der von den anderen mißtrauisch beäugt wurde. Lorres hervorstechendes Anderssein wurde optisch durch ein

Äußeres erreicht, das häufig durch groteske künstliche Zähne zusätzlich verfremdet wurde. Sein weicher Akzent wies ihn zudem sofort als Ausländer aus.

Doch Peter Lorre verfügte über ein weit brillanteres Stilmittel als sein Erscheinungsild, das oft als einziger Grund für seine Festlegung auf den unheimlichen Typ gilt. Er wandte einen Schauspielstil an, der seine Wurzeln im deutschen Expressionismus hatte und in Amerika mit Horror und Wahnsinn verbunden wurde. Lorre spielte exaltiert und war weit entfernt von den in Amerika etablierten Realismuskonventionen des verhaltenen Spiels.

Dieser Verzicht auf eine realistische Darstellung ließ die Figur außerhalb der Grenzen des Realen treten und macht sie damit zu einem sofort erkennbaren Außenseiter. Schon im deutschen Stummfilm wurde der häufig thematisierte Wahnsinn mit Hilfe eines überzeichneten Schauspielstils dargestellt. Das ohnehin schon exaltierte und theatralische Agieren wurde so übertrieben, daß die im Expressionismus geforderte Einheit mit den filmischen Dekors aufgegeben wurde, und der Schauspieler daraus optisch ausbrechen konnte.

In Murnaus *Nosferatu* gebärdet sich ein dem Wahn verfallener Geselle des Vampirs in seiner Zelle wild und ekstatisch. Seine Mimik wird von aufgerissenen Augen und Mund geprägt, seine Gesten sind ausladend und übertrieben unnatürlich.

Gerade die deutschen Filmschauspieler, von denen die meisten sich ohnehin als Theatermimen sahen, blieben noch lange dem expressionistischen Stil verhaftet. In Amerika hatte man für die meisten dieser Schauspieler keine Verwendung. Man verlachte den vielgerühmten Fritz Kortner bei Probeaufnahmen in den USA wegen seines *overacting*.

Hollywood bemühte sich seit Griffith und seiner *Stockcompany*, den Schauspielstil in Richtung realistisches und zurückgenommenes Spiel zu entwickeln. Auch Stanislavski hatte großen Einfluß in Amerika. Lee Strasberg entwickelte aus seiner Schule das *Method Acting*. Die Rollen sollten aus der eigenen psychologischen Erfahrung heraus erlebt und nicht gespielt werden. Theatralik vor der Kamera wurde verabscheut, sie hatte nur noch im Horrorfilm ihren Platz.

Lorre zeigte als Kindermörder in Fritz Langs *M* erstmals einen Schauspielstil, für den er in Amerika berühmt werden sollte. In der Verteidigungsszene am Ende des Films steht er in verkrümmter Haltung mit eingezogenem Kopf da. Dann hält er Arme und Hände abwehrend vor das Gesicht, drängt sich in die Ecke wie ein verängstigtes Tier und preßt zur Unterstreichung seiner hysterischen Rede immer wieder die verkrampften Hände vor den Körper. Mit weit aufgerissenen Augen stiert er in die Menge.

Sein ganzes Spiel erinnert stark an eine Stummfilmfigur. Die amerikanischen Filmkritiker waren entzückt. Nicht zu Unrecht stellten sie Lorres Schauspielkunst mit den großen tragischen Heldendarstellern der Theaterbühne – nicht des Films – auf eine Ebene.

Er wiederholte diese Vorführung in vielen amerikanischen Filmen, wahrscheinlich eher unfreiwillig, wie das folgende Zitat vermuten läßt:

»Me act? Why, I just make faces! Really, that's all I do, I make lots of faces and they pay me for it. The director says: „You're mad, Peter. Make like you're mad.« Then pretty soon someone calls out 'one hour for lunch'! I follow the others to the commissary and later return to the set. „Make like you did before lunch, Peter", says the director. „Make like you're mad." So I make like I'm mad again and before long someone says, „wrap 'em up. That's all for today". So I go home, have dinner, go to bed, get up, report for work again and the director says: „Make like you're mad again, Peter. Make like you did yesterday." I find it so easy. I just look mad and like old man river I keep rolling along doing devilish things in motion pictures.«

Der Verlorene spielt in einer dem Zuschauer bekannten Umgebung und einem aktuellen Zeitraum. Auf diesen Realismus wurde großen Wert gelegt. Das Presseheft hob hervor, daß es sich bei diesem Film um den Versuch handle, eine neue Form zu entwickeln. Den Reportage-Spielfilm. »Dieser erstrebt in Handlung und Spiel eine möglichst intensive Annäherung an die aktuelle Wirklichkeit, in der der Filmbesucher lebt, ohne diese Wirklichkeit nur in ihrer Oberfläche zu kopieren.« Es entstand der Begriff des »Lor-realismus«, und man behauptete Lorre wolle den Neorealismus übertreffen. Fast scheint es, als ob Lorre sich krampfhaft rechtfertigen mußte, einen Film über einen Zeitraum der deutschen Geschichte abzuliefern, den er selbst nur von außen betrachtet hatte. »Dieser Film ist nicht frei erfunden«, rollt als Vorspann über die Leinwand.

Die Filmfirma National veranstaltete eine Sondervorführung für Juristen, Kriminalisten, Psychiater und Presse. Bei der anschließenden Diskussion beschäftigten sich die Gäste mit der Realitätsnähe des Falles und sprachen Lorre eine Anerkennung dafür aus »daß hier Themen im wahrsten Sinne des Wortes aus dem Leben gegriffen wurden, die für das soziale Gefüge unseres Volkes von entscheidender Bedeutung sind.« Der Vorspann läuft über ein Bild, das die deutsche 50er Jahre Gesellschaft treffend symbolisiert: eine von Schatten umrandete Backsteinwand. Lorre zeigt die Abschottung einer Gesellschaft und die Sehnsucht, in einem verriegelten Raum die verlorene Sicherheit wiederzufinden. Ein treffender Kommentar auf den Rückzug der deutschen Nachkriegsgesellschaft in ihren häuslichen Bereich und ihr Gebot zu schweigen über das, was geschehen war. Dr. Rothe zieht sich mit Hösch in die leere Lagerkantine zurück, wo sie ungestört sind. Hösch möchte die »unangenehmen« Dinge der Vergangenheit nicht zur Sprache bringen. Er bietet Rothe »Schweigen als dauerhafte und zuverlässige Abmachung« an. Dr. Rothe zeigt sich erfreut, als Hösch zugibt, das Gefühl der Angst zu kennen, und versucht, ihn zu beruhigen: »Hier brauchen Sie keine Angst zu haben. Hier sind Sie sicher. Absolut sicher. Türen sind zu, Fenster sind zu, alles hat aufgehört. Alles bleibt draußen. Auch die Furcht.« Doch die Sicherheit, in der Dr. Rothe Hösch wiegt, ist ein Trugschluß. Am Ende des Films wird er Hösch in eben jener abgeschotteten Kantine erschießen, in die nichts herein kann, aus der aber auch nichts mehr heraus kann. Der sichere Bunker wird zum Gefängnis. Doch zuvor wird das Schweigen gebrochen, das »Unangenehme« der Vergangenheit offengelegt. Der Mörder erhält eine Stimme und darf seine Geschichte selbst erzählen. In Rückblenden reflektiert er seine Taten und beklagt, daß die Gesellschaft seine Gefährlichkeit nicht erkannt hat. Das Krankhafte eines Einzelnen wird nicht mehr als absonderliche Ausnahme behandelt, sondern eingebunden in die Erkrankung seiner Zeit.

Wie sollte sein Wahnsinn auch erkannt werden? Die Figur des Dr. Rothe ist nicht mehr länger ein Außenseiter der Gesellschaft, sie ist ein funktionierender Bestandteil derselben und lebt harmonisch in ihrer Mitte. Dr. Rothe ist ein erfolgreicher Arzt und Forscher, der wenig mit dem verrückten Wissenschaftler aus *Mad Love* zu tun hat. Friedlich lebt er mit seiner Verlobten und deren Mutter in familienähnlichen Verhältnissen. Dieses »nicht erkennen« wird in einer Szene im vollen Zugabteil angesprochen, als ein penetranter Betrunkener die Fahrgäste mit der Frage belästigt: »Sie da, kennen Sie mich?« Er hat mit dieser Frage ebensowenig Glück wie Dr. Rothe. Der einzige, der seine »Abartigkeit« erkennt, ist er selbst. Die

Gesellschaft der Nazi-Zeit ist viel zu sehr damit beschäftigt, die deutlich erkennbaren Außenseiter zu vernichten. Die Greueltaten der Vergangenheit werden angedeutet, als in einer Kneipe einige Gäste folgenden Dialog führen: »Aus so'm Stück Hundeleder hat sich meine Alte jetzt 'ne Handtasche gemacht. Prima, sag ich dir!« »Hundeleder? Schiet, nee!« »So, ist doch nichts dabei, die machen ja jetzt auch Damenschuhe aus Fischhaut. Heute ist ja alles erlaubt!« Dem isoliert agierenden amerikanischen Mörder stellt Lorre einen gesellschaftlich wohl integrierten Psychopathen gegenüber, der sich am Schluß des Films selbst richten muß, denn niemand sonst tut es.

Die einzigen, die Rothes Mordlust erkennen, sind selbst Außenseiter der Gesellschaft: eine Prostituierte und der Betrunkene aus dem Zug. Bevor die Prostituierte Rothe mit in ihre Wohnung nimmt, sieht sie ihn prüfend an. Rothe wendet ihr langsam sein Gesicht zu und trägt ein süffisantes Lächeln auf seinen Lippen. Die Frau erschrickt und ruft in panischer Angst: »Totmacher, Totmacher«. Einem Hausbewohner erklärt sie, woran sie Rothe erkannt hat: »Ich hab ihm bloß in die Augen gesehen, da hab ich es gleich gemerkt in der Kneipe. Wie der stiert.« Auch der Betrunkene erkennt Lorre an seinen Augen: »Ich könnte ja sagen, daß es ein Irrtum ist, aber ich habe diese Augen schon einmal gesehen. Irrtum ausgeschlossen. Diese Augen kenne ich.« Die Prostituierte und der Betrunkene scheinen schon viele Filme mit

Peter Lorre gesehen zu haben, denn obwohl er im *Verlorenen* mit seinen Augen nichts besonderes anstellt, als eben zu schauen, entlarven sie ihn an seinem berühmtesten Stilmittel bei der Darstellung von Wahnsinn. Sevastakis schreibt über die klassischen Horrorfilme der 30er Jahre: »Villain-heroes many times are characterized through their eyes, which become reflections of their souls.« Conrad Veidts starre Augen in *Caligari* prägten in Amerika den Begriff vom »Germanic Look«. Peter Lorre beherrschte das Schauspiel mit seinen ausdrucksstarken Augen besonders gut. Kritiker hoben dies immer wieder blumig hervor: »Er hatte die Augen eines Gehetzten, eines Flackernden, eines Unberechenbaren. Große wandernde Augen waren es, die manchem Film seine dämonische Kraft gaben.« (Frankfurter Rundschau) Bei der Beschreibung von Lorres Augen wuchsen manche Autoren über sich selbst hinaus; »exothalmic eyes«, »protruding eyes« und »Froschaugen« waren noch harmlose Umschreibungen, verglichen mit »der kleingewachsene Melancholiker mit den Ping–Pong–Augen« oder gar »those marble pupils in the pasty spherical head are like eyepieces of a microscope through which you can watch the tangled mind laid flat on the side.« (Graham Greene) Der Agent Paul Kohner schickte Lorre 1939 das Drehbuch *The Eyes of Max Carrados* zur Ansicht. Zu diesem Film kam es nicht, dafür aber zu zahlreichen Anekdoten über Lorres unheimlichen Blick. »In den Anfängen seiner Hollywood-Kariere wollte ein Produzent ihm eine versprochene Rolle wieder wegnehmen. Nach Worten der Überredung suchend starrte Lorre den Flimmerboß an. Eine Minute hielt der Produzent dem Blick stand, dann wurde ihm ängstlich zumute und er schrie. »Hören sie auf, mich so anzustarren! Sie können die Rolle haben« (Abendzeitung 1964). Auch das Presseheft zu *Der Verlorene* greift Lorres Ruf auf und weist auf die dämonische Macht seiner Augen hin und zwar nicht nur die filmische. Es beschreibt, wie er die Schauspielerin Lotte Rausch für ihre Rolle instruierte. Angeblich holte er die Schauspielerin zu sich, setzte sich ihr wortlos gegenüber und starrte sie eine Stunde lang an. Nach weiteren sechzig Minuten revoltierte sie: »Was blicken Sie mich so an?« Er antwortete: »Ganz ruhig sein, ja? Es geschieht Ihnen gar nichts!« Dieses Spiel hat er angeblich drei Tage lang getrieben, die Geduld der Schauspielerin ist in der Tat bewundernswert. Immer wenn sie davonlaufen wollte, habe Lorre zu ihr gesagt: »Angst? Das ist gut. Darunter – ich meine unter dem, was im Film zwischen uns geschieht, muß auch Angst sein.« Immer wieder ging sie hin, »irgendetwas an dem Dämon Lorre fesselte sie«, schreibt das Presseheft, bis sie dann schließlich die Erleuchtung überkam: »Jetzt weiß ich, was ich spielen muß – und wie ich's zu spielen habe!« Das Resultat war, daß »aus der Charge ein Charakter - nein: ein Mensch geworden war. Es wurde dann kein Spiel, sondern ein aus dem Inneren heraustretendes Sein.« Auch Renate Mannhardt, die die Verlobte von Dr. Rothe spielte, war überrascht, was Lorre aus ihr herausholte: »Ich stand im Atelier und besaß nicht mehr das geringste Selbstfühlen, sondern war einfach meine Rolle »Inge«. Worüber sich das Presseheft so begeistert ausließ, ist klassisches Method-Acting. In Amerika schon lange Standard, in Deutschland anscheinend etwas ganz Ungewöhnliches, denn auch die Kritiker zeigten sich enthusiastisch über diesen Schauspielstil, der für sie »neu in Spiel, Ton und Gestik« war. Doch nicht nur Lorres Schauspielerstab verwendete diesen realistischen Stil, auch Lorre selbst tat dies und setzte ein weiteres Mittel ein, das im krassen Widerspruch zu seinen amerikanischen Filmrollen stand. Er agiert sehr verhalten und vorsichtig. Er schreit nicht, er spricht, oft sogar sehr leise. Er stiert nicht, sondern schaut. Mit gesenktem Kopf schlurft er über den Flur und zeigt nur wenig Emotionen. Er setzt extrem realistisches und extrem zurückgenommenes Spiel nach amerikanischem Vorbild ein. Auch in den Rückblenden, die seine Geschichte als Mörder erzählen, behält er diesen Stil größtenteils bei. Er unterscheidet sich nicht vom realistischen Spiel der anderen Figuren. Sein Wahnsinn offenbart sich nicht mehr durch seinen irren Blick und übertriebenes Agieren, sondern durch filmische Zitate aus seinen alten Horrorfilmen.

Spiegel waren ein häufig verwendetes Requisit bei der Verdeutlichung von Wahnsinn und Schizophrenie. In *M* schneidet der Kindermörder vor dem Spiegel teuflische Grimassen. Langsam reißt er seine Augen auf und starrt mit einem grotesken Gesichtsausdruck in den Spiegel. Auch in *Mad Love* gibt es eine Spiegelszene, in der die

Figur Gogol ihre Schizophrenie erstmals selbst erkennt. Gogol steht im Waschraum vor einem Spiegel. Mit seinen Händen fährt er verzweifelt über das Gesicht. Plötzlich blicken ihn aus den Spiegeln des Raums seine verschiedenen Ichs an. Hektisch sieht sich Gogol um und reißt seine Augen auf. Mit geducktem Kopf und starrer Figur läuft er langsam, wie eine Stummfilmfigur von einem Spiegel zum anderen. Am Ende der Szene verschmelzen die Doppelgänger im Spiegel mit Gogol zu einer Person. Auch im *Verlorenen* gibt es eine Spiegelszene. Rothe hat gerade vom Verrat und Betrug seiner Verlobten erfahren und läuft nachdenklich in seinem Labor auf und ab. Er stellt sich vor einen Spiegel, ohne hineinzublicken. Mit der Hand fährt er sich verzweifelt über das Gesicht, schaut in den Spiegel und sieht eine Blutspur über seine Wange laufen. Hektisch blickt er hin und her, wischt das Blut schließlich mit einem Handtuch ab und verläßt schnell den Raum. Die Szenen ähneln sich, doch Lorre verzichtet diesmal auf seinen berühmten wahnsinnigen Blick. Mit einer viel zurückgenommeneren Mimik kann er das gleiche Resultat erzielen, ohne sich gleich als Ausnahmefigur zu outen. Er behält seine Zugehörigkeit zur filmischen Welt bei. Nach der Spiegelszene läuft Rothe ganz langsam und bedächtig einen Gang entlang, die Kamera fährt vor ihm her, er blickt hinein und kommt immer näher, bis das Bild schwarz wird. Der Zuschauer kann sich durch diese Darstellung nicht aus dem Geschehen ausklammern. Der Mörder bedroht ihn, denn er geht auf ihn zu und blickt ihm in die Augen. Und er tut dies sehr realistisch. Später, als Rothe seine Verlobte ermordet, kommt er der Kamera abermals so nahe, daß sich das Bild verdunkelt. Wir wissen also, was auch uns widerfahren könnte.

Peter Lorre fungierte, wie viele andere Emigranten auch, als Wanderer zwischen zwei Filmkulturen. In seinem Reisegepäck trug er die Filmästhetik des einen Landes in das andere. Nach Amerika hatte er einen von der deutschen Tradition geprägten Schauspielstil mitgenommen und in Hollywood-Filmen zum Einsatz gebracht, die ihn als Dämon zeigten. Als er nach Deutschland zurückkehrte, brachte er einen amerikanischen Schauspielstil mit, den er mit einer europäischen Filmästhetik und einer ungewöhnlichen Darstellung eines Psychopathen verband. Doch das deutsche Publikum war nicht reif für Peter Lorre. Es wollte keinen »Reportage-Film« sehen, in dem die Monstrosität der deutschen Gesellschaft die Monstrosität eines Einzelnen überdeckte. Die bekannte Vergangenheitsverdrängung der Adenauer-Ära hatte eingesetzt und ging auch an der deutschen Filmindustrie nicht spurlos vorbei.

Selbstkritische Filme der späten 40er Jahre wie *Die Mörder sind unter uns* (1946) wurden als »Trümmerfilme« zumindest sprachlich diskreditiert. Das Feld des deutschen Films wurde angeführt von gemütvollen Historienfilmen, harmlosen Musicals und realitätsfremden Heimatfilmen. Während in den USA der Filmpsychopath ein immer alltäglicheres Gesicht bekam und schließlich zum netten Nachbarn wurde, starb in Deutschland mit seiner Tradition der »dämonischen Leinwand« dieses Genre völlig aus.

Monika Spindler

Das Aufflammen des Streichholzes

Peter Lorre und sein Film *Der Verlorene*

Licht solle er machen, der Schalter sei hinter ihm, fordert ihn die Prostituierte im finsteren Treppenhaus vor ihrer Wohnungstür auf: Oder wolle er die ganze Zeit dort im Dunkeln stehen?

Das Licht im Flur geht an und macht gleichzeitig die Erkenntnis der Frau, die der Zuschauer in diesem Moment in Nahaufnahme zu sehen bekommt, sichtbar: »Mensch, also so einer bist du. Ich hab's ja gewußt: Totmacher!«

Es scheint, als ob die Forderung nach Licht genauso wie das Kommando »Kamera ab!« die Rolle des »ewigen Bösewichts« aus dem Repertoire des Schauspielers Lorre zum Vorschein bringt. Die Beleuchtung auf dem Set ist in Betrieb, und Lorre kann der Kamera einmal mehr die Maske zeigen, die für uns schon zu seinem eigentlichen Gesicht geworden ist: Der glotzende Ausdruck der Absenz, die hervortretenden Augen halb geöffnet, der bewegungslose Blick einer »Kaulquappe«, wie Ernst J. Aufricht, der Leiter eines Berliner Theaters einmal bemerkt hat.

Die besondere Dramaturgie des Lichts, die das Auftauchen von Lorres Gesicht oder seiner Silhouette vor der Kamera vorbereitet und begleitet und die vor allem im expressionistischen Kino mit äußerster Virtuosität zum Einsatz kam, wird für den Schauspieler zu einer Art Konstante, die sein Spiel eigentümlich belebt. Das auffällige Verharren seiner Gestalt in einer Welt des Schattens beziehungsweise Halbschattens, die immer wieder nur kurz von Schlaglichtern erhellt wird, verleiht seinen Auftritten immer eine unheimliche Dimension.

Bezeichnenderweise lassen sich bei beiden Opfern des Frauenmörders Rothe, den Lorre in *Der Verlorene* verkörpert, sowohl bei Dr. Rothes Freundin, als auch bei einer Frau, die von ihm in der Hochbahn erdrosselt wird, Parallelen in der Darstellung der Tat feststellen. Die Beleuchtung spielt hierbei, wie auch in der Sequenz mit der Prostituierten, immer eine entscheidende Rolle.

Das Aufflammen des Lichts ist für den Mörder Schlüsselreiz und bereitet das gewaltsame Ende der Frauen visuell vor: Das angerissene Streichholz erleuchtet den starren Blick Rothes kurzzeitig für die Kamera, bevor er zur Tat schreitet. Die Gestaltung der Mordszenen in *Der Verlorene* ist vor allem aber Selbstzitat, so als ob es darum ginge, eine Figur künstlich am Leben zu erhalten, die Lorre zu diesem Zeitpunkt seiner Filmkarriere eigentlich wohl lieber tot und vergessen gesehen hätte.

In der Handlung des Films übernimmt ein Betrunkener, der Rothe zuvor in Gesellschaft der Prostituierten getroffen hatte, die Rolle des aufdringlichen Mahners, penetrant insistierend, ihn (Lorre) von früher zu kennen. Die Vergangenheit läßt sich weder für Lorre, noch für den Arzt Dr. Rothe abschütteln.

Betrunkener: »Ich könnte ja sagen, da es ein Irrtum ist, aber … « Rothe: »Bitte lassen sie mich in Ruhe.« Betrunkener: »Ich habe diese Augen schon'mal gesehen. Irrtum ausgeschlossen! Diese Augen kenne ich doch!« Rothe: »Ich habe Ihnen doch gesagt, Sie sollen mich in Ruhe lassen!«

Allein Peter Lorres außergewöhnliche Physiognomie legte gewisse gestalterische Möglichkeiten nahe. Er landete zuvor im Studiosystem Hollywoods nur zu oft immer dann auf den Besetzungslisten, wenn es darum ging, den pathologischen Killer, den geistig nicht voll zurechnungsfähigen Täter darzustellen. Seine weichen Gesichtszüge, sein fast kindliches Aussehen evozierten eine Mischung aus Sanftheit und Wahnsinn und damit den unberechenbaren Eindruck, den die Verantwortlichen der Studios in Lorre immer wieder erkennen wollten. Bereits seine erste Filmrolle bescherte dem damals 26jährigen Schauspieler zwar ungewöhnlich großen Erfolg, brachte für Lorre jedoch auch negative Folgen mit sich: Die Verkörperung des Kindermörders Hans Beckert in Fritz Langs *M* »belegte ihn mit dem Stigma des Bösen, Bedrohlichen«, wie Friedemann Beyer in seinem Lorre-Buch (München 1988) schreibt. Von da an erwies sich das Prinzip des »type casting«, nach dem in den meisten Filmstudios verfahren wurde, als größtes Hindernis für seine weitere Karriere.

Die Entfaltung seines vielseitigen Talents als Schauspieler wurde somit verhindert. Lorre, der stets um differenzierte Darstellung, um die Zwischentöne bei seiner

Arbeit bemüht war, sah sich mit einer Vielzahl von Rollenangeboten konfrontiert, bei denen der pathologische, gewalttätige Aspekt im Vordergrund des Charakters stand.

Der Verlorene kann als ein Versuch des Schauspielers und Regisseurs gewertet werden, die Erwartungshaltung des Publikums und der Öffentlichkeit vordergründig zu bestätigen, die Beschneidung seiner Vielseitigkeit jedoch gleichzeitig subtil zu unterwandern: Indem Lorre Wahnsinn und Gewalt bewußt wieder so thematisiert und nebeneinander stellt, wie Lang dies bereits zwanzig Jahre zuvor getan hat, weist er durch jede minimale Abwandlung bereits auf bedeutsame Unterschiede hin. Über den unvermeidlichen Vergleich, die gestalterischen und thematischen Bezüge zu *M*, über das Zitat, gelingt es ihm aber vor allem, den ausgesparten, verdrängten Zeitraum zwischen den beiden Filmen (Die Handlung von *Der Verlorene* ist zwischen 1943 und 1945 angesiedelt) umso deutlicher zu markieren, das heißt die Lücke mit all ihren Konsequenzen sichtbar zu machen.

Das resignative, lebensüberdrüssige Sprechen des Dr. Rothe über die eigene Vergangenheit, stellt die Verbindung zum Kindermörder in *M* her, der sich auch mit der eigenen Schuld abgefunden hat. Anders als in Langs Film, wird jedoch in *Der Verlorene* die Verzweiflung des Mörders durch bitteren Sarkasmus abgelöst. Peter W. Jansen schreibt in *Die Zeit* am 14. Januar 1983: »Peter Lorre aber hatte sich historisch verhalten. Wie einer, für den der Abgrund zwischen Fritz Lang und der *Förster-*

christl nicht existierte, ein Abgrund aus fehlender Geschichte, in der *Der Verlorene* verlorenging.«

»Wir sind am Ende, wir sind da!« Der Vorspann von *Der Verlorene* zeigt eine Ziegelwand, vor der die Namen der Schauspieler und Beteiligten nacheinander eingeblendet werden: Im Szenario des Films gibt es keine Weiterbewegung, keine Zukunft, die als relevanter Faktor mitgedacht werden könnte, die Protagonisten agieren wie Gefangene in lebenslänglicher Haft.

Trotz der kargen Weite und Klarheit, die die Landschaft in den ersten Einstellungen der Expositionssequenz zunächst suggeriert, bleibt der Blick in Richtung des Horizonts stets beklemmend, weil Orientierungspunkte, die die Umgebung strukturieren oder individuell kenntlich machen könnten, abhandengekommen sind. Die Szenen des Films, die im Flüchtlingslager spielen, fallen durch die helle Ausleuchtung des Sets beziehungsweise die vielen Szenen bei Tageslicht auf. Sie sind bewußt kontrastiv zu den, an das expressionistische Kino der dreißiger Jahre erinnernden Rückblende-Sequenzen gestaltet, die Rothes mörderische Vergangenheit zeigen. Wenige Bäume, eine Bahnlinie mit Bahnübergang, eine Straße und das Lager mit seinen Baracken, schaffen die trostlose, desolate Atmosphäre übriggebliebenen zivilen Lebens, die die Bewegungen des Lagerarztes bestimmt. Die Großstadt aus *M*, mit ihren dichten Räumen, ist dem kargen Niemandsland gewichen, und auch die Stadtbilder, die *Der Verlorene* ausschließlich in Rückblenden zeigt, gehören einer anderen, längst vergangenen Zeit an.

»Das Genre kehrt an seine Quellen zurück und besichtigt die Orte nach der Katastrophe«, kommentiert Frieda Grafe in ihren *Filmtips* (22. August 1986, Nr. 470) die Stimmung, die in Lorres Film zu spüren ist. Das Angekommen-Sein, von dem der Schauspieler Lorre in der Rolle des Dr. Rothe spricht, bedeutet hier, den Weg in das von Zäunen umgebene Flüchtlingslager hinter sich gebracht zu haben. Die Vorstellung eines immer noch möglichen Auswegs aus dieser Lebenssituation, läßt sich in der, von Lorre hier entworfenen Welt, nur schwer aufrechterhalten.

Die zwar wohlwollenden, aber verhaltenen Reaktionen auf Lorres Film in Europa wiederum (Lorre stellte seinen Film 1951 auf der Filmbiennale in Venedig vor, wo er neben Filmen wie Kurosawas *Rashomon* und Kazans *A Streetcar Named Desire* lief) und seine Enttäuschung über die offenkundige Ignoranz der Öffentlichkeit und des Publikums in Deutschland, stellen so eine reale Fortsetzung der Resignation und Hoffnungslosigkeit dar, die auch die Inhaltsebene des Films vermittelt.

»Da sein« heißt für den Regisseur Lorre, aus dem Exil zurückgekommen zu sein, aber auch, den Versuch zu unternehmen, das Ende des Vorlebens in einen neuen Anfang zu verwandeln. Gegen den Strich gelesen, wird in dieser Aussage auch indirekt der Wunsch nach einer möglichen, zweiten Karriere in Deutschland, mit eigenen Filmprojekten sichtbar. Ein Wunsch, den Lorre mit seiner Rückkehr ins Exil »Hollywood« im Dezember 1951 endgültig aufgab.

Olaf Möller

Die gebrochenen Augen eines Toten

Ein deutscher Noir, vielleicht, unvollständig, ganz kurz[1]

»Die in ruhig fließenden Kanälen
Sich ihr kleines Schicksal auserwählen,
Kannten nie des vollen Stromes Wucht…«[2]

Niemand soll sagen können, daß es nicht doch ein Gewissen gab. Ja, das Gewissen war so groß, daß man bald neben sich selbst stand, wie Jim Thompson das nennt. In der Medizin heißt das Schizophrenie und wird als Krankheit angesehen. Die Figuren fangen an sich zu spalten, beginnen dann physisch nebeneinander zu stehen, verlieren sich, suchen sich, entspalten sich zur einen Seite hin, werden einseitig. Sie enden gut.

Wenn den deutschen Noir etwas ganz entschieden vom amerikanischen, französischen oder britischen Noir trennt, dann ist das der Zwang zum guten Ende, dem sich nur die Renegaten, meist wiederkehrende Exilanten, widersetzen konnten. In den anderen drei Ländern stand man am Ende des Krieges als politischer Gewinner da, und vorher, während des Krieges hatte man auch keine richtige Diktatur gehabt (Frankreich ist da partiell ein Sonderfall).

Man konnte also auf die innere Zerstörung des jeweiligen Landes zu sprechen kommen, die Möglichkeit zur ehrlichen Untersuchung der eigenen Eingeweide auf alle Arten von Krebs – das ist das Recht desjenigen, der nach außen hin als moralischer Sieger dasteht. Einen Krieg zu gewinnen macht niemanden zu einem Sieger, setzt niemanden ins Recht. Man nutzte dies und fand sich völlig zerfressen wieder. Der Sieger kann, eigentlich muß sagen: »auch ich bin sterblich«, um Größe zu beweisen (und außerdem mit seiner Sterblichkeit seinen Ruhm noch zur Unsterblichkeit hin zu vergrößern). Der Verlierer aber hat kein Recht auf Herzmagenaugenkrebs, sein Verfall ist schon von weitem sichtbar, wie der Trümmerfilm dann beweisen sollte. Er muß konstruktiv sein.

Deutschland hatte kein Recht auf ein schlechtes Ende, es mußte weitergehen. Während des Krieges gab es kein schlechtes Ende, weil es kein schlechtes Ende geben durfte, und nach dem Krieg mußte das Ende pädagogisch wertvoll sein, weil ja ein neuer Staat erbaut werden mußte.

Der Zwang zum Guten hin ging so weit, daß die Zensur der sowjetisch besetzten Zone Staudte verbot, *Die Mörder sind unter uns* (1946) mit der Ermordung des bösen SS-Mann-Fabrikanten enden zu lassen. Das würde ja in einer Selbstjustizflut enden, dann nähme das Morden ja gar kein Ende. Das Morden aber hatte nun einmal geendet, und Fabrikanten brauchte man jetzt.

Bald nach der Wendung zum Schlechten hin floh Werner Hochbaum zum Filmemachen von Deutschland nach Österreich. Er sympathisierte mit der Linken, war bisexuell, und so den Herrschenden mehr als suspekt. Er wurde mehrmals verhört, seine Filme zensiert. *Die ewige Maske* (1935) erzählt die Geschichte eines Arzt, der sich für schuldig hält am Tod eines Patienten. Er fühlt sich so schuldig, daß es ihn innerlich entzwei reißt, er muß sich befreien von der Schuld, dem Bösen in sich, eine Schuld, die er sich selber einredet, eine Schuld, nach der er sich vielleicht sehnt. Er wird schizophren, Hochbaum vollzieht, inszeniert diese Schizophrenie, schlägt die Brücke zwischen Expressionismus und Noir.[3]

Der Expressionismus erinnert an den letzten großen Krieg und seine Folgen, das Noir ist jetzt, das Zeitgefühl, die Drohung.[4] Dazu passend folgt im folgenden Jahr *Schatten der Vergangenheit* (1936), eine Doppelgänger/Verwechslungsgeschichte. Eine junge Frau saß unschuldig im Gefängnis, und als man sie zurück in die Identität, die Individualität entläßt, da stirbt ihre Zwillingsschwester bei einem Segelunfall; auch die Frau fühlt sich schuldig, und auch sie nimmt ihre Gefühle auf sich, lustvoll, denn sie, das Mauerröslein, wollte heimlich immer so sein wie ihre lebenslustigere Schwester.

Und man kann sie nicht mehr wirklich unterscheiden, selbst der Mann nicht, von dem man annehmen sollte, daß er es könnte. Liebe ist eine Fiktion, ähnlich der Identität, eine unwägbare Geschichte, und immer ein (Selbst)Betrug (diese zwei Worte, Gedanken hier, die hängen so essentiell zusammen, die kann man hier nicht zerreißen). Schuldig ist die Hauptfigur in ihrem Herzen, nicht faktisch-juristisch, das Gefängnis, die Sicherheit der Nummernexistenz, hat den Charakter einer Reinigung durch die Befleckung. Aus der Sicherheit der Nummer wird sie in die Unsicherheit ihrer Identität gestoßen. Grausigerweise ist eine Nummer einmaliger als ein Gesicht. Sie verliert sich, um ihre Identität wieder zu finden. Nur das Gefängnis befähigt sie, ein anderes Leben zu führen. Doch hatte sich die Gesellschaft das mit dem anderen Leben nicht so vorgestellt.

Werner Hochbaum konnte nur noch wenige Filme machen. Bald wurde er dem Reich zu suspekt, man stellt ihn per Berufsverbot kalt. Als er dann wieder zu sich kommen durfte,[5] starb er, noch relativ jung.

Ich bin Sebastian Ott (1939; Willi Forst) klingt sehr selbstbewußt. Sebastian Ott hat auch allen Grund, sich an seine Identität zu klammern, man stiehlt sie ihm gerade systematisch. Es ist sein böser Zwillingsbruder, der international gesuchte Kunstfälscher. An dessen Tür steht nur S. Ott, jeder der beiden könnte dort leben. In der Schwärze einer camera obscura, des entleerten Gewissens treffen die beiden Brüder aufeinander, der böse kann dem guten endgültig, scheint's, die Identität entwenden.

Das Böse kann sogar etwas, was das Gute nicht kann: es kann gut wirken. Aber wenn man das Böse weit genug reizt, dann zwängt sich das Böse pathologisch wieder ans Tageslicht, denn wenn man genau genug hinschaut, dann kann man das Böse immer erkennen, genauso wie man falsche Kunst bei genauem Hinsehen immer von echter unterscheiden kann. Das konnte Forst einem noch zu Kriegsbeginn sagen.

Als auch Staudte mit *Der Mann, dem man den Namen stahl* 1944 eine Doppelgänger-Geschichte erzählte, wurde der Film ohne Aufführung direkt und aus prinzipiellen Erwägungen verboten, Staudte für den Kriegsdienst freigestellt.[6] Niemand machte sich über die deutsche Bürokratie lustig, nicht einmal vorsichtig, und auch nicht komisch. Und es sollte auch niemand eine Geschichte über einen Heiratsschwindler erzählen, der andere Leute vom Heiraten abhält.

Etwas später, genaugenommen 1945, drehte auch Hans Schweikart mit *Die Nacht der Zwölf* einen Film über einen Heiratsschwindler. Bei Kriegsende war der Film in der Tonabmischung; der klassische Fall eines Überläuferfilms, er kam erst 1949 in die Kinos.

Ferdinand Marian braucht hier keinen Zwillingsbruder mehr, um neben sich zu stehen, er ist schon zerrissen genug. Wehleidig heult manchmal seine gute Seite über seine schlechte, verzaubert staunt die böse Hälfte manchmal darüber, wie einfach es ihr doch gelingt, die gute zu unterdrücken. Die beiden Hälften haben permanent Teil aneinander, sind so auch nicht moralisch eindeutig. Ein guter Heiratsschwindler darf auch nicht einfach nur gut sein, etwas Geil-verruchtes sollte seinen guten Kern schon vernebeln, er muß ja schließlich interessant sein. Heiratsschwindler ist ein guter Beruf für jemanden, der sich bei sich selbst nicht wohlfühlt.

***

»Wissend, daß sich nie ein Ausweg fände,
Hinter allen Toren drohen Wände –
Und der Freiheit mangelt oft das Brot.«

Einige kamen wieder heim. Und die, die kamen, schleppten meist die Toten mit sich, die Formen sind mannigfaltig. Sie kamen zurück, und es sah aus wie da, wo sie herkamen: Zerstörung. Und sie jammerten und insistierten, schuldlos zu sein, Betrogene der Geschichte. Und dann fangen sie und die anderen um sie herum an, die Geschichte zu rekonstruieren, restaurieren, schönzufärben, zu schwärzen und zu weißeln, denn Wissen ist hier reine Macht, aber das Nichtwissen ist eine Gnade, Gott ist mit den Amnesikern.

Und in dem Akt der Rekonstruktion – nennen wir es hier vorsichtig so, denn wir wissen, daß Rekonstruktionen zu Zeiten auch (Ver)Fälschungen sein können – zersplittert die eigentlich Erzählung, wird ein mehr oder weniger facettenreicher zerschlagener Spiegel ohne Wirklichkeit und Illusion, der reinen Fiktion.

Man muß dem Nachkriegskino, speziell den Trümmerfilmen mißtrauen, denn sie sind stets Rechtfertigungen und Mahnungen; es ist die falsche Rückblende als Kino an sich.

Der Noir, das ist dieser Schatten des Mißtrauens, der sich in die Filme einschleicht, wo die mögliche Wahrheit durchscheint hinter der Fassade. Der Noir ist hier jene Röntgenaufnahme aus *Die Mörder sind unter uns* (1946; Wolfgang Staudte), mit denen man notdürftig Fenster vernagelte, damit's nicht so arg zieht. Sie zeigen Wahrheitsschemen, genug für eine Diagnose, genug, um etwas sagen, operieren, retten zu können, wenn's noch Sinn macht.

Wenn der amerikanische Noir primär von Verbrechern handelt, dann stehen im Zentrum des deutschen Noir verstörend häufig verdammte Ärzte, deren Unfähigkeit zu heilen eine Impotenz zu lieben ist, und diese Unfähigkeit treibt sie zur Verzweiflung, die sie wiederum zu Taten treibt, von denen sie nie gedacht hätten, daß sie in ihnen liegen, lauern und warten.

Es ist ein Kino der Kontinuität, ästhetisch sowieso, aber auch ethisch, das geht wohl einher. Staudte, wie gesagt, durfte den Nazi nicht umlegen, es mußte ja weitergehen. Liebeneiner wirkte wieder wie der Mann der Stunde. Sein *Liebe 47* (1948; nach *Draußen vor der Tür* von Wolfgang Borchert) vereinigt so ziemlich alles, was fragwürdig war am Kino jener ersten neuen Tage[7]; dieses selbstmitleidige Wehleiden der Männer findet sich allerdings schon bei Borchert. Dort findet man auch jene Albtraumgasse[8] der sich selbst erfüllenden Prophezeiung, wo stets eintritt, was eintreten soll, und wo das, was nicht eintritt, auch immer aus sich selbst heraus erklärt wird. Es sind in sich geschlossene Kreise. Staudte schneidet das Thema in *Die Mörder sind unter uns* an, im Hinterkopf existiert da bereits der schwer unterschätzte *Schicksal aus zweiter Hand*, den er zwar erst später drehte (1949), dessen Drehbuch aber schon zu Zeiten des Faschismus entstand.

Zu dieser Kontinuität zählt auch, daß alte Schatten wieder auftauchen, wie Warnungen, daß es bald alles wieder von neuem losgehen könnte. Peter Pewas plante einen Film über einen Kindermörder, Wölfchen, der ging durch die Trümmer und umarmte die Kinder, immer fester, da waren sie tot; Melange *Of Mice and Men* und *M* in *Germania anno zero*. Daraus entwickelte sich dann *Viele kamen vorbei* (1955/56), wo ein Mann an einer Autobahn ein junges Mädchen ermordet; das alles erzählt aus drei Perspektiven, die nicht wie in *Rashomon* (auf den sich der Drehbuchautor-Produzent Gerhard Traugott Buchholz auch immer wieder berief) zur einzigen Lösung, zur Menschlichkeit führen, sondern dahin, daß jeder seine Gründe hat, selbst ein triebgeiler Mörder. Paßt schon, sagt der Bayer da. Aber das Resultat ist stets dasselbe, ein Mensch ist tot. Darum geht es Pewas.

Darum geht es denn auch immer wieder und wieder: Jeder hat seine Gründe, aber die meisten weigern sich, vor lauter Gründen anzuerkennen, daß es eine Tat und eine Folge gab, und daß immer der Punkt kommen muß, wo man über die Tat und die Folgen sprechen muß; man kann alles verstehen, aber im Verstehen inbegriffen ist die Konsequenz, die kommen muß, das Verstehen allein entschuldigt nichts. Falk Harnack und Peter Lorre sehen das sehr entschieden so, bei ihnen werden die Konsequenzen gezogen.

In *Nacht der Entscheidung* (1956) kehrt ein seit zehn Jahren verschollener Industriekapitän nach Hause zurück, will sein Leben wiederhaben, die Frau, die Fabrik, alles.

Aber das alles gehört nicht mehr ihm, es gehört seiner Frau und ihrem neuen Gemahl. Der Zurückgekehrte will mit allen abrechnen, die lange Nacht der Seele beginnt in einer finsteren Villa, einer nach dem anderen scheint kapitulieren zu müssen vor dieser geballten Rachsucht. Nur muß auch er in der Folge für seine verbrecherischen Unterlassungen in der Abwesenheit Rechenschaft ablegen – denn niemand ist ohne Schuld.[9] Bei Harnack erhält am Ende nicht der Heimkehrer recht, sondern der Lauf der Zeit, in den die Taten und ihre Konsequenzen integriert sind, sich im Lauf verlierend.

In *Der Verlorene* (1951; Peter Lorre) geht nichts verloren im Lauf der Zeit, der Haß und die Sehnsucht nach einer Konsequenz bleiben. Der Wissenschaftler, der Mann der gleißenden Räume, verliert sich in der Dunkelheit bürgerlicher Behausungen, für die er nicht geschaffen wurde. Und das Töten treibt ihn, die Geilheit und die Sehnsucht nach einer Bestrafung, die Sehnsucht nach dem Tod. Und er kann nicht sterben, Freitod ist nicht drin, nicht jetzt!, dieser Wissenschaftler fühlt sich ausgestoßen, und er will auch von der Gesellschaft ausgestoßen werden, aber zuerst will er denjenigen bestraft sehen, der die Ursache seines Leidens ist. Er weiß, daß sich niemand für sein Sinnen nach Gerechtigkeit interessiert, die Vergangenheit und das Recht sind jetzt, nach dem Krieg, wo man retten muß und nicht richten, hypothetische Geistesspielereien geworden, purer Eigennutz. (So sagen die, die richten müßten.[10]) Er will den Mann töten, der ihm erlaubte zu morden, und dieses erlaubte

Morden, das ist doch nur eine Verlängerung der Staatspolitik ins Private; denn selbst wenn er nur so für sich privat aus Lust mordet, dann ist das ein Staatsmord. 6.000.000 Juden durch den Schornstein aus Lust. Der Wissenschaftler, dem schwindelt vor Obszönität.

Aber er ist noch ruhig genug, um ganz gelassen dem Mann, der ihn das Leben kostete, die Kugel zu geben, und er geht zu den Gleisen, der Zug der Zeit rollt über ihn, dann ist wieder Ruhe. Nur noch die Eigeninitiative kann zu einer Gerechtigkeit führen, die Gerechtigkeit, das ist die eigene Angelegenheit.

In der Günther Weisenborn-Verfilmung *Der Verfolger*, einer Produktion des ZDF von 1973, erledigt Falk Harnack endgültig jenen Mann, den Staudte in *Die Mörder sind unter uns* noch leben lassen mußte.[11] Harnack konnte den Verfolger, der scheinbar alle Niederlagen des Staudte-Gesamtwerks erlitten und den der deutsche Staat und seine Rechtssprechung systematisch ignoriert hatte, die alte Nazisau endlich erschießen lassen. Harnack und Weisenborn[12] waren im Widerstand, wissen wohl, wie auch Straub, daß wo Gewalt herrscht, nur Gewalt hilft. Aber es war doch Frieden?, in dem Weisenborn-Harnack-Verfolger war nie ein Frieden, seit der Krieg begann, und jetzt ist da immer noch kein Frieden, nur endlich etwas Ruhe.

***

»Dich dagegen riß die wilde Welle
Aus der Tiefe in durchglühte Helle –
Und die Helle drängte Dich zur Flucht.«

Stefan Zweig nahm sich 1942 im brasilianischen Exil das Leben. 1954 kam Roberto Rossellini ein zweites Mal nach Deutschland, drehte *Angst*, nach einer Vorlage von Zweig. Zweig schien eher die Ausländer und Remigranten zu interessieren als die einheimischen Regisseure,[13] die wichtigsten Verfilmungen seiner Werke brachten einen jeweils einmaligen Ton in die deutsche Filmgeschichte, siehe auch Gerd Oswalds *Schachnovelle* (1960).

Angst ist eigentlich der perfekte deutsche Noir-Film, eine reine Paranoia-Phantasie darüber, daß man niemandem trauen kann und daß alle gegen einen sind. Er macht krank, wenn man ihn sich ansieht. Das Licht ist fast immer grell-weiß, wie wenn man auf dem OP-Tisch liegt und in die Lampe über einem sieht, die klar jene zu zerstückelnden Körperzonen, das Schneiden zum Guten hin beleuchten soll; man guckt fast 1 1/2 Stunden in diese Lampe, man kann nicht weg, sieht zu, wie einem – was? – herausgenommen wird.

Dieses Gleißen ist das eigentliche Licht des Noir. Wenn man in die Noir-Literatur schaut, dann wird man sehen, daß immer vom Licht die Rede ist, ein Licht, das die Schwärze zerstört. Es gibt immer eine Bewegung zu diesem Licht hin, das die Wahrheit einbrennt in alles, was sich ihm nähert, so wie sich der Augenblick der Wahrheit immer deckt mit dem Augenblick des Todes, wenn man

Glück hat, nur mit der Verstümmelung. Das Schwarz, das man mit dem Noir assoziiert, ist das Zeichen der Hilflosigkeit, der Verzweiflung, der Unsicherheit. Es ist die Sehnsucht nach der Verstümmelung, nach einem unvollkommenen Leben, nur nicht sterben müssen. Das Schwarz bietet Lösungen, die logisch sind und wider die Erzähllogik funktionieren; besser eine funktionierende Logik unter Auslassung einzelner wichtiger Details als gar keine Lösung, besser den Schein von Sicherheit als die Wahrheit. Das Weiß ist die Erlösung, aber niemand kann sie ertragen; sie macht uns krank.

Wenn man in *Angst* im Freien ist, dann ist die Sonne so hell wie die OP-Lampe oder eine zu starke Neonröhre. Man könnt fast meinen, man träumt, so obduktionsgleißend ist das Außenlicht. Ab und an wird's schwarz, dann hat man das Gefühl, man wäre in Ohnmacht gefallen. Schwarz ist auch die Farbe der Ohnmacht, des Verborgenen, es ist die Welt Renate Mannhardts, der Erpresserin. Nirgendwohin kann man entkommen, entweder man wird seziert oder man ist nicht mehr bei sich. Überall ist man verloren. In *Europa 51* konnte Ingrid Bergmann noch in der Nervenheilanstalt zu sich finden, auch wenn das die Abgrenzung vom Rest der Welt zur Folge hat. Hier gibt es keinen Rest der Welt mehr. Alles, was eine Erleichterung des Leidens verheißt, ist Schein.

***

»Müder Wanderer, unter soviel Sternen,
Blicktest Du ermutigt in die Fernen
Einer reineren Gemeinsamkeit ...«

Einige, viele kamen wieder zurück in das Land, vor dem sie fliehen mußten. Sie waren keine wirklichen Fremden, aber dazugehören taten sie nicht. Ihre Namen hatten sich leicht verändert, Hans Brahm kam mit dem Vornamen John zurück; Siodmak machte sich aus seinem Namen noch einen sehr bezeichnenden Spaß, als er einmal als phonetische Umschreibung See-Odd-Mack angab.

Ihre Sprache schon qualifizierte sie als Außenseiter, dieser ewige Akzent, der einen immer wieder an ihre Geschichte erinnerte. Sie hätten eigentlich gar keinen Grund gehabt zurückzukommen, und sie taten es doch; zumindest für eine kurze Zeit. Warum, könnte das einer erklären? Robert Siodmak war zu einem treibenden Cineasten geworden; nachdem er in Deutschland nicht mehr sein konnte, ging er zuerst nach Frankreich, dann in die USA, tauchte zwischendurch auch immer wieder in Großbritannien und Italien auf.[14] Und in Deutschland, später. Er hinterließ überall die schwarzen Spuren seiner Tritte in den Unterleib der Gesellschaft; er durchwühlte das Seelengekröse, ging auf in dem Denken, das aus dem Bauch, dem Fleisch und Blut lebt. Hervé Dumont nannte sein Buch über ihn *Le maitre du film noir* im Untertitel, zu Recht.

Es war Siodmak, und mit ihm Gerd Oswald und John Brahm (mit *Die goldene Pest* aus dem Jahr 1954), die den deutschen Noir mit einem amerikanischen Hauch verfremdeten, so wie Brahm und Siodmak dem amerikanischen Noir etwas fremd-deutsches, einen Sinn für das Grauen – das sich sehr entschieden sowohl von einer gewissen leicht proletarischen Nüchternheit wie auch der sehr speziellen Form des amerikanischen *gothic* absetzte – mit auf den Weg gaben. Ihre Filme sehen so aus wie nichts anderes im deutschen Kino jener Zeit, und sie machen hier genau da weiter, wo sie woanders für kurze Zeit aufgehört haben.

Am stärksten fällt das bei Gerd Oswald auf, dessen Werk mehrere »Genre-Knotenpunkte« enthält. Bevor er nach Deutschland kam, machte er 1956 mit *A Kiss Before Dying* einen der brillantesten »Spät-Noirs«; hier sind die Genrezeichen schon verhärtet, sie reiben sich nervös aneinander, verzweifelt, die Helden werden immer verzweifelter, lösen sich auf, können sich nur noch durch einen immer größer werdenden, zum Tick gerinnenden Kraftaufwand halbwegs zusammenhalten. Da muß dann alles sehr schnell gehen, immer nervöser.

Zwei Jahre später wurde *The Screaming Mimi* zu einem der Grundsteine für eine andere, hysterisch-brutalere Art von Thriller, die nur noch neurotisch waren und das menschliche Potential zu jeder Grausamkeit durch nichts mehr erklärten, die Psychologie wurde wieder zu einem Zeichensatz. Dieses nervöse Fieber, das war Oswald. So sieht sein phantastischer Western *The Brass Legend* (1956) aus, und so sieht auch *Schachnovelle* (1960) aus. Eine Studie in Paranoia, die das menschliche Potential zu einer Exstase im Wahnsinn feiert, weil das die einzige Möglichkeit ist, geistig gesund, d.h. »zusammen« zu bleiben. Nur die vollkommene Konzentration, Fokussierung auf eine Sache verhindert, daß der Mensch, der Schachspieler sich spaltet.

Und *Nachts, wenn der Teufel kam* (1957) sieht aus wie die Noir-Filme, die Robert Siodmak in den USA machte; außerdem erinnert er an *Viele kamen vorbei*, was Pewas immer sehr ehrte, Siodmak stand auch glücklich dazu, aus diesem Film geklaut zu haben. Auch ein Film des Übergangs, der von einem erzählt, der vielleicht schon zu Zeiten der Weimarer Republik mordete und der sich dann auch immer weiter durch den folgenden Faschismus mordete und der immer weiter morden konnte, weil einfach keiner einen Zusammenhang zwischen all den Toten sah.[15]

Bruno Lüdke hieß er, ein echter deutscher Weltmeister, so viel wie er hat nachgewiesenerweise noch keiner gemacht.

Lüdke, das Töten, das war alles zeitunabhängig. Man hat ihn dann beseitigt, man sprach auch nicht viel über diesen Fall. Man dachte zuerst darüber nach, ihn im großen Stil publik zu machen und Lüdke für die Euthanasie-Propaganda zu verwenden. Dann aber dachte man sich, daß er vor allen Dingen die Schlampigkeit der NS-Polizei aufdeckte, und da sich ein faschistischer Staat keine Blöße bezüglich seiner Allmacht geben darf, mußte man Lüdke anderweitig entsorgen. So wurde ein Serienmörder historischer Sondermüll.

Hätte Siodmak nicht diesen Film, oder die beiden sehr schwarzen Hauptmann-Adaptionen *Die Ratten* (1955) und *Dorothea Angermann* (1958) – bei denen man damals implizit das bemängelte, was sie heute so herausragen läßt: daß sie mit den Buchstaben Hauptmanns nur noch wenig zu tun haben, dafür aber sehr viel mit der Filmwelt Siodmaks[16] – machen können, hätte er wohl andere Filme anderswo gemacht. Siodmak kehrte nicht wirklich zurück, wie auch Oswald nicht und Brahm. Sie lebten in einer sehr eigenen Welt, die sich von solchen Fragen wie der Nationalität gelöst hatte, und die sich scheinbar nur noch mit dem beschäftigte, was *der Mensch an sich* ist. Die Untersuchungsmethode war ein staatenloses Schwarz, die Bilder, in denen man vielleicht Erklärungen würde finden können, schälten sich vorsichtig aus ihm heraus.

***

Das deutsche Bürgertum zerfiel, das hat der Faschismus zerstört; aber es hatte ja doch noch ein wenig Glück, nicht nur hatte es (partiell) den Faschismus mit hervorgebracht, es war auch (häufig) sprachlich eloquent genug, um sich darüber auszulassen, vorher (nur wenige), mittenmang (aus der Ferne), danach (…). Als der Faschismus dann offiziell-politisch beendet war (Tot?, nie; man kann nur Faschisten töten), war auch das Bürgertum in jener amorphen geistigen Masse des Überlebenden aufgegangen. (Überleben tut man, ob's berechtigt ist, steht woanders.)

Damit einher ging die Vulgarisierung bürgerlicher Lebenskultur, die man mit einer Portion Proletariat, ein bißchen Groß-, ein bißchen Bildungsbürgertum anreicherte. Wie gesagt, eine obskure amorphe Masse.

Und sehr wehleidig. Eine Masse, die um etwas trauert, das ihr nie gehörte, was sie nie war, die einen Phantomschmerz fühlt. Die einzelnen Stückchen dieser Masse trauerten um Partikel, die in ihrem Gedächtnis herumschwirrten, Partikel, die häufig mit Erinnerungsfetzen anderer Stückchen kollidierten; da war also diese amorphe Masse Zusammengehörigkeit, die eigentlich harmonisch auseinanderreißen will und es nicht kann, wo alle Widersprüche, Widerstände sich gegenseitig einschläfern müssen im Namen des Kompromiß: Morphiat und Phantomschmerz.

So zumindest dümpelt glitzernd das Brackwasser, in dem *Die Sünderin* (1951; Willi Forst) treibt, ab und an gegen den Strom, zu Zeiten sich mitreißen lassend. Der Film ist wehleidig, und seine Wehleidigkeit kulminiert in der Sehnsucht nach dem Suizid. Man will sich hier aus Liebe das Leben nehmen (die Frau, pseudo-romantischer Kolportage-Pulp vom Feinsten); man will nicht mehr leben, weil man nicht mehr richtig sehen kann, und ohne das richtige Sehen kann man keine Kunst schaffen (der Maler, so wie verschlingenswerter Schund sich eine romantische Künstlerfigur in der Selbstauflösung vorstellt). Und was ist nun das richtige Sehen, was sieht man da? Röhrende Hirsche. Mit einem Tumor aber, der das Sehen beeinträchtigt, zerfällt der Hirsch zu moderner Kunst, da geht das Boot in die Steine über.

Moderne Kunst ist also das Symptom einer Krankheit zum Tode. So sieht man den Film meistens. Eine korrekte Beschreibung wäre: Etwas, das wie moderne Kunst wirkt, ist für einen naiven Maler, dem an einer »realistisch-ideell-geschönten« Darstellung eines Objekts gelegen ist, eine Form von Krankheit. Dieser Maler reflektiert nicht über sein Schaffen, man kann seine Bilder also nicht vergleichen mit moderner Kunst von modernen Künstlern, die in ihren Arbeiten einen Geisteszustand reflektieren. Man könnte aber sagen, daß aus diesem Künstler etwas herausbricht: das Bild seiner eigenen Zweifel (ergo wäre die Krankheit psychosomatisch). Er muß und will weg, weil sein bürgerliches Selbst einfach nicht ertragen kann, daß es nicht mehr da ist. Die Vorkriegswarnungen brechen nach dem Krieg wieder hervor in einem, der das alles ignoriert hatte. Und jetzt gibt es ihn eigentlich nicht mehr, und er selber als Teil einer Schicht, einer Lebenswelt, einer Kultur, ist es auch noch mit schuld. Er hat sich der Ignoranz, des willentlichen Wegsehens schuldig gemacht.[17]

***

Zwischengleis. (1978; Wolfgang Staudte) Ein letztes Mal noch. Ein letzter Film, ein letzter Blick zurück in die Anfänge der Republik, so wie man sie heute kennt. Eine letzte Auflösung der Erzählung, nach Tagen, Wochen, ein allerletzter Sprung zurück in die letzten Kriegstage, als ein junges Mädchen in einem Zug ein Kind verlor. Da verliert sie sich selbst in der Sensibilität ihrer Schuld. Sie ist so sensibel, daß sie sich das Leben nimmt, von einer Brücke läßt sie sich in die Tiefe fallen. Ihr Todestaumel, ein spiralenes Kreiseln, ist vielleicht die größte Bewegung, die tiefste Exstase ihres Lebens seit dem Tod jenes Kindes am Ende des Krieges. Sie läßt hinter sich den Colonel Stone zurück, der sie liebt und sich seiner selbst nicht gewiß ist, sein kann oder will, ganz gleich; er hieß einmal Stein und war Deutscher, er konnte vor der Judenvernichtung fliehen, er kehrte als amerikanischer Soldat nach Deutschland zurück. Auch er spaltete sich, und die junge Frau, die Anna heißt – ein Name wie ein Keil und Kreis, ein Spiegelbild –, die sieht genau in diesen Spalt hinein, kittet Stone und teilt ihn dabei endgültig zu lebensunfähigem Gefühl.

Die Sensiblen, die müssen alle gehen, die nehmen sich das Leben, oder der von der Heftigkeit des Lebensgefühls zerrissene Körper nimmt sie. Ein paar können so tun, als ob sie sich anpassen könnten, leben weiter im inneren Exil, das sich ab und zu auch in ein Äußeres verwandelt.

Aber die gefühllose Drecksau wird immer weiterleben, bis nichts mehr zum Wegleben da ist.

»Nichts zu deuten gibt es, nichts zu rechten:
Wer die Wahrheit hob aus dunklen Nächten,
Überschritt die Grenzen unserer Zeit.«

(1) Eine Fußnote der Leere, zwischen Titel und Textbeginn; ein Druckdreck könnte man sich denken, wenn man drüberliest. Diese Fußnote sollte man auch überlesen, sie hält einen nur auf. Doch da gibt's ein paar Kleinigkeiten, die man am Anfang einfach sagen muß, für einige Leute aus einem wenig konkreten Graufeld: Noir ist kein Genre, sondern eine etwas diffuse Stimmungslage. Es ist als Massen-Bewegung zeitgebunden, schon recht, aber genausosehr kann ein Einzelner permanent mit schwarzen Gedanken durch sein Leben hasten. Und wenn man bei Noir primär an Krimis, Gangster-Filme etc. denkt, dann ist auch das nur die halbe Wahrheit, es ist schließlich nicht alles ein Krimi, wo am Ende eine Leiche liegt, wie im Leben. (Man kann sich in Existenzialismus-Exzessen suhlen und das ganze Leben zu einer Verbrechens-Kette erklären, klar.)

Im Fall des deutschen Noir gibt es außerdem keine nennenswerte dazugehörige oder ihm zu Grunde liegende literarische Tradition. Die deutschen Noir-Literaten sind Schriftsteller wie Stefan Zweig, allgewaltig der Schatten Friedrich Glausers (CH, jaja), verzweifelte Einzelne auf dem Weg.

Mildred Pierce (1945; Michael Curtiz, nach James M. Cain), *Beyond the Forest* (1949; King Vidor), *Blanche Fury* (1947; Marc Allegret) sind allesamt Grautöne im dichten Schwarz der nach Unterhöhlung schreienden ideellen Genreeinheitsform; es sind diese Schattierungen, die dem Noir seine Tiefe verleihen. *Blanche Fury* sollte im übrigen auch klarstellen, daß das Noir-Schwarz eine Frage der Seele seiner Erzählung, seiner Figuren ist, und nicht des verwendeten Filmmaterials.

Warum aber nun die meisten Noir-Filme in einem sehr kräftig-absoluten Schwarz, kontrastiert mit einem genauso undurchdringlichen Weiß gedreht wurden, wo wahrscheinlich das diffuse

Grau Jacques Tourneurs aus *Out of the Past* (1947; nach Daniel Mainwaring) und *Nightfall* (1956; nach David Goodis) moralisch präziser gewesen wäre, ist die Frage für einen möglichen anderen Essay, in dem es um Romantik, Studiomoral und Ausbildungswege ginge.

Um bei letzterem noch kurz ein- und nachzuhaken: NEIN, die Noir-Schatten sind keine expressionistischen Schatten. Sehen Sie sich doch *Das Cabinet des Dr. Caligari* einmal genau an: Das Licht ist vollkommen hell, und es muß vollkommen hell sein, damit man die gemalten Schatten auf der Dekoration sehen kann. Das wiederum heißt aber nicht, daß es nicht doch Einflüsse des Expressionismus im Noir gegeben hätte, aber dazu steht dann wieder im eigentlichen Text mehr.

Wenn es hier um deutschen Noir geht, dann geht es primär um Filme der Nachkriegszeit; aber es geht auch um Filme der Kriegszeit, um Filme des Übergangs, Überläufer, Mitläufer, Rexilanten, am Ende auch um einen Film, der wie alles Gewissen zu spät kam: *Zwischengleis,* Wolfgang Staudtes letzter Kinofilm. Das war 1978.

Der deutsche Noir ist außerdem kein vom amerikanischen Kino abgekupferter Kunst-Industrie-Bastard; Noir ist so zeit- wie länderübergreifend, parallel zum amerikanischen Noir entwickelte sich ein französischer und ein britischer Noir, um die zwei stärksten Parallelbewegungen zu nennen.

Ein Essay über den deutschen Noir also. Und da es sich hierbei nicht um einen theoretischen Grundlagentext handelt, versuche ich auch nicht, eine deutsche Noir-Theorie argumentativ aufzubauen; ich versuche nur aufzuzeigen, was der deutsche Noir sein könnte. Schlußendlich: Wenn hier ein deutscher Noir gesucht wird, dann geht das über die Grenzen hinaus, der eine oder andere österreichische Film und auch die DEFA ist mit dabei.

(2) Diese und alle anderen eingeschobenen Verszeilen stammen aus einem Gedicht für Friedrich Glauser, das der Schriftsteller Paul Adolf Brenner wohl nach der Beisetzung Glausers schrieb.

(3) *Liebe 47* (1948; Wolfgang Liebeneiner) sollte eine vergleichbare Brückenposition einnehmen, Borcherts Post-Expressionismus mit dem Trümmerfilm verbinden; als Klebstoff aber verwendete Liebeneiner jenes unangenehm riechende Kleinbürgerkunstverständnis, mit dem man auch Euthanasie hübsch verpacken kann. Borchert war da schon tot.

(4) In jener Zeit arbeitete Friedrich Glauser an *Matto regiert* (1936) und *Die Fieberkurve* (1935/38), die beide zuerst als Fortsetzungsgeschichten in Zeitungen veröffentlicht wurden und erst später (zum Teil überarbeitet) als Romane erschienen.

(5) 1945 wollte Wolfgang Staudte Werner Hochbaum, wie auch Peter Pewas und Helmut Käutner, bei seinem Neuaufbau der deutschen Filmindustrie an seiner Seite wissen.

(6) 1947 machte er den Film dann noch einmal, diesmal für die DEFA, unter dem Titel *Die seltsamen Abenteuer des Herrn Fridolin B.* Es scheint, als hätte er dabei zum Teil auf Material aus der ersten Fassung zurückgegriffen.

(7) *Die Mörder sind unter uns* ist eindeutig die bessere *Draußen vor der Tür*-Verfilmung; zumindest hat sie zum größten Teil eine Borchert vergleichbar rohe, an der Grenze zur Kunstlosigkeit gefrierende Ehrlichkeit; *Liebe 47* ist im Vergleich damit moralinsauertöpfig, Liebeneiner ist zu sehr auf eine Reintegration aus, als das er ehrlich hätte sein können.

(8) Bißchen grobes Wortklaubespiel, was soll's; Seitenblick hin zu Edmund Gouldings *Nightmare Alley* von 1947, basierend auf dem Roman von William Lindsay Gresham; auch ein unterschätzter Film, in dem es um einen falschen Wahrsager und selbsterfüllende Prophezeiungen geht.

(9) Drei Jahre später erzählte Helmut Käutner in *Der Rest ist Schweigen* eine ähnliche Geschichte; jedoch als Hamlet-Paraphrase, aber ohne die moralische Konsequenz Harnacks, allerdings hat er den besseren Film gemacht.

(10) Es lohnt sich, als Vergleich dazu noch einmal Hans Fricks *Breinitzer* zur Hand zu nehmen. Der Klappentext vergleicht den Roman mit den Werken Kafkas; das wäre auch eine interessante Vergleichsgröße für Lorres Film.

(11) Harnack war ohnehin wohl eine ganze Ecke härter als Staudte, salopp gesagt, mit viel Respekt und Ehrfurcht im Unterton. Staudte hatte bei der DEFA 1951 *Das Beil von Wandsbeck* inszenieren sollen. Er gab dieses Projekt an Harnack ab, weil er es einfach nicht schaffte, mitleidlos auf diesen Schlachter-Ersatzhenker Teedjen zu blicken.

(12) Harnack hatte 1955 mit Weisenborn an dem Drehbuch zu *Der 20. Juli* zusammengearbeitet.

(13) 1963 wollte Robert Siodmak für die British-M-G-M *Brennendes Geheimnis* verfilmen. Ein zweites Mal. *Brennendes Geheimnis* war 1932 die letzte deutsche Produktion vor seiner Emigration.

In etwa zur selben Zeit war Siodmak auch für die Verfilmung von James Hadley Chases *Wartezimmer zum Jenseits* vorgesehen, die dann Alfred Vohrer stark angewallaced über die Bühne brachte. Dies war einer der wenigen Fälle, wo man im deutschen Kino jener Zeit auf eine stark noirige Pulp-Vorlage aus dem angelsächsischen Raum zurückgriff. Es wurden in jener Zeit insgesamt drei Chase-Verfilmungen in der BRD realisiert, 1974 drehte Krzysztof Zanussi mit *Lohngelder für Pittsville/The Catermount Killing* noch einen selten gezeigten Nachzügler; Zanussi meint, daß man den Film auch nicht zu kennen bräuchte; Ansichtssache.

(14) An dieser Stelle muß man einfach Max Nosseck erwähnen, auch/ bzw. weil er keinen Eingang in den eigentlichen Text fand, schließlich hat er keinen Beitrag zum deutschen Noir geleistet. Nosseck war ein echter Weltenbummler, notgedrungen, seine Filme sind die Spuren einer Flucht vor den Nazis; erst in den USA konnte er für eine Weile zur Ruhe kommen, auch wenn er sich nach dem zweiten Weltkrieg wieder auf den Weg durch die Welt machte, dabei ab und an in der BRD filmend. Ein kleiner Noir-Meister war er, 1945 machte er *Dillinger* mit Lawrence Tierney, eines der quintessentiellen ultra-cheapo-Noir-Meisterwerke seiner Zeit. Außerdem machte er noch *The Brighton Strangler* (1945), der auch sehr schön ist.

(15) Was angesichts des sehr weit entwickelten Untersuchungsstandes der Serienmörderforschung in jener Zeit in Deutschland schon erstaunt.

(16) Wie sehr Hauptmann ein Privatinteresse Siodmaks war, das sich glücklicherweise in jener Zeit mit einer realen oder geträumten Nachfrage deckte, zeigt sich darin, daß er 1971 *Der Ketzer von Soana* verfilmen wollte.

(17) Wie man zu einer derartigen Interpretation kommen kann? Sehen Sie sich mal andere Filme von Forst an. Sowohl der Untergang des Bürgertums an und in seinen eigenen Ritualen, wie auch die Frage nach der Kunst und was sie eigentlich repräsentiert, stehen im Zentrum der meisten Werke Forsts. Der Mann war keinesfalls so naiv, wie man gerne sagt, und wenn man *Die Sünderin* oberflächlich als ein ziemlich faschistoides Machwerk lesen kann und muß, dann sollte man dabei auch bedenken, daß der Film genauso offensichtlich und ausschließlich den Blickwinkel, das Denken seiner Hauptfiguren ein- und übernimmt. Wogegen man dann nur noch sagen kann: Dann hätte er über diese Position etwas offensichtlicher kritisch reflektieren müssen, statt sich einfach nur im Demonstrativen zu verlieren. Forst zeigt gerne, und so wie John Ford die Armee als den Ort einer traurig-verdammungswürdigen Entindividualisierung zeigt (in *The Long Gray Line*, 1955), sich dabei aber an den Paraden erfreut, so sehr liebt Forst die Galanterie des Bürgertums, das Schwingen des Walzers etc. Sein Nachkriegsfilm über den Untergang des Bürgertums kann nur extrem zweideutig, obskur, ein wenig gefährlich sein.

Zehn Jahre später brachte Kurt Steinwendner mit *Venedig* das Diffuse in Forsts Film sehr sinnlich auf einen politisch nicht unkorrekten Punkt. Steinwendner zeigt in seinem Farb-Scope-Kurzfilm nur zerfließende Wasser-Spiegelbilder von Venedig. Er zeigt also den Zerfall der Stadt in der Ursache seines Zerfalls, und da diese Ursache ursächlich zur Konstruktion der Stadt dazugehört – um nicht zu sagen: sie charakterisiert sie –, zeigt sich in *Venedig* das Bürgertum als ein Staatsgebilde, das schon in seinem Entstehen nur an seinem schönen Untergang interessiert ist. Das sich die zerfließenden Gebäude auch immer wieder selber aufbauen gehört zur Fiktion dazu, das Bürgertum endet schließlich nicht einfach so.

Hans Schmid

Unternehmen Babylon oder Das Haus des Oberst Winkler

He was the squat, wild-eyed spirit of ruined Europe …
He hardly seems dead, just as it is difficult to believe
he was ever clinically alive. He was Peter Lorre,
and that was something no one else was capable of being.
David Thomson

1

Türen sind zu. Fenster sind zu. Alles hat aufgehört. Alles bleibt draußen. Auch die Furcht. Wir sind am Ende. Wir sind da. Sätze wie Faustschläge. Peter Lorre sagt sie, als Dr. Rothe in seinem Film *Der Verlorene.* Da, das war für ihn das Deutschland der Jahre 1950/51, in das er nach tausend Jahren zurückkam, aus dem amerikanischen Exil, um mit der düsteren Geschichte um den Wissenschaftler und dreifachen Mörder Karl Rothe einen neuen Anfang zu versuchen. Gelungen ist ihm das nicht.

Dabei sah zunächst alles recht gut aus. Er konnte den Film ganz nach den eigenen Vorstellungen realisieren, die Presse war freundlich, und die *Münchner Illustrierte* veröffentlichte in Fortsetzungen eine Romanfassung des Stoffs, die »spannender ist als der *Dritte Mann*«, wie es hieß. Der Vergleich mag etwas gewagt sein, doch zumindest stellt er die Verbindung zu Orson Welles her. Die verschachtelte, den Vorgang des Erzählens selbst problematisierende Struktur ist wohl von dessen *Citizen Kane* inspiriert. Hier wie da beginnt die Geschichte mit einem selbstreflexiven Hinweis auf das eigene Medium (Zeitung bzw. Film), und in beiden Fällen wird zunächst vom Tod eines Mannes berichtet, worauf ein Reporter versucht, anhand von Zeugenaussagen die Vorgeschichte zu rekonstruieren. Während die Filmversion des *Verlorenen* sich einer einfacheren, deshalb aber nicht uninteressanteren Rückblendentechnik bedient, ist im Roman alles sogar noch komplizierter als in *Citizen Kane*. Michael Curtiz' dreifach verschachtelter Film *Passage to Marseille*, in dem Lorre 1944 mitgewirkt hatte, dürfte da einen zusätzlichen Einfluß ausgeübt haben.

Vielleicht liegt es an der komplexen Erzählstruktur – jedenfalls wirkt der Roman merkwürdig deplaziert inmitten von Anzeigen, in denen für Büstenhalter, ein Fahrrad der Marke »Vaterland« oder ein Beruhigungsmittel für gestreßte Börsenmakler geworben und immer auf Kontinuität sowie leicht zu überschauende Chronologie gesetzt wird: »Morgen so gut wie gestern und heute!« Zu diesen einfachen Mustern paßte auch die Filmversion nicht. Zehn Tage nach dem Kinostart war sie wieder aus den Lichtspieltheatern verschwunden, und Lorre ging, enttäuscht und gebrochen, zurück in die USA.

Wie ein Neuanfang auszusehen hatte, das wußten ohnehin die besser, die nie fort gewesen waren. *Zwischen*

Gestern und Morgen heißt der erste Spielfilm, der in der amerikanischen Besatzungszone hergestellt wurde. Das war 1947, und vor der Kamera standen – abgemagert – die alten Stars der Ufa. Michael Rott, ein Zeichner und Karikaturist, hat 1938 Deutschland auf der Flucht vor der Gestapo verlassen. Jetzt kehrt er in das zerbombte München zurück, um seine alte Liebe zu suchen. Die hat längst einen anderen geheiratet, und mit Rott will keiner etwas zu tun haben. Es heißt, er habe eine Jüdin an die Nazis verraten und ihren Schmuck gestohlen: das erfüllt alle mit Abscheu, zumal sie selbst anständig geblieben sind. Am Ende ist Rott heilfroh, sich rehabilitieren zu können. Er findet eine neue Frau, und alles löst sich in Wohlgefallen auf. »Die Helden des Nazi-Films«, meint Joe Hembus dazu, »präsentieren sich in ihren neuen Rollen als Verfolgte des Nazi-Regimes; ein peinlicher Fall von Selbst-Entnazifizierung.«

Der (west)deutsche Film hatte sich des Heimkehrer-Themas längst angenommen und das Problem bereits zu seiner Zufriedenheit gelöst, noch bevor Emigranten wie Robert Siodmak, William Dieterle, Fritz Lang oder eben Peter Lorre (er war einer der ersten) zögerlich wieder nach Deutschland kamen. Ein Dialog aus *Zwischen Gestern und Morgen*, zwischen dem Zeichner und seinem daheimgebliebenen Professor, allen Rückkehrern zur Warnung: »Sie scheinen die Jahre gut überstanden zu haben. – Ja, ich war fort. – Wir waren hier. – Es muß schlimm gewesen sein. Ich weiß. – Was? Was wissen Sie? Wer nicht dabei war, mein Herr, weiß nichts!«

Lorres Chancen standen also nicht gut, zumal er nicht eben diplomatisch war und sich kompromißlos an ein Stück »Vergangenheitsbewältigung« wagte. Einem wie ihm nahm das Publikum das übel, und auch zwischen den Zeilen der eigentlich wohlwollenden Presseberichte kann man lesen, daß die Kritiker ihm die Kompetenz absprachen: filmästhetisch hatte er einiges zu bieten, aber dabeigewesen, das war er nicht.

Im *Verlorenen* gibt es einen Raum im Labor, in dem die Hintergrundgeräusche so laut sind, daß der Dialog kaum zu verstehen ist. Später unterhalten sich dort zwei Männer über Rothe, der eigentlich zu weit weg ist, um irgend etwas hören zu können – und doch genau weiß, was gesprochen wird, wie sich später herausstellt. Es ist, als wolle Lorre, der Heimkehrer, deutlich machen, wie genau er versteht, was hinter seinem Rücken getuschelt wird, und wie sehr es ihn kränkt. Er tut das auf seine Art: leise und unaufdringlich.

Leise und unaufdringlich begegnet er auch dem Vorwurf, er sei in den Jahren des Exils ein Fremder geworden. Fremd ist er vielleicht im Vaterland, nicht aber in der Muttersprache. Das demonstriert er in der Genauigkeit des Details, deren Bedeutung er bei der Zusammenarbeit mit Lang und Hitchcock kennengelernt hat. Die Reporter vieler Zeitungen registrieren in ihren Berichten über die Dreharbeiten die Detallverliebtheit des Regisseurs, sehen darin aber kaum mehr als ein Kuriosum. Dabei durchzieht er seinen Film mit einer Vielzahl von Indizien, die darauf schließen lassen, wie sehr er sich noch immer mit der (regional geprägten) Muttersprache verbunden fühlt. Vielleicht hat er gerade in ihr die verlorene Heimat wiedergefunden, wenigstens einen Moment lang, und betont den Dialekt, um der Einfalt die Vielschichtigkeit entgegenzusetzen. Jedenfalls läßt der Film – der düsteren Grundstimmung zum Trotz – auch erahnen, wie da einer Hinweise ausgestreut und dabei still in sich hineingelacht hat.

Und doch sind die vielen Details mehr als nur Lorres Privatvergnügen; sie zeugen zugleich von der Zersplitterung einer Welt (des Films), in der es keine Rückkehr zur Normalität geben kann, weil die Normalität – im Sinne bürgerlicher Wohlanständigkeit, wie sie der deutsche Film der 50er Jahre propagiert – nicht existiert.

Ein Beispiel: Lorre, der Schauspieler, tut nichts, um seinen österreichischen Akzent zu verbergen. Als Rothe in der Rückblende das erste Mal aus dem Institut nach Hause kommt, spielt der Volksempfänger gerade den Bayerischen Defiliermarsch. Damit ist ein Bezugssystem etabliert, mit dem wir fortan zu rechnen haben. Rothe teilt sich die Wohnung mit Frau Herrmann und deren Tochter Inge, seiner Verlobten. Die Zimmer von Karl und Inge sind durch eine Glastür mit getönten Scheiben verbunden, aber auf beiden Seiten der Tür steht je eine Kommode, als unüberwindliches Hindernis. Alles scheint höchst anständig. Das zukünftige Paar lebt in getrennten Zimmern, die Mutter der Braut überwacht das Arrangement. Im bayerisch-österreichischen Sprachraum (Rothes Akzent, der Defiliermarsch) allerdings bezeichnet »kommodkasteln« das moralisch anrüchige Zusammenleben ohne Trauschein. Die Kommoden, die scheinbar Inges jungfräuliche Unschuld belegen, bezeugen jetzt genau das Gegenteil und machen ihre Mutter zur Kupplerin.

Ein obskurer Hinweis, zugegeben, und vielleicht sogar überflüssig, denn Hoesch, das wissen wir bereits, hat ein Verhältnis mit Inge, und die hat Rothes Forschungsarbeiten verraten. Aber für Lorre sind die Kommoden wichtig, denn mit ihnen kann er zeigen, daß hier kein Fremder Regie geführt hat, sondern ein Einheimischer, der weg war, aber nichts vergessen hat.

Außerdem zeugen sie von der Doppeldeutigkeit, die wie ein Krebsgeschwür durch den *Verlorenen* wuchert und alles zu zersetzen scheint. Die Zeit, könnte man meinen, verlangt das. Ein Abschieben der Verantwortung ins Abstrakte aber ist bei Lorre nicht möglich. Es sind die Menschen, die sich selbst und andere dazu zwingen. Und alle machen mit: Für Rothe ist Inge in Personalunion Geliebte und unermüdliche Sekretärin, woran sie langsam zerbricht, weil sie auch noch von Vater und Mutter auf unterschiedliche Weise instrumentalisiert wird. Sie selbst verrät Rothe, und beide werden von Hoesch bespitzelt, der eigentlich Rothes Assistent sein soll, während Oberst Winkler nach Dienstschluß Umsturzpläne gegen Hitler schmiedet, ansonsten aber das Dritte Reich gegen dessen Feinde schützt.

Rothe, der einmal als ehrenwerter Institutsleiter vor den Spiegel tritt und darin mit Entsetzen sein blutverschmiertes, zu einer Grimasse verzerrtes Gesicht sieht, ist nicht die einzige gespaltene Persönlichkeit in einem Film, in dem nichts so ist, wie es scheint. Alle Beziehungen sind geprägt von Verrat, Lüge und Gewalttätigkeit. Und im Roman, der Zeit hat, einem komplizierten Komplott der Abwehr gegen Inge, ihren Vater und letzlich auch Dr. Rothe nachzugehen, ist alles sogar noch schlimmer.

Dem Publium war das wohl zu beunruhigend; nur wenige investierten das Geld für eine Kinokarte. Dabei wäre ein Erfolg für Lorre so wichtig gewesen, denn *Der Verlorene* war sein erster (und letzter) Film als Regisseur, sollte gleichsam eine Visitenkarte werden, die ihm die Türen der Produzenten öffnen würde. Aber dazu fehlt dem *Verlorenen* das Versöhnliche, das in jenen Tagen gefragt war. Bei Lorre gibt es nur ein Gestern und ein Heute, allenfalls noch das Morgengrauen, in dem Rothe den Freitod sucht.

Überhaupt wird viel gestorben in *Der Verlorene.* Wer nicht Komparse ist, muß mit einem gewaltsamen Ende rechnen: ein Wissenschaftler, ein Assistent, zwei Offiziere, eine Zimmerwirtin, eine Verlobte, eine Lehrerin, eine Mutter mit zuviel Temperament. Am Leben bleiben nur eine Hure, ein Säufer und ein Gestapo-Mann – oder zumindest erfahren wir nichts Gegenteiliges. Ein Film macht tabula rasa. Danach, so denkt man, kann es eigentlich nicht weitergehen: Alles hat aufgehört. Wir sind am Ende.

Das Willkommen, das Lorre in Deutschland erfuhr, war bestenfalls halbherzig. Versuche, ihn zum Bleiben zu bewegen, gab es kaum. Wie aber, ein ehrliches Interesse vorausgesetzt, hätte man andererseits Peter Lorre zugleich ernst nehmen und ihn auffordern sollen, jetzt umgehend das nächste Projekt in Angriff zu nehmen? Hitchcock (*Vertigo*) und Lang (*Scarlet Street*) haben scheinbar ausweglose Filme wie den *Verlorenen* gedreht und sich im Anschluß von bewährten Schauspielern getrennt, um wenigstens einen Einschnitt in ihrem Werk zu markieren. Bei Lorre war es schwieriger. Ein Einschnitt nach nur einem Film, das kann eigentlich nur das Ende sein.

Und doch war es vielleicht ein Mißverständnis, dem die weitere Karriere des Regisseurs Peter Lorre zum Opfer fiel. Der Film ist keineswegs eine Absage an die Zukunft – eher eine Aufforderung, jetzt endlich etwas Neues anzufangen, statt mit den alten Lügen weiterzumachen.

2

Das Leben, die Liebe, der Tod. Das eine, so scheint es, ist im Dasein der Leinwandfigur Peter Lorre nicht ohne die anderen zu haben. Das hat vor allem mit der Filmindustrie und ihren vorgefertigten Mustern zu tun. Für den Liebhaber war er zu klein, oft zu dick, die Augen waren zu rund. Für den besten Freund des Helden war er zu aufregend. Und weil er so anrührend sein konnte, eignete er sich nicht wirklich als Bösewicht. Es heißt, er wurde immer »nach Typ« besetzt, aber eigentlich paßte sein Typ in keins der gängigen Raster, sprengte stattdessen alle Zusammenhänge.

Hitchcock hat das verstanden und ihm die Rolle des Anarchisten gegeben, in *The Man Who Knew Too Much* (1934). Meistens aber mußte er den Verrückten spielen, als solle er mit aller Kraft zur Seite geschoben werden, um das, was man »Zuschauererwartung« nennt, nicht zu gefährden. Als Wahnsinniger durfte er dann auch lieben, selbstverständlich abseits der Norm: *Mad Love* heißt sein erster amerikanischer Film, und es geht um Fetischismus und Nekrophilie.

Wieder in Deutschland, verleugnet er das Gewesene nicht, geht das Klischee stattdessen offensiv an: »Tag. Sagen Sie, bin ich verrückt?« sind die ersten Worte, die man in *Der Verlorene* von ihm hört. Die Frage wird zuerst räumlich beantwortet. Als Arzt in einem Lager für *displa-*

ced persons – wo sonst? – führt Rothe ein Dasein irgendwo außerhalb bürgerlicher Lebenszusammenhänge, ist von der Normalität ver-rückt. Dort im Lager trifft er auf seine Vergangenheit, in Form des Assistenten Hoesch. Redend und trinkend verbringen die beiden eine Nacht, und wir erfahren, daß der jetzige Lagerarzt ein Mörder ist.

Vergangenheit war mittlerweile auch wieder in den deutschen Kinos zu besichtigen, allerdings in der Form angeblich harmloser Unterhaltung. Beim Versuch, die ausländische Konkurrenz vom Markt zu drängen, ohne selbst mehr produzieren zu müssen, brachte man 1951 174 alte Ufa-Filme in den Verleih. Anderes blieb vorerst im Giftschrank der Archive, aber die Erinnerung daran war noch wach oder wurde jetzt wieder geweckt. Die aktuellen Produktionen mußten sich daran messen lassen.

Einiges im *Verlorenen* dürfte dem Publikum vor diesem Hintergrund als zusätzliche Provokation erschienen sein. Lorre spielt, wie man das erwartet hatte, einen wahnsinnigen Triebtäter, aber daneben ist Rothe ein angesehener Serumforscher, dessen Arbeiten für Nazi-Deutschland so wichtig sind, daß er von den Behörden gedeckt wird, statt zur Verantwortung gezogen zu werden. Gerade der Serumforscher allerdings war eine der Lichtgestalten des Nazifilms, die wegen ihrer vordergründig zivilen Mission relativ unbeschadet in die Nachkriegszeit gekommen war. Tatsächlich war er natürlich ein Instrument zur ideologischen Vorbereitung bzw. nachträglichen Rechtfertigung von Angriffskriegen und Eroberungsfeldzügen.

1943 inszenierte Goebbels' Schwager eine Art Prototyp des Serumforscher-Films, der als »staatspolitisch wertvoll« eingestuft und gegen Kriegsende vom Propagandaministerium zum verstärkten Einsatz empfohlen wurde. Ein darin entwickelter Impfstoff gab dem Film seinen Namen: *Germanin.* Am deutschen Wesen sollte wieder einmal die Welt genesen, auch wenn das Medikament schamhaft auf der letzten Silbe betont wurde. Der Film wurde 1945 von den Alliierten verboten, doch die Deutsche Buch-Gemeinschaft vertrieb ab 1950 mit großem Erfolg einen Roman, den Norbert Jacques aus dem Stoff gemacht hatte: *Tsetse.*

Luis Trenker spielt in *Germanin* den ersten Menschen, der von der Schlafkrankheit geheilt wird, aber eigentlich geht es darum, die Schwarzen Afrikas vor den fatalen Konsequenzen des Stichs der Tsetse-Fliege zu bewahren. Die Deutschen jedoch haben den 1. Weltkrieg verloren, und ihre afrikanischen Kolonien dazu. In »Südwest« herrschen jetzt die Engländer, die selbst nicht in der Lage sind, einen wirkungsvollen Impfstoff zu entwickeln. Ihr Serum schädigt die Augen, statt zu heilen, aber dem deutschen Professor, der das Germanin entwickelt hat, gestatten sie trotzdem nicht, sein Mittel zum Einsatz zu bringen. Es kommt, wie es kommen muß: Der Professor opfert sich auf, die perfiden Engländer lassen ihn endlich gewähren, das Land wird gerodet (um die Tsetse-Fliege auszurotten, versteht sich), und der Zuschauer wird in dem Bewußtsein nach Hause entlassen, daß nur die Deutschen dazu berufen sind, Kolonien zu besitzen. Dort war vorher an den Hereros schon einmal der Völkermord geprobt worden, wozu der Film sich natürlich ausschweigt.

Wie bei anti-englischen Filmen üblich, wurde *Germanin* in der »Frontstadt« Hamburg uraufgeführt. Dort wirkt einige Jahre später Peter Lorre als Dr. Rothe in ödem Land, das aussieht wie Afrika nach der Rodungsaktion des Professors. Am Anfang des Films bilden die Insassen des Lagers eine lange Schlange, um von Rothe geimpft zu werden wie vorher die Schwarzen im afrikanischen Busch. Anschließend wird ein Mann mit Augenleiden behandelt – vielleicht ein Opfer des Serums der Engländer? Die haben jedenfalls, die Rückblende bringt es an den Tag, Rothes Forschungsergebnisse gestohlen; als deutscher Zuschauer kannte man das. Überraschender schon, daß Rothe seine Verlobte erwürgt, statt alle Rückschläge einfach wegzustecken. Später vernachlässigt er seine Forschungsarbeiten, und die Folgen sind absehbar: die Schlafkrankheit greift im Verlauf des Films immer mehr um sich. Frau Herrmann schläft, Ursula Weber schläft, Hoesch schläft, und sogar Rothe selbst kann sich einer lähmenden Müdigkeit nicht erwehren, als er gerade für Gerechtigkeit sorgen will. (»Hab' schon sehr lange geschlafen.«) Einen zusätzlichen Seitenhieb hält die Romanfassung des *Verlorenen* bereit. Der Professor aus *Germanin* wird als »Engel der Schwarzen« gefeiert. Rothe hofft nun, sich rehabilitieren zu können, indem er in Bombennächten selbstlos sein Leben für andere einsetzt. Er erwirbt sich den Titel »Engel der Trümmer«, aber der Versuch scheitert, als er eine Turnlehrerin rettet, nur um sie dann zu erwürgen.

Lorres Ironie war nicht jedermanns Sache. *Der Verlorene* wurde nach Venedig geschickt, wo er sich selbst um eine Vorführmöglichkeit bemühen mußte und ein deutscher Film so kurz nach Kriegsende ohnehin nichts gewinnen konnte. Bei den ersten Berliner Filmfestspielen lief statt dessen das Arzt-Melodram *Dr. Holl*, nach einem Drehbuch von Thea von Harbou, einst Partnerin von Fritz Lang und bis 1945 überzeugte Parteigenossin. Dieter Borsche entwickelt darin ein Serum, mit dem seine todkranke Frau (Maria Schell) geheilt werden kann. Der Serumsforscher hatte sich – ganz zeitgemäß – in die eigenen vier Wände zurückgezogen, und *Dr. Holl* erhielt eine Ehrenurkunde.

3

Eine Szene wie aus *Das Cabinet des Dr. Caligari*: Zwei Männer sitzen zusammen, und der eine – von dem sich später herausstellt, daß er verrückt ist – erzählt dem anderen eine Geschichte. Aber im *Verlorenen* ist der zweite Mann nicht nur Zuhörer; es ist ihrer beider Geschichte, und das ändert alles.

Wie man aus Geschichte Geschichten macht und die eigene Verantwortung wegerzählt, konnte man in den deutschen Kinos des Jahres 1951 längst wieder bewundern. Zu besichtigen war ein ganz besonderer Fall von Schizophrenie: die Spaltung in einen guten und einen bösen Deutschen. Den Bösen, das machte das Verfahren für viele so willkommen, konnte man dann irgendwo entlang des Weges verlieren, *Zwischen Gestern und Morgen.* Dort spielt Otto Wernicke einen Nazifunktionär. In besseren Tagen war er Fritz Langs Kommissar Lohmann, der Peter Lorre alias Hans Beckert in *M* der Gerechtigkeit überantwortet. Jetzt spioniert er hinter Jüdinnen und Regimegegnern her. Neben ihm agieren gute Hoteliers, Schauspieler und Professoren, durchwegs Gegner der Nazis, und als Wernicke sich endlich auf mysteriöse Weise verflüchtigt hat, wissen die anderen plötzlich nicht mehr genau, was eigentlich gewesen ist. »Klar, klar«, beschreibt Hoesch in *Der Verlorene* das aus Schizophrenie und Amnesie zusammengesetzte Krankheitsbild, »waren momentan nicht ganz gegenwärtig. Einfach nicht dabeigewesen.« Er nimmt damit, Ironie am Rande, für die Dagebliebenen genau das in Anspruch, was man den Exilanten vorwirft.

In *Zwischen Gestern und Morgen* gibt es noch einige Unebenheiten, aber die lassen sich beseitigen. Wie das geht, zeigen Filme wie *Des Teufels General* und *Canaris,* in denen Verantwortungsträger mit reingewaschenen Biographien versehen, zu Identifikationsfiguren aufgebaut und bösen Nazis gegenübergestellt werden. In *Des Teufels General* taucht sogar Karl John, der Darsteller des Hoesch, wieder auf: als eine Art Assistent von General Harras, und als Widerstandskämpfer.

Aus heutiger Sicht wirkt *Der Verlorene* auch deshalb so anders, weil er die Trennung in den guten und den schlechten Deutschen nicht mitmacht. Es ist fast schon programmatisch, wenn in der Romanfassung des *Verlorenen* ein Reporter Recherchen »über die geheime Widerstandstätigkeit einiger Canaris-Leute« anstellt, dabei aber auf die Geschichte des Dr. Rothe stößt. Denn der hat erfahren müssen, daß es letzlich nicht gelingen kann, die eigene Schuld nach außen zu projizieren, von einem fort, wie das im deutschen Nachkriegsfilm bald gängige Praxis wird. »Und die Verzweiflung«, heißt es im Roman, »wächst mit jeder Minute, in der ihm die Erkenntnis klarer wird: es gibt kein Entrinnen. Das Fremde in ihm, das Unerklärliche entkommt mit. Er hat sich bei ihm eingehakt und ist nicht abzuschütteln auf seiner schaurigen Promenade.«

Ein Doppelgänger, sagt Jean Paul einmal, ist einer, der sich selber sieht. Bevor er zum Mörder wird, betrachtet Rothe sein Spiegelbild. Dann, nach dem zweiten Mord, scheint er die Seiten gewechselt zu haben, in die andere

Welt hinübergeglitten zu sein. Da trifft es sich gut, daß er als Opfer eines Bombenangriffs gilt. Er bescheinigt sich den eigenen Tod, schreibt seinen Namen auf die Ruinen und malt ein Kreuz davor. »So also«, sagt Lorres Stimme im Film, »war Dr. Rothe tot, ohne gestorben zu sein.« Aus Rothe wird Neumeister, und als Untoter hat er fortan kein Spiegelbild mehr. Aber aus den expressionistischen Bildkompositionen der Rückblenden werden die neorealistischen Einstellungen der Nachkriegszeit, und da erzählt man Doppelgänger-Geschichten mit anderen Mitteln.

Rothe findet seinen unheimlichen Begleiter nicht mehr im Spiegel, nun steht er neben ihm in der Lagerbaracke, in Gestalt des Assistenten Hoesch. Die beiden, das wird jetzt klar, gehören untrennbar zusammen, und die Ermordung des einen ist der Selbstmord des anderen, wie in *Der Student von Prag* oder in *William Wilson* von Edgar Allan Poe, dessen Werke Lorre vor der Arbeit am *Verlorenen* auf einer Vortragsreise rezitiert hat.

Thematisiert wird das Doppelgänger-Problem im *Verlorenen* auch durch die Erzählstruktur. Eigentlich, erfährt Rothe nach dem ersten Mord, sollte er besser schweigen. Im Flüchtlingslager spricht Hoesch vom Schweigen als einer »dauerhaften und gegenseitigen Abmachung«, und seinen Landsleuten damit aus der Seele. Aber die nimmt dadurch Schaden, und Rothe hält es nicht mehr aus. Das Wiedersehen der beiden wird zu einer Nacht des Redens. Es ist wie in Caligari: Erzählen als Mittel, das Chaos einer in Trümmern liegenden Welt in Schach zu halten.

Zuerst redet im Grunde nur Rothe. Er berichtet vom Tag, an dem für ihn alles angefangen hat: dem 8. Dezember 1943. Das Datum wird mehrfach genannt, denn es belegt: er ist längst schuldig, hat mitgemacht, brav seine als »kriegswichtig« eingestufte Arbeit erledigt. Durch die genaue Zeitangabe (es hätte auch der 1. Januar 1933 sein können) distanziert sich Lorre, der Regisseur und Autor von der Figur, die er spielt. Als Rothe vertieft er sich in seine Erinnerungen, und Hoesch, der Pragmatiker (»Habe gar keine Zeit, mich erschüttern zu lassen.«) schläft ein. Rothe fährt unbeirrt fort zu reden, erzählt uns seine Geschichte. So könnte es weitergehen, etwas Neues anfangen. Aber Rothe ist irritiert. Hoesch muß aufwachen, ohne ihn kann er den Bericht nicht fortsetzen. Rothe braucht Hoesch, um seiner Geschichte eine Form zu geben, doch damit ändert sich auch die Geschichte.

Manchmal ist der Lorre des Films auch Lorre, der ironische Regisseur. Als Hoesch das Wiedersehen im Lager zur zufälligen Begegnung erklärt, findet Rothe das zum Lachen, denn er weiß, daß die Begegnung vom Drehbuch verlangt wird. Und das Drehbuch verlangt sie, weil durch das Wiedersehen gezeigt wird, weshalb die Rothes und Hoeschs keine Zukunft haben sollen. Der Grund ist einfach: Weil sie in einer unheilvollen Komplizenschaft die Vergangenheit verfälschen und dadurch einen Neuanfang verhindern. Wie fast alles im *Verlorenen* erweist sich auch Rothes Deckname – Neumeister – als falsch. Das Neue meistert er allenfalls, indem er es in die alten Raster zwängt.

Hoesch wird also von Rothe geweckt, und jetzt erzählt der Assistent plötzlich mit, beteiligt sich mit wachsender Begeisterung an der Geschichte, die sofort ihren Ton ändert. Aus dem düsteren Bericht wird eine Farce, eine Posse, reine Kolportage, ein Kinderspiel, von allem etwas. Lorre ist das wichtig, und deshalb bombardiert er uns geradezu mit den entsprechenden Informationen.

Die Geschichte verlagert sich zum Haus von Oberst Winkler. Dort konspirieren einige Offiziere gegen Hitler. Hoesch findet jetzt alles »reichlich drollig«, und auch Rothe kann die Sache nicht recht ernst nehmen: »Das Ganze kam mir vor wie ein Stück Detektivroman. Ich mußte lachen.« Rothe fühlt sich wie ein Junge, der Räuber und Gendarm spielt oder anderen beim Indianerspielen zuschaut, sogar einem Gestapo-Mann legt das Drehbuch den passenden Kommentar in den Mund (»Die Chose wird immer ulkiger.«), und dem Roman ist die Klarstellung eine Kapitelüberschrift wert: »Eine Zeit der Kolportage bricht an.«

Es ist, als kommentiere Lorre die Entwicklung der aktuellen deutschen Filmproduktion. Winkler, vor kurzem noch ein Scherge der Diktatur, wandelt sich urplötzlich zum Freiheitskämpfer, der sich im Salon mit seinen aufrechten Kameraden von der Abwehr bespricht, während draußen die Gestapo unter Führung von Hoesch lauert. Die Episode endet mit Folter und Mord, der Film läßt uns das nicht vergessen, aber irgendwie ist es zur Trennung in gute und schlechte Deutsche gekommen. Winklers Widerstandstätigkeit erschöpft sich allerdings im Aufsagen kerniger Sätze; Lorre überläßt es anderen, sich Heldentaten für ihn auszudenken, konzentriert sich lieber auf die Inszenierung. Darin liegt sein Kommentar: er präsentiert uns eine Farce, inklusive einer absurd anmutenden Verfolgungsjagd. Doch die führt – für manche direkt, für andere auf Umwegen – in den Tod.

Rothe bringt zuerst Hoesch um, dann sich selbst. Der Doktor und sein Assistent teilen alles: die Frau, den Beruf und die Geschichte. Gleich am Anfang holt Rothe die Pistole hervor, die eigentlich Hoesch gehört und mit der er ihn erschießen wird. Man mag annehmen, daß er von Beginn an plant, Hoesch zu töten. Das Motiv allerdings bleibt vage. Damals, im Krieg, als er den Assistenten bereits erschießen wollte, hat ihn wohl ein Verlangen nach Gerechtikeit geleitet. Jetzt aber, im Lager, scheint das nicht wirklich eine Rolle zu spielen. Haß und Rache scheiden ebenfalls aus, denn Rothe kennt nur noch eines: Angst. »Angst«, sagt er, »tötet jedes andere

Gefühl. Jedes.« Und Angst hat er vor Hoesch und sich selbst.
Die hat auch der Film. Angst nicht vor einem Frauenmörder und einem Gestapo-Spitzel, denn diese Rollen haben die beiden zusammen mit ihren Namen abgelegt, sondern vor zwei Männern, die rauchend und trinkend zusammensitzen und die Vergangenheit zum Gegenstand einer Erzählung machen, die in Fälschung und Verzerrung endet. Das zeigt sich in den Bildern, zu denen wir, aus dem Off, Rothes Stimme hören. Zuerst paßt beides zusammen. Dann wächst auch Hoesch langsam in die Erzählerrolle hinein, aus einer Stimme werden zwei, dann verschmelzen sie zu einer neuen, und sie bieten uns eine Version der Ereignisse, die von dem abweicht, was wir auf der Leinwand sehen. Zumeist geschieht das fast unmerklich, mitunter jedoch sehr deutlich und objektiv nachprüfbar. Es ist kein Regiefehler des detailversessenen Lorre, wenn er als Rothe erzählt, daß die Verschwörer einzeln Winklers Haus verlassen, während wir sehen, wie sie zu dritt zur Straße gehen. Es ist vielmehr seine Art, ohne erhobenen Zeigefinger zu warnen und genaues Hinschauen einzufordern.

Der Verlorene behauptet nicht, ein wahres Bild von der Vergangenheit zeichnen zu können. Der Film ist vielmehr zugleich Rechtfertigung und Bestandsaufnahme. Die Emigranten, so der Vorwurf, mit dem Lorre sich auseinanderzusetzen hat, sind nicht dabei gewesen, und deshalb wollen die, die das Land nicht verlassen haben, jetzt nicht wissen, was sie zu sagen hätten. Seine Antwort: Die, die dabei gewesen sind, fangen schon wieder an, die Wahrheit zu verfälschen. Vielleicht machen es die Emigranten nicht besser, aber sollte man ihnen nicht wenigstens die Chance geben, es zu versuchen?

Lorre, der Regisseur und Autor, ist rigoros. Er läßt Rothe und Hoesch eine Weile ihr Garn spinnen, dann fegt er sie von der Leinwand. Am Ende wird Rothe vom Zug überfahren, der in der Rückprojektion auf ihn zujagt. Das erinnert nicht zufällig an die erste Filmvorführung, als die Zuschauer dachten, vom Zug auf der Leinwand überrollt zu werden. Jetzt könnte man einen neuen Anfang machen.

Der Vorspann des *Verlorenen* zeigt eine Ziegelwand. Man hat Filme oft mit Gebäuden verglichen, weil auch sie aus vielen Bauteilen zusammengesetzt sind. Das Haus des Oberst Winkler dient Lorre 1951 zur Beschreibung einer Tendenz des deutschen Films, die sich in den folgenden Jahren verstärken wird. In diesem Haus versammeln sich die Offiziere von Wehrmacht und Abwehr, die angeblich nichts mit den Verbrechen der Nazis zu tun haben, und werfen sich in die Brust. Der Eingang wird von der Krankenschwester aus dem Arzt-Melodram bewacht, über die wir im Roman erfahren, daß sie Winklers Tochter ist.

Aber es gibt ein Kontrastprogramm. Nach den Jahren der Gleichschaltung konfrontiert Lorre sein Publikum gleich zu Beginn mit einem Stimmengewirr, von dem er wohl hofft, daß wir es als babylonisch empfinden. Im DP-Camp haben sich nicht nur Hoesch und Rothe, sondern zugleich die Opfer der Deutschen eingefunden, die eine andere Sprache als diese sprechen. In einer Szene des Films steht Lorre im Schatten neben Winklers Haustür. Einen kurzen Augenblick lang huscht ein Lächeln über sein Gesicht, und fast sieht er glücklich aus, als er das Codewort hört, das jedem Einlaß gewährt, bevor sich die Generäle, Ärzte und Oberförster in allen Zimmern breitmachen: »Parole Babylon«.

4

Es bleibt bei einem Augenblick. Lorre steht bereit, aber niemand will ihn haben. Mit einer gestohlenen Kopie seines Films fliegt er wieder nach Hollywood. Von Deutschland ist das so weit entfernt, daß man in einer Reportage über die Dreharbeiten zum *Verlorenen* lesen kann, es liege in Florida. Zurück bleibt Dr. Rothe, der Untote. Aus seinen Worten machen jetzt andere Taten: Türen sind zu. Fenster sind zu. Alles bleibt draußen. Wir sind am Ende.

Harald Eggebrecht

Peter Lorre – Der wunderbare Troll

Trolle kommen aus den Tiefen des Unterirdischen, dorther, wo Gut und Böse noch nicht geschieden sind. Sie leben und wesen in jenen Gegenden, in denen die Träume gebraut werden, unsere geheimen Wünsche entstehen, unsere Triebe ihre Macht entfalten und gegen die wohlanständige Oberfläche der alltäglichen Menschenwelt anrennen. (Henryk Ibsens Abenteurer und Streuner Peer Gynt begegnet in der Halle des Bergkönigs daher nicht nur den animalischen, grotesk-komischen und lächerlich-gefährlichen Zauberwesen, sondern er begegnet vor allem den Trollen seines eigenen Inneren, entdeckt seine Wollust, seine Freßgier, seine Zerstörungswut, all das im bürgerlichen Leben gefesselte, unbefriedigte Verlangen nach Lust und Laune ohne Ende.)

Manchmal gerät so ein Troll auf die Oberwelt, dann muß er Mantel und Hut tragen, einen großen Hut, einen langen Mantel, damit man nicht seine viel zu breite, kurzfingrige, kurzbeinige Gestalt sehen kann, auch nicht, daß sein Kopf direkt, ohne Hals auf den Schultern sitzt. Die Hutkrempe verdeckt das runde, dicklippige, feiste Kindergesicht mit den quellenden Karpfenaugen. Der Troll ähnelt den Menschen, aber er hat das Tierische nicht abgestreift und das Kindische nicht verdrängt. Deswegen hat er so eine freundliche, sanfte, verführerische

Kinderstimme, die kleinen Mädchen keine Angst macht. Und so gehen sie mit ihm, lassen sich Lutschstangen und Luftballons kaufen, vertrauen der dicklichen Gemütlichkeit des Trolls – und werden dann gefunden, tot, aufgeschlitzt.

Die ganze Stadt gerät in Aufruhr, die Polizei sucht mittels Indizien auf seine Spur zu kommen, scheucht die Ganoven von ganz Berlin auf, so sehr, daß die ihren Geschäften nicht mehr nachgehen können. Der Troll bringt die Oberwelt durcheinander, eine Oberwelt, in der das Unheil in der Luft liegt, sich grauenhafte Fratzen in den Alltag drängen. Und so kreisen die Obrigkeit und die Verbrecherzunft den Troll ein, entdecken ihn durch seine Lieblingsmelodie, Edward Griegs *In der Halle des Bergkönigs*, und markieren seinen Mantel mit einem »M« für Mörder. Die Gangster fangen ihn und machen ihm einen gespenstischen Prozeß. Der Troll schreit um Hilfe und gibt die Macht seiner Triebe preis, er ist ekelhaft und mitleiderregend, er läßt einen schaudern und zugleich möchte man ihn beschützen, man verabscheut das heulende Monster und entdeckt mit Grauen das Menschliche in ihm: der Troll heißt Peter Lorre, der Film, in dem er auf irdischer Leinwand erschien, *M* von Fritz Lang, 1931 gedreht, ein Meisterwerk.

Für Peter Lorre war dies der einmalige, nie wieder erreichbare Beginn einer Weltkarriere. Lorre, der Deutschland 1933 verließ, als die menschliche Monstrosität zum bejubelten Normalfall wurde, Massenmord zum Regierungsprogramm, und ein ganzes Volk seine

Gier nach Rache, blindem Haß, wilder Aggression lustvoll bis zur Weltkatastrophe auskostete, ging nach England, dann nach Hollywood. Sein Glubschaugengesicht mit den unendlich schweren Lidern und seine Rolle in Fritz Langs *M* zwangen ihn immer wieder in die Gestalt der sanften Mörder, der liebenswürdigen Wahnsinnigen, der netten Gefährlichen: In Hitchcocks englischer Version von *Der Mann, der zuviel wußte* ist er der Boß der Kindsentführerbande, die das politische Attentat plant, in *Casablanca* der Emigrantenspion, der den Faschisten in die Hände fällt. In Roger Cormans skurrilen Edgar-Allen-Poe-Adaptionen besäuft sich niemand so unnachahmlich wie Peter Lorre, ist niemand so komisch als Zauberer, der sich in den eigenen Tricks fängt. Und wer könnte den genialen Chirurgen in Frank Capras *Arsen und Spitzenhäubchen* von 1941 vergessen, der seinem Compagnon die Frankensteinmonster-Visage ins Gesicht operiert hat, – im Suff?

Weil Peter Lorre, obwohl im wirklichen Leben ein Menschenfreund und hochsensibler Intellektueller, so unverwechselbar war und jeder den Troll wiedererkannte, blieb er in den Netzen des Typensystems hängen. Und die Deutschen, die ihn in *M* so voller Ekel und Grauen bewundert hatten, die ihn mit ihren Nazis in die Flucht trieben, wollten nach dem Krieg nichts mit ihm anfangen. Da drehte Lorre 1951 seinen einzigen eigenen Film *Der Verlorene*, die Geschichte eines Arztes, der aus Eifersucht seine treulose Braut erschlägt. Die Gestapo hindert ihn, den Totschlag zu sühnen, nach dem Krieg erschießt er jenen Nazispion und wirft sich vor eine Lokomotive. Eine deutsche Geschichte, die niemand sehen wollte hierzulande, wo man doch so tat, als seien die 12 Jahre des sogenannten 1000jährigen Reichs ein seltsamer Zwischenfall gewesen, den man schnellstens zu vergessen hatte. Peter Lorre spielt jenen unglückseligen Arzt, im schwarzen Mantel, verzweifelt rauchend, sich selber verfolgend, zerfallen in Ängste und Alpträume.

Sein Gesicht hat da nichts Trollhaftes, die Lider sind schwer geworden durch Qual und Leid, die Stimme ist sanft vor Schwäche, der Körper wird nur noch vom Mantel zusammengehalten, der Geist von Visionen aus den eigenen Seelenabgründen. Dieser düstere, bittere Film paßt nicht in die aufsteigende Bundesrepublik von 1951.

Man nahm dem Troll übel, daß er seiner doch so wunderbaren Maske entkommen wollte. So blieb der große Künstler im Banne des Bergkönigs. Lorre starb verbittert in Hollywood. Aber wann immer er im Kino seine bleiernen Augendeckel hebt, gerät man in den Zauber des Unheimlichen, Gefährlichen, des Ungewissen und Bedrohlichen. Peter Lorres Erscheinen auf der Leinwand bedeutet das Ende freundlicher Normalität.